GROUPIE

L'AMORE NON HA REGOLE

TEXAS MUTINY

M.E. CARTER

TRADUZIONE DI
PAULA CICCARELLI

DIRITTO D'AUTORE

DEDIZIONE

*A tutti coloro che hanno dei trascorsi particolari:
il tuo passato ti plasma, ma non definisce chi sei. Non importa cosa tu
abbia fatto, l'altra metà della tua anima non si vergogna di te, quindi
non vergognarti mai di te stesso.*

CAPITOLO 1

ROWEN

«EHI, novellino! Come sono andate le tue prime settimane?»

Daniel Zavaro si siede sullo sgabello del bar accanto a me. Tutto ciò che ho sempre desiderato da quando sono in grado di camminare è guadagnarmi da vivere giocando a calcio, e adesso il mio sogno è realtà. Un sacco di persone direbbero che era inevitabile. O che non ho dovuto lavorare duramente quanto gli altri. Magari pensano di conoscere mio padre. Ma non lo conoscono davvero. Né tanto meno conoscono me. E non hanno idea degli sforzi che ho dovuto fare per distaccarmi dalla sua reputazione così che potessi crearmene una per me stesso. Non mi vergogno ad ammettere che sono davvero orgoglioso dei risultati che ho ottenuto.

«Molto bene finora. Grazie per avermelo chiesto.»

Daniel è il capitano del Texas Mutiny, la squadra per cui gioco, da qualche anno. Oltre ad essere un attaccante formidabile, è molto rispettato nella lega sportiva per essere un tipo affidabile, un uomo di famiglia, una leggenda locale e un leader fantastico. Ero davvero eccitato quando ho scoperto che avrei lavorato con lui. Da due mesi frequenta una donna con un bambino, e questo è il peggior scandalo in cui sia rimasto coinvolto in tutta la sua carriera.

Questo è il tipo di scandalo che posso gestire. Sono troppo discreto per apprezzare lo scalpore mediatico.

La gente pensa che io sia timido, ma non è così. Semplicemente, mi piace osservare. Mi piace guardare gli impercettibili movimenti che fanno le persone. I loro "segnali rivelatori". Ho la sensazione di imparare a conoscerle davvero in questo modo, invece di riempire il vuoto con sciocche chiacchiere.

Considerando il livello di rumorosità nella hall di questo albergo, dove i miei compagni di squadra si stanno svagando, probabilmente sono l'unico a pensarla così.

Daniel mi dà una pacca sulla schiena. «Vogliamo che tu ti senta il benvenuto, Rowen. Hai l'incredibile capacità di pensare quattro o cinque passaggi in anticipo e di fare dei cross sensazionali nell'area di rigore. Quindi ti avverto fin da ora che sfrutteremo questa tua abilità più avanti.»

Sorrido al suo incoraggiamento. Non solo faccio parte del Mutiny, ma il capitano sta anche sottolineando le mie capacità. Nonostante sia una nuova recluta. Non dovrei essere così entusiasta, perché è il mio lavoro. Ma è pazzesco sentirlo pronunciare queste parole.

«Ci conto. Sfrutta pure le mie abilità per il bene della squadra.» Faccio per bere un sorso di whiskey ma cambio idea, abbasso il bicchiere sul bancone e mi giro ad osservare quello che avviene nella stanza. «Sono qui per questo, dopotutto.»

«Ehi, lascia che ti chieda una cosa.» Si sporge verso di me, e il mio sorriso vacilla. «Perché sei un centrocampista?»

«Intendi invece di un attaccante?» Inutile girarci attorno. Ovviamente conosce il mio retaggio.

«Sì. Non fraintendermi, sei fantastico in quello che fai. Sono soltanto curioso di sapere perché hai scelto di giocare in difesa.»

Roteo il bicchiere, facendo vorticare il Jameson all'interno per dare l'impressione che mi stia godendo il drink anche se non è vero. «Ecco la risposta più semplice: vorresti essere paragonato a tuo padre per tutta la vita, alla sua grandezza, vivendo con la costante paura che non sarai mai all'altezza della sua bravura?»

Una strana espressione attraversa il viso di Daniel, ma lui la nasconde rapidamente. Non posso esserne sicuro, ma dopo aver trascorso anni ad osservare la gente, sono pronto a scommettere di aver accidentalmente toccato un nervo scoperto.

«Non hai tutti i torti» dice dopo aver bevuto un sorso del suo drink. «Adesso dimmi qual è la vera ragione.»

Faccio un sorrisetto. Avrei dovuto sapere che Daniel mi avrebbe letto come un libro aperto. È il capitano, dopotutto. «Mio padre è un grande attaccante.»

«Probabilmente il migliore.»

«Sicuramente il migliore. Ma non ho mai desiderato seguire le sue orme. Sono aggressivo in campo, ma non come lui. Mi piace l'idea di proteggere gli altri giocatori. Di difendere la porta e sostenere quelli come te così che tu possa brillare al massimo.» Rido e gli do un colpo sulla pancia, mozzandogli il fiato. «Inoltre, i tuoi addominali non saranno mai paragonabili ai miei, dato che corro molto più di te.»

Mi dà un pugno sul braccio. «Così mi ferisci, coglione.»

«Scusa.»

«Non scusarti. I migliori giocatori sono i migliori perché sanno chi sono e dove possono essere maggiormente utili. È un dono raro, amico. Sono colpito.»

Faccio spallucce e sento le guance tingersi di rosso. È la maledizione di essere mezzo irlandese. I miei capelli rosso fiammeggiante fanno pendant con le guance quando sono imbarazzato. «Ehm, la squadra non sa chi è mio padre, vero?»

«Non gliel'ho detto» risponde Daniel, appoggiandosi al bancone e guardando i membri della squadra. «Non vuoi che lo sappiano?»

«No» replico velocemente. «Lascia che prima dimostri quanto valgo.»

«Mi sembra giusto.»

Mio padre è Ryan Flanigan. È una leggenda del calcio europeo. Ha giocato come attaccante per alcune delle squadre europee più prestigiose della Premier Football League. Le sue statistiche sono surreali. Aveva una media di quarantacinque goal a stagione, il che era inaudito a quei tempi, senza contare tutti gli assist che all'epoca non venivano riportati in modo accurato. Nessuno riesce a eguagliare la sua resistenza fisica. È parecchio con cui confrontarsi.

Aggiungiamoci pure che sono l'unico su tre ragazzi ad essere stato scelto da una squadra professionista subito dopo il college. Tutti gli altri sono andati in club più piccoli per continuare a perfezionarsi, perciò capisco perché devo farmi un culo così ogni giorno. Non solo sono il "novellino", sono il novellino che ha più cose da dimostrare.

«Cosa farai quando lo scopriranno?» chiede Daniel.

«Spero che per allora avrò dimostrato loro che sono qui per merito mio, non suo.» Gli rivolgo un ampio sorriso. «E poi offrirò loro il suo autografo tutte le volte che servirà finché non mi lasceranno in pace» dico scherzando.

Daniel scoppia a ridere e mi dà una pacca sulla spalla. «È un buon piano. Cambiando argomento, ho sentito che hai ricevuto una borsa di studio per l'Università del Southern Michigan. È una buona scuola. Ti è piaciuta?»

«L'ho adorata. Ci sono belle persone e hanno un ottimo programma atletico. Non si può chiedere di meglio.»

«In cosa ti sei specializzato?»

Sorrido. «Chinesiologia, ovviamente. Che altro, sennò?»

Lui scoppia a ridere.

«So che è uno stereotipo, l'atleta che si laurea in chinesiologia. Ma, onestamente, non riesco a immaginare la mia vita senza il calcio, mi capisci?»

«Sì, ti capisco. Mi sto facendo vecchio, e sto cominciando a pensare a che cosa farò quando mi ritirerò.»

«Non sei così vecchio.»

«No, ma a un certo punto devi smettere di fingere che questa carriera durerà per sempre e fare altri piani. Un po' come le altre persone fanno piani per viaggiare e vivere con i soldi della pensione.»

«Penso che un giorno potrei diventare un allenatore o un preparatore atletico. Chissà?» Ci voltiamo entrambi quando un gruppetto prorompe in una chiassosa risata. «Ho ancora un po' di tempo per decidere.»

«In realtà, hai ancora parecchio tempo, novellino.» Mi dà una pacca sulla schiena e si alza. «Vuoi un altro drink?»

«No, sto a posto così, amico.» Sollevo il bicchiere per mostrargli che ne ho ancora un po'.

«Ok. Se ti serve qualcosa, fammi un fischio.»

«Grazie.»

Quando Daniel si allontana, riprendo ad osservare le persone intorno a me. Sono affascinato da alcune di esse. C'è una coppia in un angolo. Lei indossa un vestito blu luccicante e tiene i capelli raccolti in una sorta di chignon elegante. Lui indossa un completo, ma in maniera un tantino trasandata: la cravatta è allentata e storta, e il primo bottone della camicia è slacciato.

La donna è pronta per un appuntamento, mentre l'uomo sembra solo fare la bella statuina.

Più li guardo, più sono affascinato da come lui appaia estraniato dalla situazione. Certo, continua a conversare educatamente con lei, ma è evidente che è quest'ultima a portare avanti l'appuntamento. Il cellulare dell'uomo è sul tavolo a faccia in su, e benché lui non lo prenda mai in mano, ogni volta che lo schermo si illumina, lo guarda e poi ci passa il dito sopra per spegnerlo di nuovo.

La delusione della donna si manifesta ogni volta che lui lo fa. È talmente impercettibile che l'uomo non se ne accorge, ma è lì. Mi fa venir voglia di interromperli così da poterla portare fuori e mostrarle come dovrebbe essere trattata. Ma naturalmente non lo farò. Non mi piacciono i conflitti, se non quelli in campo.

«Ti consiglio di staccare gli occhi da loro» dice qualcuno accanto a me. Una donna si siede sullo sgabello che Daniel ha sgomberato poco fa. «Cominci a sembrare un pervertito.»

Mi dimentico completamente della coppia che stavo osservando. Davanti a me c'è, senza alcun dubbio, una delle donne più belle che abbia mai visto nella vita, ed è tutto dire considerando la carriera di mio padre e le orde di fan che ne derivano.

Ha dei lunghi e luminosi capelli scuri che le arrivano fino a metà schiena, due occhi di un marrone intenso, e labbra rosee e carnose a forma di cuore. È stupenda.

Cerco di ritrovare la lucidità così che non mi scambi per un completo sfigato. Seduto qui da solo, con ai piedi un paio di Converse e un berretto griffato abbassato sulla fronte, non trasudo esattamente successo.

«Non li sto fissando, li sto osservando» spiego.

Lei corruga la fronte. «C'è differenza?»

«Sì.» Sembra che abbia catturato il suo interesse. Vediamo dove ci porterà questa piccola conversazione. «Un pervertito guarda le persone perché cerca un modo subdolo per trascinarle nella propria vita. Non gli importa se hanno paura o se non sono d'accordo. Lo fa comunque.»

«Il fatto che tu sappia così tanto sul modo di pensare di un pervertito è un po' strano, non trovi?»

«Devo conoscere la differenza se voglio difendermi ed evitare di essere incluso in quella categoria.»

«Ah» esclama lei con un sorriso. «Mi pare sensato. Cosa stai osservando?»

Poso il drink sul bancone dietro di me. Non ho intenzione di berlo, quindi è inutile che continui a tenerlo in mano. «Sono affascinato dal comportamento umano, da quello che le persone dicono quando non dicono nulla. Sai quante informazioni gli uni degli altri ci perdiamo perché non prestiamo attenzione alle piccole sfumature?»

«Mmm.» Si volta nella mia stessa direzione e osserva la coppia nell'angolo. «Allora, cos'hai scoperto su di loro?»

«Bé, l'atteggiamento di lui non è cambiato granché.»

«Vale a dire?»

«Finge di non smanettare con il cellulare quando in realtà lo sta facendo. Chiacchiera con lei, ma i suoi occhi continuano a guizzare verso la partita in TV. Si sta sforzando ma non abbastanza. Non è affatto preso da lei.»

«Se si annoia, perché è ancora qui?»

«Penso che si tratti di un appuntamento al buio» ipotizzo. «Vedi come lei si è agghindata?» Annuisce. «Cerca una relazione seria, un compagno, magari desidera mettere su famiglia, o forse no. Lui, d'altro canto, probabilmente è un bravo ragazzo, ma non è pronto a impegnarsi con nessuna. Si sente a disagio perché non vuole deludere il suo amico, quello che gli ha organizzato l'appuntamento, ma sa che questo incontro non porterà da nessuna parte.»

Lei ride. «Hai capito tutto questo solo osservandoli?»

Scrollo le spalle e sorrido. «Gran parte me lo sono inventato, ma è stato il linguaggio del loro corpo che mi ha fatto giungere a tali conclusioni.»

Lei si gira sullo sgabello e fa un cenno con la mano al barista. «Anche se ti sbagliassi, la tua teoria è interessante.»

«Oh, non mi sbaglio» dico con sicurezza, voltandomi anch'io. Le porgo una mano. «A proposito, mi chiamo Rowen.»

«Rowen Flanigan, la nuova recluta. So chi sei» dice, stringendomi la mano. «Io sono Tiffany Wendel, un'amica della squadra.»

«È un piacere conoscerti, Tiffany. Resti qui a lungo?»

«In verità, alcuni di noi fra poco andranno a casa di Mack Shivel per una festicciola. Vuoi venire anche tu?»

Non so dire se stia flirtando con me oppure no, ma sono estremamente attratto da lei. Mi piace molto parlare con lei. In più, c'è l'ulteriore vantaggio di poter conoscere meglio i miei compagni di squadra. «Volentieri. Ti serve un passaggio?»

«No» risponde, afferrando il suo drink. «Sono venuta con delle amiche.»

«Ci vediamo lì, allora, Tiffany.»

Torna dal gruppo di ragazze con cui è venuta, si volta e mi rivolge il sorriso più bello che abbia mai visto.

Credo di essermi innamorato.

CAPITOLO 2

TIFFANY

«HMMM, HMMM, HMMM.»

Cerco di concentrarmi nonostante il mormorio vicino al mio orecchio. Questo succede ogni volta che io e Santos LaGuajardo andiamo a letto insieme. Non è un amante terribile, però quando si avvicina al culmine del piacere, ma non ha ancora raggiunto la meta, mormora. Dovrei esserci abituata ormai, invece mi distrae ogni volta.

Mi concentro sulle spinte regolari del suo uccello e sul suono di pelle contro pelle. Queste sono le cose che mi eccitano.

Le sue labbra catturano le mie e la sua lingua affonda nella mia bocca, imitando il movimento del resto del suo corpo. «Sei vicina?» mi chiede in un sussurro.

«Sì» bisbiglio di rimando. «Inclina leggermente i fianchi... Oh, sì, proprio così.» Lo bacio di nuovo, e lui riprende a mormorare con la lingua nella mia bocca.

Proprio in quel momento, Mack Shivel entra nella stanza e si chiude la porta alle spalle.

«Cazzo!» impreca Santos, fermandosi e fissando torvo Mack che si accomoda su una sedia accanto alla finestra. Di conseguenza, anche la mia corsa verso il grande O termina. «Lo fai ogni fottuta volta, amico! C'ero quasi, e tu hai rovinato la mia fottuta concentrazione.»

«Vaffanculo.» Mack si abbassa la zip dei pantaloni e tira fuori il pisello, sfregandolo lentamente. «Tira indietro le lenzuola. Voglio guardare, e sono stufo di aspettare il mio turno.»

«Sasha non te l'ha voluta dare stasera?» lo stuzzico mentre le lenzuola vengono gettate giù dal letto, rivelando me e Santos in tutta la nostra nuda gloria. Le narici di Mack si dilatano quando i suoi occhi percorrono il mio corpo.

La maggior parte delle donne si sentirebbe offesa o imbarazzata se qualcuno piombasse nella stanza mentre sta facendo sesso e si sedesse a guardarla per masturbarsi. Ma non io. Per me è stimolante. Adoro il sesso, in tutte le sue forme. E adoro i miei ragazzi del Mutiny.

«È con Christian» replica Mack mentre Santos mi bacia la mascella, eccitandosi di nuovo. «Sai quanto si incazza se resto a guardarlo.»

«Sì, lo so.»

Vengo di nuovo sopraffatta dalle sensazioni quando Santos comincia a baciarmi il petto, catturando un capezzolo nella sua bocca. Inarco la schiena e mi volto a guardare Mack mentre affondo le unghie nelle spalle di Santos. Gli occhi di Mack si socchiudono di piacere e Santos riprende a mormorare.

«Cazzo, mi piace un sacco guardare le tue tette rimbalzare mentre lui ti scopa» dice Mack. Si strizza leggermente il membro e si strofina il liquido preseminale intorno alla punta. «Voglio guardarlo scoparti da dietro. Santos, girala. Fammi vedere come ci dai dentro, amico.»

Senza dire una parola, Santos si ritrae, mi posiziona su mani e ginocchia, mi dà una pacca sul sedere abbastanza forte da farmi gridare e riaffonda in me. Gemiamo tutti e tre quando mi penetra.

«Scopala più forte» gli ordina Mack, e Santos esegue. «Afferra quei fianchi fottutamente sexy e dacci dentro, fratello.»

Lui lo fa, strappandomi quasi un urlo. Sono vicinissima al culmine del godimento.

«Strizzale i capezzoli. Tiff, massaggiati il clitoride, piccola. Cazzo, ci sono quasi.»

Porto la mano verso il basso e mi sfrego proprio nel momento in cui Santos mi stringe il capezzolo tra pollice e indice. Il suo mormorio diventa più rumoroso.

«Guardami, Tiffany» ringhia praticamente Mack. «Guardami mentre ti osservo scopare.»

Vederlo sfregarsi e strizzarsi l'uccello mi manda in estasi.

«Così, Tiffany. Lasciati andare, piccola. Lascia che ti guardi venire.»

Le sue parole sono sufficienti a farmi perdere il controllo. Getto la testa all'indietro con un gemito mentre la prima ondata di piacere mi travolge. Sono vagamente consapevole di Mack che grugnisce «caaaaazzo» quando anche lui raggiunge l'acme del piacere. Ma Santos non smette di muoversi, e il mio orgasmo si prolunga. Affonda le dita nei miei fianchi con così tanta forza che sono sicura mi lascerà dei lividi, e il suo mormorio si trasforma in un gemito. Fa aderire i nostri fianchi il più possibile, godendosi fino all'ultimo gli spasmi del nostro piacere.

Crollo sul letto e Santos si accascia sopra di me. Gli unici suoni presenti nella stanza sono i respiri ansanti di noi tre e il brusio proveniente dalla festa che si sta tenendo al di là della porta.

«Mi sento molto meglio ora» dice Santos dopo essersi ripreso. «Penso che le mie gambe fossero stremate dopo la partita. Avevo bisogno di cambiare posizione per venire.»

Mack raccoglie la maglietta bianca di Santos dal pavimento e si pulisce lo sperma dal petto. «Anch'io ne avevo bisogno. Sai che voglio vedere quel corpo da sballo quando mi masturbo. Non riesco a vederlo se è coperto dal tuo culo nudo.»

Santos ridacchia mentre si ritrae da me e si sbarazza del preservativo. «Già, perché ero preoccupato per il tuo orgasmo quando sono venuto qui. Ehi! Quella è la mia maglia, stronzo.»

Continuano a sfottersi mentre si rivestono. Io, invece, rotolo sulla schiena e mi tiro le lenzuola fin sopra al petto. Episodi simili non sono frequenti, ma in passato è già capitato che alcuni giocatori della squadra assistessero ai miei amplessi. Talvolta più di uno contemporaneamente. Certe volte si trasformano in un ménage à trois. Altre volte in un rapporto a tre con un pubblico. Non è un problema per me. Il sesso fa parte della vita, ed essere amica dei giocatori significa che posso fare il sesso migliore che esista ogni volta che voglio.

«Grazie, Tiffany» dice Santos, allacciandosi le scarpe. «È stato fottutamente fantastico. Era proprio quello di cui avevo bisogno per rilassarmi dopo la partita di stasera.» Mi stampa un bacio affettuoso sulla fronte. «Torni di là o resti nascosta qui per un po'?»

«Penso che me ne starò qui per qualche minuto» rispondo, rotolando su un fianco e poggiando la testa su una mano. «Voi due mi avete sfiancata.»

Santos sorride. «Vado a bere una birra. Ci vediamo dopo.»

«Ti va un altro po' di compagnia?» mi domanda Mack mentre Santos se ne va.

Inarco un sopracciglio. «Guardare non ti è bastato? Adesso hai bisogno di toccare?»

Lui scoppia a ridere. «Non intendo me. Ho in mente qualcuno a cui farebbe bene rilassarsi un po'. E credo che tu faccia proprio al caso suo.»

Scrollo le spalle. «Vedremo. Potrei non essere interessata.»

Mack mi assesta una pacca sul culo, poi si dirige verso la porta. «Lo mando qui da te. Ha bisogno di aprirsi di più. Penso che tu gli sarai di grande aiuto» dice andando via senza voltarsi indietro.

Ascolto i rumori della festa che si sta tenendo in soggiorno. Christian sghignazza fragorosamente e, subito dopo, una delle ragazze strilla. Si sente anche il flebile suono di monete che rimbalzano su un tavolo.

Questo è ciò che facciamo dopo quasi ogni partita in casa. Il Texas Mutiny gioca da marzo a novembre. È una lunga e intensa stagione, piena di trasferte e muscoli indolenziti dovuti a scontri accesi. Perciò ai giocatori piace fare baldoria e invitare me e le mie amiche.

La maggior parte della gente ci chiama groupie o "mangiatrici di calciatori". Non ci fidanziamo coi giocatori. Ci divertiamo e basta con loro. Ci piace spassarcela insieme e nessuno giudica le inclinazioni di nessuno. È divertente.

Sento Mack gridare, «Il prossimo!», e alzo gli occhi al cielo. Non ha alcun pudore.

La porta della camera si spalanca e lo sento parlare con qualcuno. «È il tuo turno, novellino.» Spinge un ragazzo nella stanza e sbatte la porta dietro di sé.

Mi metto seduta sul letto. «Rowen?»

I suoi occhi si sgranano e un rossore gli sale su per il collo quando vede il mio aspetto. Gli sorrido. «Hai deciso di venire, quindi. Mi stavo proprio domandando se ti saresti fatto vivo. Sono contenta che tu sia qui.»

«Io... ehm...» Ha difficoltà ad esprimere quel che vuole dire. «Mi dispiace. Dovrei lasciarti da sola per permetterti di vestirti.»

Si volta per andarsene ma io lo chiamo. «Aspetta!» Lui si ferma. «Non c'è problema, Rowen. Non sono imbarazzata o a disagio.»

«Tu no, ma io sì.»

Non mi è mai passato per la mente che potesse essere così pudico. La maggior parte dei giocatori appena vede una ragazza nuda a una festa le salta addosso. Voglio dire, è il motivo principale per cui siamo qui. La sua reazione mi lascia di stucco. E mi confonde. In più, la trovo anche piuttosto dolce.

«Non credevo che questo ti avrebbe messo a disagio.» Scendo dal letto. «Dammi un secondo.» Mi infilo i jeans e la maglia rossa del Mutiny, lasciando perdere la biancheria intima. «Adesso puoi voltarti.»

Rowen si gira lentamente verso di me. «Grazie» dice. «Non mi aspettavo di trovarti... ehm...»

«Nuda?» suggerisco con un sorriso.

«Esatto» replica in fretta, infilandosi le mani in tasca.

«Vuoi sederti?» Vado verso il tavolino e mi accomodo su una sedia. Lui ci pensa su un secondo ma infine segue il mio esempio. I suoi movimenti sono rigidi e lenti, come se la situazione lo mettesse ancora a disagio. «Puoi rilassarti» dico. «Solo perché siamo qui non significa che dobbiamo fare sesso. Possiamo anche chiacchierare.»

Lui annuisce e si morde il labbro. Si guarda intorno, osservando tutto come ha fatto al bar. Non ho mai incontrato qualcuno che ama vedere le cose a cui la maggior parte della gente non presta attenzione. «Quindi sei una groupie.»

Sbatto le palpebre, sorpresa. Non è così semplice come rispondere "sì" o "no". «Alcune persone mi chiamano così.»

«Tu come ti definisci?»

«Una fan.»

«Una fan» ripete impassibile.

Faccio spallucce. «Una super fan?»

«Probabilmente è più accurato.»

«Perché faccio sesso con alcuni dei giocatori?» Questa conversazione sta cominciando a farmi incazzare. Non devo giustificarmi con lui né con nessun altro per le mie azioni.

Lui solleva lo sguardo, sorpreso, e il rossore ritorna. «Mi dispiace» dice a bassa voce, togliendosi il berretto e mettendo in mostra una chioma rosso fuoco. Il colore mi ricorda Carrot Top, ma Rowen è molto più attraente del comico dai capelli rossi. «Non voglio sembrare un moralista o altro. So che esistono le groupie, ma non ne ho mai incontrata una. Sei diversa da come me le immaginavo.»

Sollevo un ginocchio contro il petto e ci poggio sopra il mento mentre lui si rimette il berretto. Sono stupita che non sia mai stato con una groupie prima d'ora. Presumo che giochi a calcio da tutta la vita. Non è mai andato a una festa? Non credo che il calcio al college sia molto diverso da quello professionistico sotto questo aspetto. «Come immaginavi che fossi?»

Rowen tira un respiro profondo e fissa la parete più lontana. «Suppongo che mi immaginassi qualcuna che somigliasse di più ad una prostituta, una con cui nessuno parla davvero e che trascina in uno stanzino solo per farci sesso.»

«Lo fai sembrare così osceno.»

Lui scrolla le spalle. «Hanno cominciato ad invitarmi a uscire solo poche settimane fa. Non ho mai avuto un termine di paragone finora.»

«Neanche al college? Ci sono groupie anche lì.»

«Oh no!» Solleva le mani in maniera difensiva. «Il mio coach era molto severo su come ci comportavamo, dentro e fuori dal campo. Una cosa del genere non ce l'avrebbe fatta passare liscia.»

Mi piace la sua innocenza. Alcuni calciatori si approfittano della situazione. Adoro fare sesso, quindi ne rifiuto pochi. Ma non sono tutti dolci come Rowen. O gentili come Santos. La maggior parte è come... beh, Mack.

«Posso farti una domanda?» Congiunge le mani e poggia i gomiti sulle ginocchia. «Perché lo fai? Per divertimento? Cioè, sei bellissima. E una fan leale. E probabilmente anche intelligente e arguta... perché permetti a quei coglioni di trattarti così?»

Sono sbalordita. Nessun giocatore mi ha mai posto questa domanda. Danno per scontato che sia qui per fare sesso. Vorrei rispondere alla sua domanda in maniera onesta, ma non so cosa dire.

«Scusa, non intendo offenderti.»

«No, non preoccuparti. Ti capisco» ribatto. «È solo che nessuno me l'ha mai chiesto prima. Mi hai colta alla sprovvista.» Aspetto per vedere se ritira la domanda, ma non lo fa, perciò cerco di essere il più sincera possibile. «Mi piace fare sesso. È un ottimo antistress e ha grandiosi effetti benefici per la salute. E... mi piace e basta» ammetto, scrollando una spalla. «I ragazzi della squadra sono miei amici. I miei ragazzi. So che tu pensi che siano dei coglioni, e sì, molti lo sono, ma ci tengo a loro. È un po' come avere degli "amici con benefici".»

Rowen fa un sorrisetto. «Sono un sacco di benefici.»

Colgo il tono scherzoso nella sua voce e ricambio il sorriso. «A volte sì, ma solo se mi va. Nessuno mi obbliga a fare nulla.»

Lui si appoggia allo schienale della sedia e io osservo il suo viso. So che sta pensando, ma non so bene a cosa. «Non sono come loro. Non sono il tipo da "amicizia con benefici"» dice.

«Nessun problema» replico sommessamente. «Mi piace avere anche dei semplici amici.»

Mi guarda dritto negli occhi, facendomi mozzare il fiato. Sembra quasi che mi stia guardando dentro. Nella parte più profonda di me stessa. È quasi terrificante.

Lentamente, si alza in piedi e indica la porta col pollice. «Adesso vado.»

Vengo travolta da un'ondata di delusione, ma mi spiaccico un sorriso sul viso. «Ci vediamo alla prossima partita?»

«Sì, ci vediamo lì.»

Emetto un sospiro profondo mentre la porta si chiude alle sue spalle. Frequento questi ragazzi da qualche anno, sin da quando ho diciott'anni. E nessuno di loro mi ha mai colpita come lui. Rowen Flanigan mi porterà un mucchio di guai. Me lo sento.

La porta si apre di nuovo e Nate Funderling entra dentro. Avanza nella mia direzione con un sorriso sulle labbra. Si piega verso di me, poggiando le mani sui braccioli della sedia su cui sono seduta, praticamente bloccandomi, prima di darmi un bacio impetuoso, bagnato e impacciato che io ricambio.

«Ehi, Tiffany. Ti va di scuotere il mio mondo stanotte?»

Sorrido in modo seducente e mi sfilo la maglietta dalla testa, gettandola sul pavimento.

Perché questo è ciò che faccio.

CAPITOLO 3

ROWEN

«ROWEN!» La voce di mio padre rimbomba attraverso il computer. «Che si dice, ragazzo?»

Sorrido quando appare sullo schermo coi capelli rosso fiammeggiante completamente spettinati. Nessuno ha mai messo in discussione che io sia suo figlio. Con gli occhi azzurro chiaro, la pelle candida come il giglio e i famigerati capelli rossi che ci ritroviamo entrambi, non ci sono dubbi su chi sia mio padre.

Ma i tratti fisici e le abilità calcistiche sono le uniche cose che abbiamo in comune. Le nostre personalità sono completamente opposte. Lui è chiassoso ed esuberante, mentre io sono pacato e, secondo alcuni, timido. Lui è l'anima della festa, io quello che se ne sta in un angolo a guardare. Quando era all'apice della sua carriera, ha ricevuto molta attenzione dalla stampa e si è crogiolato in essa. Al contrario, io sono felice di lasciare che i miei compagni di squadra si prendano la gloria. I tratti caratteriali li ho presi da mamma.

Nonostante le nostre differenze, sotto molti aspetti mio padre è il mio migliore amico. Io e mamma lo accompagnavamo spesso di città in città quando giocava nel campionato europeo. Dopo che si è ritirato e ci siamo trasferiti a Detroit, ha allenato tutte le squadre di cui ho fatto parte fino alle scuole medie. Anche in seguito, i miei coach lo chiamavano per farsi dare una mano di tanto in tanto. È stato uno shock andare al college e non vederlo più ogni giorno. Nel corso degli anni mi sono abituato alla sua assenza, ma le nostre chiacchierate su Skype sono tuttora alcuni dei miei momenti preferiti della settimana.

«Ciao, papà. Sono stanco. Molto stanco.»

Lui ridacchia e incrocia le braccia sul petto. «Devi ancora abituarti a tenere il ritmo dei professionisti, eh?»

«Anche lui è un professionista, Ryan» interloquisce mia madre, sedendosi accanto a lui e dandogli uno schiaffo scherzoso sul braccio.

«Sì, questo lo so» replica lui con marcato accento irlandese, poggiandole un braccio sulle spalle. «Ma è diverso all'inizio, quando sei appena stato reclutato.»

«Puoi dirlo forte! Mi danno del filo da torcere. È dura.»

«Ecco perché ti fanno lavorare sodo nella squadra riserve. Devi aumentare la tua resistenza.»

«*Credevo* che mi avessero fatto allenare duramente nella squadra riserve» dico, sfregandomi il viso. «Ma non era nulla paragonato a questo.»

«È perché devi ancora abituarti a confrontarti con persone del tuo stesso livello. Sei abituato ad essere il migliore in campo. Ci vorrà un po' di tempo per adattarti.»

«Lo so.» Mi appoggio allo schienale, incrocio le braccia sul petto e distendo le gambe. Sono ancora indolenzite dopo l'allenamento di oggi. «Ma ho l'impressione che stia impiegando un'eternità a mettermi al passo.»

«Ti serve solo un po' di tempo, Rowen» dice mia madre, reggendo una tazza. Immagino stia bevendo quello strano tè al lampone che sua sorella le ha regalato a Natale l'anno scorso. Da quando l'ha assaggiato, ha sviluppato una dipendenza per quella roba. «Sai che la maggior parte dei calciatori impiega anni per giocare anche solo pochi minuti. Sei già avanti rispetto agli altri.»

«Lo so, mamma. Ti assicuro che non sono preoccupato o altro. Sono soltanto molto stanco» dico, facendo un grosso sbadiglio.

«Stai assumendo abbastanza proteine, vero?» chiede. «I carboidrati sono importanti per la tua energia, ma sono le proteine a rinforzare i tuoi muscoli e ad aumentare la tua resistenza.»

«Sì, mamma.» Papà ridacchia mentre io cerco di non alzare gli occhi al cielo. «Non ho cambiato le mie abitudini alimentari. Non bevo troppo. Non partecipo alle feste... bé, non a tante, perlomeno.» Sorrido timidamente, e mio padre ride. Non è uno sciocco.

«Vai ad ubriacarti con i tuoi compagni di squadra dopo le partite, vero?» Sogghigna e inarca un sopracciglio. Posso sentire il rossore salirmi su per il collo. È la maledizione delle mie origini irlandesi: non posso mai, mai mentire ai miei genitori. È il mio stesso corpo a tradirmi.

«Non tanto» dico sulla difensiva. «Siamo usciti solo un paio di volte.» La mia mente divaga verso Tiffany, nuda in quella stanza. Ero così entusiasta quando l'ho incontrata quella sera. L'ho trovata divertente, intelligente e spiritosa. Ed incredibilmente bella. È ancora tutte quelle cose. Semplicemente, non riesco ancora a capacitarmi che sia una groupie.

«Ieri ho parlato con Fred Manahan» dice papà.

«Davvero?» Fred Manahan è il direttore generale del Mutiny e ha lavorato con mio padre per parecchi anni su diversi progetti. Cerco di tenere quel rapporto segreto. Non voglio che i miei compagni di squadra scoprano che lo conosco a livello personale. Il nepotismo di certo non favorisce l'unione di una squadra. «Cosa ti ha detto?»

«Sai, da qualche tempo quelli nelle alte sfere non sono molto contenti di Shivel.»

«L'avevo immaginato.» Il mio viso avvampa. Spero che non stia dicendo quello che penso.

Mio padre sorride. «Non cacciarti nei casini, figliolo. Ti stanno preparando per prendere il suo posto. Forse non appena termina questa stagione.»

«Porca miseria.» Cerco di immaginare le conseguenze. Shivel

lo sa? In caso contrario, come reagirà quando lo scoprirà? Già adesso è uno stronzo. Non oso pensare a cosa accadrebbe se scoprisse che potrei soffiargli il posto. Se se ne va, smetterà di organizzare festini? E Tiffany smetterà di andarci?

I miei pensieri vagano di nuovo verso Tiffany, avvolta soltanto da un lenzuolo bianco, coi capelli scuri che le ricadono sulle spalle. La immagino sorridermi e invitarmi a baciare quella sua deliziosa bocca, poi più giù, lungo il collo...

«Chi è lei?» I miei pensieri si interrompono bruscamente quando sento la profonda voce baritonale di mio padre.

«Cosa? Chi intendi?» domando, cercando di fare lo gnorri. So che è un tentativo inutile, ma mio padre ha cercato per tutta la vita di convincermi dei benefici di impegnarsi con una sola donna. Sono sicuro che non gli piacerebbe sapere quello che mi passa per la testa ultimamente.

«Non fare il finto tonto, ragazzo» brontola. «Continui a distrarti e a diventare rosso come un peperone mentre pensi. Riesco a leggerti come un libro aperto. Chi è lei?»

Sospiro. Mamma si alza e va via. Ha sempre avuto la delicatezza di darci un po' di privacy per i nostri "discorsi tra uomini", come li chiama lei. Solitamente, non mi importa che sappia cosa sta succedendo. Ma, in questo caso, sono contento che ci lasci soli.

«Papà, so come hai conosciuto mamma, ma hai mai avuto a che fare con le groupie quando giocavi?»

«Sì. Anche dopo aver incontrato tua madre, erano sempre nei paraggi. Pronte per una bella scopata o qualsiasi altra cosa ci venisse in mente. Rowen, ti sei cacciato nei guai con una mangiatrice di calciatori?»

«No! Oddio, papà» esclamo, lasciando trapelare la lieve calata irlandese che mi è rimasta, come succede sempre quando dice qualcosa che mi sorprende o sconcerta. «Sei proprio un cretino. Da quando sono nato, non hai fatto altro che dirmi che non devo concedermi a chiunque. Ci vorrà una persona speciale per farmi calare i pantaloni.»

Lui ridacchia. «So che non sei navigato come altri, ma so anche di cosa sono capaci le donne. Quando mettono gli occhi su qualcuno, possono essere implacabili.»

«Papà, dico sul serio. Non devi preoccuparti che venga raggirato. Non voglio che la mia prima volta sia con... con...» Vorrei concludere la frase ma, se lo faccio, sarebbe come affermare che non voglio stare con Tiffany. Invece lo voglio, e non soltanto in senso fisico. Voglio conoscerla meglio. Voglio sapere dove lavora e quali sono i suoi hobby. Voglio sapere della sua famiglia e della sua infanzia. Tuttavia, essere al corrente del tipo di rapporto che ha con la squadra intacca il mio interesse per lei.

«Ti ammiro per questo, figliolo. Ho creato un sacco di ricordi con tante groupie che vorrei poter cancellare.»

Spalanco la bocca. «Papà! Stai scherzando? Pensavo che fossi stato solo con mamma.»

Lui mi guarda come se fossi pazzo. «Chi ti ha messo in testa quest'idea?»

«Tu.»

Lui sbuffa. «Ti ho solo detto che non c'è niente di più bello che stare con la propria moglie. Lo so per certo perché sono stato anche con altre donne.»

«Papà» dico sommessamente. «Io... non so più cosa pensare.»

Mio padre si stringe nelle spalle. «Devo aggiungere qualcos'altro? Questo cambia la tua opinione su di me?»

«No.» Scuoto la testa e mi gratto la nuca. «È solo diverso da quello che ho sempre pensato, suppongo. Forse cambia il modo in cui vedo me stesso.»

«Ascolta, Rowen» dice in tono serio. «Quelle cose sono successe nel passato. L'istante in cui tua madre è entrata in scena, è cambiato tutto. Le feste non erano più divertenti. Stare con una donna diversa ogni notte non mi dava più soddisfazione. Riuscivo a pensare soltanto a lei. Ecco come so che le emozioni sono diverse quando condividi più di una semplice connessione fisica.»

Annuisco e abbasso lo sguardo sul pavimento. È strano pensare a mio padre ad una festa come quella a cui sono andato ieri sera. Non riesco neppure a immaginarlo. Ma allo stesso tempo, se mio padre ha smesso di andarci quando ha trovato l'amore della sua vita, mi chiedo se la stessa cosa possa valere anche per Tiffany. Cioè, lui è andato a letto con tante donne, lei va a letto con tanti uomini. Non è poi così diverso, giusto?

«Stai pensando di nuovo a quella ragazza, vero?» Sospira. «Ascolta, non la conosco. Non so perché faccia quel che fa. Potrebbe essere che voglia incastrare un giocatore. O potrebbe essere che le piaccia semplicemente divertirsi. L'unica cosa che posso dirti è di stare attento.»

«Lo so, papà. Ho mantenuto intatto il mio biscotto finora. Non mi ucciderà aspettare ancora un po'.»

Lui scoppia a ridere. «No, hai ragione. Infatti direi che questa è la prova del tuo ottimo autocontrollo. Pochi giocatori riescono a rimanere vergini quando la passera gli viene servita su un piatto d'argento in continuazione. Ti stimo per questo. Vorrei aver fatto anch'io le cose in maniera diversa.»

D'un tratto, mi sento più esausto di prima. «Devo salutarti, papà. Sono davvero stanco.» Non voglio più parlare di Tiffany o della mia verginità. Non che sia una conversazione imbarazzante da avere con mio padre – abbiamo già discusso di cose simili prima d'ora – ma sto cercando di elaborare ciò che ho scoperto sul suo passato. Forse essere attratto da una ragazza come Tiffany non è un dramma come credevo che fosse.

«Va' a dormire, figliolo» dice. «Magari domani ti daranno meno filo da torcere se ti fai una bella dormita.»

Sorrido. «Magari.» Mio padre allunga la mano per premere il pulsante di disconnessione, ma lo fermo. «Papà? Grazie.»

«Ti voglio bene, ragazzo mio.»

«Anch'io te ne voglio, papà.»

Dopo che interrompe la videochiamata, rimango a fissare lo schermo nero. Negli ultimi due giorni, ho evitato di pensare a Tiffany perché credevo che il suo rapporto con la squadra la rendesse una persona che i miei genitori non avrebbero approvato. Una persona che io non dovrei approvare. Improvvisamente, preoccuparmi di come le sue inclinazioni potrebbero pregiudicare una relazione con lei mi sembra ridicolo. Da moralista. Da uno che usa due pesi e due misure.

Eppure, non sono ancora sicuro di cosa fare con i miei sentimenti.

CAPITOLO 4

TIFFANY

LA PORTA si sblocca quando passo la chiave sulla serratura elettronica. Oltrepasso la soglia e mi dirigo verso il reparto assegnazioni, con in mano la borsa a tracolla e il lunch box.

Posandoli sul pavimento accanto all'enorme cubicolo, saluto il mio amico Caleb. «Come mai oggi è così silenzioso? Dove sono tutti?» Afferro una manciata di lettere dalla cassetta della posta dell'azienda e le sfoglio.

Senza sollevare lo sguardo dal computer, Caleb risponde: «È una giornata strana. Quasi tutti i reporter avevano dei servizi programmati per stasera, perciò sono già andati via per registrarli. E ci sono un paio di fotografi al piano di sotto, in attesa che succeda qualcosa, ma finora c'è stato silenzio radio.»

Ridacchio mentre getto i comunicati stampa nel cestino della spazzatura. «Sai cosa significa, che stasera...»

«Non. Dirlo.» Si gira sulla sedia per guardarmi in viso. Faccio per aprire di nuovo bocca, ma lui mi interrompe. «Non dirlo! Ogni volta che lo dici gli scanner radio impazziscono e la mia giornata si trasforma in un inferno. Quindi non dirlo.»

«Breakingnews» dico il più velocemente possibile, scoppiando in una risata.

Lui geme e si copre il viso con le mani. «Ti odio, lo sai?»

Continuando a ridacchiare, gli do una pacca sulla testa. «Oh, pensi che io porti sfiga?»

«Succede sempre, Tiff.»

Manco a farlo apposta, uno scanner stride. Caleb si irrigidisce, ma sembra che il centralino stia trasmettendo solo un bollettino medico. Non ci occupiamo di quelle chiamate. La sua giornata è al sicuro per adesso.

«Magari sarà una notizia sportiva dell'ultim'ora a scombussolare i tuoi piani.»

«*Pfft*... Non ho letteralmente mai sentito una notizia sportiva.»

«Allora non fai questo lavoro da abbastanza tempo, amico mio.» Recupero le mie borse dal pavimento. «Non succede spesso, ma quando accade, è una roba pazzesca.»

«Certo, certo, come no» replica lui, senza guardarmi. Proprio in quel momento, tutti gli scanner cominciano a squillare all'unisono. Sembra si tratti di un tamponamento a catena sulla 6-10. Quelli sono i peggiori. «Dannazione, Tiffany!» Caleb afferra il telefono per chiamare i rinforzi. «È colpa tua, sappilo.»

«Ti adoro, Caleb!» gli grido da sopra la spalla. «Non togliere spazio al segmento sportivo, mi raccomando.»

Salgo al piano di sopra, pensando alle partite di oggi e a quale di esse mandare il nostro unico telecronista sportivo.

Da che ho memoria, ho sempre voluto diventare un produttore di programmi sportivi, preferibilmente per la ESPN o un'altra rete nazionale. Ma ho ancora molta strada da fare. Il fatto che abbia appena terminato il college e sia già un produttore associato in uno dei maggiori mercati degli Stati Uniti è praticamente un evento senza precedenti.

Sono stata fortunata. Non lo nego. Cinque anni fa, mi sono trasferita in Texas per laurearmi in giornalismo all'università di Houston. Uno dei requisiti per ottenere la laurea era di lavorare come stagista in una stazione televisiva locale. È così che sono arrivata qui. Suppongo che siano rimasti colpiti da quanto lavori sodo e dalla mia profonda passione per lo sport, perché quando il produttore per cui lavoravo se n'è andato di punto in bianco, il produttore associato ha ottenuto una promozione e hanno chiesto a me di prendere il suo posto mentre erano in difficoltà. Mi sono fatta un culo così gli ultimi due mesi prima della laurea. Una volta ottenuta, sono stata assunta a tempo pieno. E ne sono contentissima. Guardiamo gli incontri sportivi praticamente tutto il giorno e poi scriviamo riepiloghi sulle partite. È un lavoro da sogno.

Lascio cadere le mie cose sulla scrivania e avvio tutti i programmi. Mi piace arrivare qui prima degli altri. Essendo donna, devo sforzarmi più degli uomini per dimostrare il mio valore nell'ambito del giornalismo sportivo. È giusto che sia così? No, ma finora i miei sforzi sono stati ripagati.

«Ehi, Tiff» mi saluta Steve, il mio capo, entrando nella stanza.

«Cosa ci fai qui? Pensavo che oggi Ashley volesse andare a una fiera del libro o qualcosa del genere.» Ashley, sua figlia di otto anni, lo ha tormentato per giorni affinché pranzasse con lei dopo la scuola così da poter andare insieme a comprare qualche libro.

«Ci sono già stato. Mi ha chiesto di portarti questo» dice, posando un libro sottile sulla mia scrivania.

«*Cento barzellette per menti spiritose*» leggo, raccogliendolo.

«Per sé ha preso *Oltre cento barzellette*, quindi preparati per la prossima volta che viene qui.»

Non ho molta esperienza con i bambini, ma mi piace Ashley. È divertente e spigliata, e adora le barzellette. Facciamo a gara a chi ne racconta di più ogni volta che è qui. Finora ha sempre vinto lei, principalmente perché non conoscevo molte barzellette pulite finché non ha cominciato a sfidarmi. Le piace sorprendermi con gare a tema. Come quelle solo sulla frutta o sulle persone. Non so mai su quale argomento mi sfiderà la volta successiva.

Sfoglio rapidamente il libro. «Oh, la sfida si fa interessante.»

Lui ride. «Sapeva che avresti detto così.»

«Mi conosce bene.»

Steve accende i monitor. Non ci sono partite al momento, ma gli piace assicurarsi che non ce ne dimentichiamo. Come se una cosa simile fosse possibile.

«Ho visto alcune foto di te mentre lasciavi l'appartamento di Mack Shivel ieri notte.»

«Sì» confermo, mentre lui si toglie la giacca e l'appende allo schienale della sedia. «Ha organizzato una piccola festicciola per la squadra dopo la partita.»

Steve inarca un sopracciglio. «Piccola?»

Rido. «Bé, piccola per i suoi standard. Almeno, i vicini non hanno minacciato di chiamare la polizia stavolta.»

«L'ultima volta è successo, invece?»

«Mmm, credo sia accaduto circa sei mesi fa.» Faccio spallucce. «Ha imparato a contenersi e ha smesso di inviare il suo indirizzo a chiunque. Se non sei un amico abbastanza stretto da sapere dove abita, non sei un amico abbastanza stretto da partecipare alle sue feste.»

Steve non è mai stato un festaiolo, anche se non ha paura di ascoltare quello che succede ai festini che frequento. Non che gli dica qualcosa sul sesso spinto che faccio.

«Hai scovato qualche notizia interessante?» mi chiede.

«Nulla che possa essere utilizzato adesso, ma ci sono grandi novità in arrivo, amico mio.»

Lui smette di sfogliare i documenti impilati sulla sua scrivania per guardarmi negli occhi. «Davvero? Tipo cosa?»

Mi schiarisco la gola. «Ieri sera giravano un sacco di voci su una certa recluta che stanno preparando per far giocare come centrocampista titolare nella prossima stagione.» Cerco di non cambiare espressione quando il viso di Rowen mi attraversa la mente. Non ho smesso di pensare a lui dall'altra sera. Nessuno prima d'ora si è girato dall'altra parte nel vedermi nuda. Sono rimasta sorpresa dalla piacevole sensazione che la sua reazione ha suscitato in me.

Steve inarca entrambe le sopracciglia. «Chi fanno fuori?»

«Mack Shivel.» Congiungo le mani e me le poso in grembo.

Steve emette un fischio incredulo. «Scommetto che l'ha presa piuttosto male.»

«Mack non sa ancora niente.»

«Ne sei sicura?»

«Oh, sì. La nuova recluta era alla festa. Era così ubriaco che se l'avesse saputo l'avrebbe preso sicuramente a botte.»

Steve si gratta una spalla. «Già, quel Mack Shivel è un cazzone.»

«Ehi!» protesto. «Non è così male. È sempre stato carino con me.»

Lui alza gli occhi al cielo. «Certo, perché sei giovane, bella e hai una vagina.»

Spalanco la bocca e non riesco a trattenere una risata. «Hai davvero detto una cosa simile?»

«Troppo schietto?» chiede timidamente.

«No. Solo che di solito sei più...» Mi interrompo per trovare le parole giuste da dire. «... discreto di così.»

Steve si stringe nelle spalle. «Ho bevuto soltanto un caffè oggi. Sono un po' fuori fase.»

Mi rigiro una penna attorno al dito. «Bé, ad ogni modo, tengo le orecchie aperte. Farò in modo di ottenere un'intervista esclusiva con la nuova recluta e, se sarò fortunata, anche con Mack quando verrà a saperlo.»

«Mi pare un ottimo piano.»

Steve clicca il mouse un paio di volte e, alcuni secondi dopo, recupera dalla stampante la lista dei possibili servizi da fare. Trascorriamo i successivi venti minuti discutendo delle partite di oggi e del loro ordine di importanza. Sappiamo già che il nostro reporter seguirà gli Houston Astros. Senza dubbio, il football americano è lo sport con il maggior numero di fan a Houston, ma il baseball viene subito dopo.

Di solito, il calcio segue a ruota, tuttavia, io non sono una tifosa qualsiasi. Ho iniziato a giocare a calcio all'YMCA quando ero una bambina e lo amo sin da allora. L'ho praticato fino al terzo anno di college, quando un infortunio alla tibia mi ha impedito di continuare a giocare. Ci sono rimasta male quando ho dovuto smettere, ma frequentare i ragazzi del Mutiny mi aiuta a superare la delusione.

Non sono un membro della squadra, ma è comunque bello sentirmi parte della loro famiglia. Farei veramente di tutto per loro, e sono piuttosto sicura che anche loro farebbero qualsiasi cosa per me. Bé, entro limiti ragionevoli, ovviamente.

L'ufficio diventa silenzioso quando io e Steve ci mettiamo al lavoro. Gran parte della nostra giornata consiste nel leggere tutte le notizie dell'agenzia di stampa per assicurarci di non perdere nessuna importante novità sportiva nazionale. Ci occupiamo anche del montaggio delle partite di ieri sera che potrebbe non essere stato concluso quando siamo andati in onda la scorsa notte. Ma in linea di massima, le cose sono abbastanza tranquille fino alle diciassette, quando cominciano le partite.

A quel punto, guardiamo più televisori contemporaneamente, in attesa della scena clou. Volano anche un sacco di volgarità mentre tifiamo per le nostre squadre preferite. È uno spasso.

Mentre aspettiamo, ho il tempo per fare qualche ricerca, e c'è un unico argomento su cui voglio informarmi: Rowen Flanigan.

Dopo aver inserito il suo nome nel motore di ricerca, scorro una dozzina di articoli. Gran parte di essi parlano del fatto che sia stato reclutato direttamente dopo il college. Molti riepilogano le sue statistiche all'università. Ulteriori articoli lo menzionano durante la panoramica di gioco.

Le sue statistiche dell'anno scorso sono incredibili: una media assist di oltre 0.6 per partita e diciassette goal. È ben al di sopra della media nazionale, perfino per i professionisti.

Un articolo più vecchio cattura la mia attenzione. Lo leggo velocemente e ogni tassello va al suo posto.

«Porca vacca» esclamo sottovoce.

«Che c'è?» domanda Steve in modo distratto, battendo sulla tastiera con due dita.

«La nuova recluta... è l'erede di un mito del calcio.» Fisso lo schermo, attonita. Non so come mi sia sfuggito uno scoop simile.

Steve si alza e si mette dietro di me, poggiando le mani sullo schienale della sedia per leggere oltre la mia spalla. «Cosa intendi?»

«Guarda.» Indico una foto di Rowen di quand'era un po' più giovane e coi capelli rossi scompigliati. È seduto a un tavolo accanto a una versione quasi identica di se stesso, probabilmente di venticinque anni più grande. «Suo padre è Ryan Flanigan.»

Steve si piega in avanti. «Sul serio?»

«Lo dice l'articolo, proprio qui: *'Rowen Flanigan, unico figlio della leggenda del calcio europeo, Ryan, quest'oggi ha firmato una lettera d'intenti per giocare a calcio per l'Università del Southern Michigan'.* Porca miseria, Steve» dico, girandomi sulla sedia per guardarlo in faccia. «Suo padre è Ryan Flanigan. Ti rendi conto di quanto sia pazzesco?»

«Non lo definirei pazzesco, però sì, è fantastico. L'hai conosciuto? È un bravo ragazzo?» chiede Steve, riaccomodandosi al suo posto.

Arrossisco quando ripenso ai miei due incontri con Rowen.

«È molto, molto gentile» dico con nonchalance. «Alquanto riservato. Preferisce osservare le persone piuttosto che buttarsi nella mischia.»

«Credi che dovremmo intervistarlo?»

Ci penso su per qualche secondo. «Preferirei aspettare. Dato che è la prima volta che ne sento parlare, la mia ipotesi è che non voglia essere accusato di nepotismo. Ma pensi che abbiamo tempo? È identico a suo padre, quindi ad un certo punto la gente lo scoprirà.»

Steve tamburella un dito sulla scrivania, riflettendo. «Suo padre si è ritirato... quanto? Quindici anni fa?»

Scorro di nuovo l'articolo. «Sì, più o meno.»

«Quindici anni fa non c'erano squadre di calcio che valesse la pena seguire negli States, perciò non era uno sport molto popolare. La gente seguiva principalmente il tennis.»

«Me lo ricordo. Mia madre ci costringeva a guardare quasi tutto il campionato all'epoca.»

«C'erano dei bravi giocatori allora. Tuttavia, quasi nessuno nel nostro paese seguiva il calcio, e di sicuro non seguivano le leghe europee. Poche persone saranno in grado di fare due più due.»

«Pensi che abbia tempo di conoscerlo un pochino meglio prima di chiedergli un'esclusiva?»

«Sì, ma se butta fuori Shivel, voglio un'intervista con lui prima di chiunque altro. Sarebbe uno scoop sensazionale.»

«Certamente» replico, riportando lo sguardo sul monitor.

Rowen Flanigan è il figlio di una leggenda. Già mi intrigava prima. Adesso, potrei diventare ossessionata da lui.

CAPITOLO 5

ROWEN

BATTO LE NOCCHE sulla porta dell'appartamento e aspetto che vengano ad aprirmi. Sono in ritardo, ma avevo bisogno di maggior tempo per raffreddare i muscoli delle gambe dopo l'esercitazione di oggi. Gli allenamenti sembrano diventare sempre più difficili, non più facili. Lo capisco, però. Siamo nel pieno della stagione, e i play-off si avvicinano. Devo essere in perfetta forma nel caso in cui uno dei nostri titolari si infortuni.

Questo è un bel quartiere, situato nel centro della città e vicino allo stadio. In effetti, non è molto lontano da dove abito, informazione che terrò per me.

Nonostante la maggior parte dei nuovi membri della squadra debba guidare per almeno mezz'ora per andare al lavoro e abbia come minimo un coinquilino, io vivo da solo in una villetta con garage a dieci minuti di distanza. Certe volte, avere un padre con tante conoscenze torna utile. Cosa che non ho intenzione di confessare stasera.

La porta si apre e Daniel, il mio capitano, compare sulla soglia, con un largo sorriso e un sigaro acceso in bocca.

«Benvenuto alla serata di poker, novellino!» esclama un po' troppo forte. Suppongo che abbiano già cominciato a darci dentro col whiskey che mi ha promesso quando mi ha invitato qui.

«Spero che tu abbia portato tutti i tuoi risparmi duramente guadagnati, perché ho intenzione di soffiarteli via stasera.»

«Non sono preoccupato» rispondo, entrando dentro. «Non guasta un po' di disperazione quando si gioca a poker.»

Lui scoppia a ridere e mi dà una pacca sulla schiena. Lo seguo in soggiorno, dove è stato allestito un gigantesco tavolo da poker. Dopo essere accolto da un'entusiasmante coro di benvenuto da parte dei ragazzi che non hanno più carte in mano, prendo posto accanto a Christian. Il fumo è denso nella stanza e le *fiches* sono ammucchiate al centro del tavolo.

«Cazzo. Sono fuori» impreca Randall Shahriary, gettando le carte sul tavolo. «Vaffanculo, Shivel. Quando sei diventato così bravo a poker?»

Shivel sogghigna come lo Stregatto. «Te l'avevo detto di non metterci speranze, vecchio. Non sei più in grado di tenere il passo con noi giovani. Sia in campo che fuori.»

Shahriary si irrigidisce leggermente alla sua frecciatina. Non è un segreto che sia uno dei nostri giocatori più anziani. Essendosi ritirato dalla Premier League in Europa, gioca per il Mutiny da un paio d'anni. Pure Sammy Marshall e Luca Montoya, anch'essi ex-calciatori della Premier League, non sembrano molto contenti del suo commento.

«Bada a come parli» dice Luca, appoggiandosi allo schienale della sedia. «Trentacinque anni potrebbero sembrare tanti a degli smidollati americani come voi, ma noi giochiamo sin da quando voi indossavate ancora i pannolini. Conosciamo trucchetti che non avete neppure mai visto.»

Shivel fa un tiro di sigaro. «Di certo quei trucchetti non vi stanno aiutando nel poker, vecchietti, poco ma sicuro.»

Luca solleva gli occhi al cielo, si alza e borbotta di aver bisogno di un'altra birra.

«Cosa bevi?» mi chiede Daniel mentre aspettiamo che gli ultimi due giocatori finiscano la partita. «Ho roba forte qui» dice, agitando una bottiglia di whiskey mezza vuota verso di me. «Ma c'è anche della birra in frigo.»

«Quest'ultima è più nelle mie corde, grazie.»

«Luca!» grida Daniel. «Prendi una birra per il novellino!»

«Cosa vuoi fare, Sanchez?» lo pungola Shivel. «Stai fissando quelle carte da dieci minuti. Sei pronto ad arrenderti?»

Christian tira un respiro profondo, prima di lanciare alcune *fiches* nel mucchio al centro del tavolo. «Rilancio.»

Shivel ridacchia e fa un altro tiro di sigaro, prima di aggiungere altre *fiches*. «Vedo. Cos'hai in mano, figlio di puttana?»

Christian poggia le carte sul tavolo, rivelando due re e tre regine.

Sposto lo sguardo su Shivel e lo osservo. Sembra impassibile, ma dopo anni trascorsi a scrutare le persone, mi è facile cogliere le sue emozioni. Le sue dita si contraggono leggermente e le sue sopracciglia si inarcano impercettibilmente. Ha vinto, ma sta prolungando il momento il più possibile. Che bastardo.

«Non male» dice infine. «Ma non abbastanza da...» Sbatte le sue carte sul tavolo e balza in piedi. «...battere una scala reale, stronzo! Whoooo!» Getta le braccia in aria in segno di vittoria, continuando ad esultare, e raccoglie tutte le *fiches*.

«Che gran figlio di puttana» impreca Christian, sbattendo il pugno sul tavolo. «Come ci riesce sempre?»

«Io scommetto che bara» dice Sammy, lanciando le carte a Daniel così che possa mescolarle.

«Chiudi il becco, vecchio» ribatte Shivel. «Non prendertela con me solo perché ti ho portato via i soldi che tieni da parte per le mignotte.»

«Nessuno qui paga le mignotte, testa di cazzo» replica Sammy. «Nessuno tranne te.»

«Non ho bisogno di andare con le mignotte» dice Shivel, impilando le proprie *fishes* in una pila ordinata mentre Luca distribuisce le birre e gli altri si sgranchiscono o scalpitano per la prossima manche. «Perché dovrei quando c'è un gruppo di puttane che si presenta a casa mia dopo ogni partita?»

Mi irrigidisco alle sue parole, sperando di non essere diventato tutto rosso, soprattutto dal momento che sta guardando dritto verso di me.

«Sta' zitto, coglione. Sei proprio uno stronzo» gli dice Christian. «Perché non ti sbrighi a dare le carte?» sbotta poi, rivolgendosi a Daniel che sta ancora mescolando le carte, mentre Shivel gli fa un gesto volgare con le dita.

Guardo le carte man mano che Daniel le dà, ma posso sentire gli occhi di Shivel ancora puntati su di me, quasi stesse aspettando una mia risposta. Certo, Tiffany continua ad attraversare la mia mente, persino i miei sogni. Ma non la conosco, o perlomeno, non abbastanza da lasciarmi toccare da questa conversazione.

«Pare che a Rowen piaccia una delle mangiatrici di calciatori. E anche parecchio» dice infine. «Non è vero, novellino?»

Gli occhi di tutti si puntano su di me. «Non so di cosa tu stia parlando.» Bevo un sorso di birra, pregando che il mio viso non diventi rosso, smascherando così il mio imbarazzo. Questa non è una conversazione che mi va di avere, ma Shivel non ha intenzione di lasciar perdere.

«Sei rimasto in camera con Tiffany per un sacco di tempo. Ti ha mostrato quella cosa che fa con la lingua? Santos ne va matto. *Ahi!*» grida quando quest'ultimo gli assesta un pugno sulla spalla.

«Quello che succede in privato resta privato, coglione.» Santos raccoglie le proprie carte e le dispone a ventaglio in una mano. «Non è una regola che hai deciso tu?»

«Rilassati. Tua moglie non è qui. Inoltre, voglio sapere che cosa è successo dietro quelle porte chiuse con il nostro nuovo compagno di squadra qui presente.»

«Non ho niente da dire.» Tutti mi guardano, in attesa di ulteriori informazioni. «Sul serio. Abbiamo solo chiacchierato un po'. È una ragazza simpatica.»

Nate Funderling sbuffa. «Simpatica. Già. È proprio quello che è.»

Intorno al tavolo si sente qualche risatina, prima che Christian ci urli di concentrarci sul gioco. Gliene sono grato, perché Shivel sta iniziando a farmi incazzare. Sono abbastanza sicuro che ogni scambio di battute che ha con me abbia il solo scopo di infastidirmi. Forse è intimidito dalle mie abilità in campo più di quanto io creda.

Invece di focalizzarmi sulle sue frecciatine, mi concentro su quello che so fare meglio fuori dal campo: osservare. Per quanto impercettibili siano, ognuno dei ragazzi ha dei segnali rivelatori. Luca fa dei respiri lenti e profondi quando pensa di avere una buona mano. Shahiary si mordicchia le labbra. Christian si massaggia la nuca. Sammy, Luca e Nate fanno schifo a poker, perciò sono fuori dal gioco prima che riesca a inquadrarli. E Daniel? È talmente sbronzo che è impossibile capire i suoi segnali. Potresti dirgli qualsiasi fesseria e lui ti crederebbe.

Ci vuole qualche mano di gioco, ma riesco a sottrarre a Shivel gran parte delle sue vincite, cosa che lo fa incazzare e rende felici gli altri.

«Cazzo» dice, gettando le carte sul tavolo dopo aver perso per l'ennesima volta e alzandosi. «Vado a pisciare.»

«Io vado a prendere una birra» dice Christian, alzandosi a sua volta e stiracchiandosi. «Cosa vuoi, novellino?»

«Vengo con te. Ho bisogno di sgranchirmi le gambe.»

«Sei un po' indolenzito dopo gli squat in più di oggi?» chiede con un sorriso.

«Non pensavo che gli allenamenti potessero diventare così duri, amico» ammetto. «Non mi sentivo così dolorante da quando frequentavo il centro di addestramento.»

«Devi metterti al passo se vuoi diventare titolare. Vuoi un'altra *Shock Top*?» Fruga nel frigorifero. «Sembra che ci sia anche qualche *Bud Light*, *Shiner*... oh, c'è anche una panaché.»

«Va bene la *Shiner*.»

Mi porge una bottiglia, poi apre la sua e beve un lungo sorso.

«Mmm. Panaché al pompelmo. Non male» commenta, leggendo l'etichetta.

«Dove cazzo l'hai presa quella?» chiede Daniel, entrando in cucina. Non ha fatto che sorridere e ridere per tutta la serata, perciò la rabbia nella sua voce ci pietrifica.

«Ehm, era in frigo. Scusa, amico» dice Christian. «Non pensavo che fosse off-limits.»

Daniel si strofina la faccia e tira un respiro profondo. «No, scusa. L'avevo presa per mio fratello, ma ormai non ne avrà più bisogno. Bevila pure, amico.»

«Non hai ancora parlato con la tua famiglia?» domanda Christian, posando la bottiglia sul bancone e incrociando le braccia sul petto. Daniel lo ignora, ma Christian aspetta pazientemente che smetta di frugare in frigorifero. «Zavaro.»

«Che vuoi?» replica lui, gettando il tappo della bottiglia nel lavello.

«Non hai ancora parlato con la tua famiglia?»

Qualcosa non torna. Non conosco tanto bene Daniel, ma so che è molto legato alla sua famiglia. Se ha litigato con loro, spiegherebbe perché non ha fatto che bere per tutta la sera.

«Lascia perdere, Sanchez» dice Daniel, lanciandogli un'occhiata torva.

Christian lo ignora, si gira verso di me e indica Daniel col pollice. «Il nostro capitano ha deciso di portare la sua ragazza Quincy e suo figlio a casa di sua madre per cena. Hai mai assaggiato le sue fajita?»

Scuoto la testa.

«Sono la fine del mondo. Non mi dispiacerebbe mangiarne un po' adesso.» Si volta verso Daniel. «Assicurati di dirle che vengo anch'io la prossima volta che abbiamo una domenica libera.»

Il capitano lo ignora.

Corrugo la fronte. «Cosa mi sfugge?»

Daniel geme. «Possiamo evitare di parlare di questo? Ho bisogno di tempo per elaborare l'accaduto.»

Christian continua a conversare con me. «A quanto pare, non l'ha presa molto bene quando uno dei suoi fratelli ha accusato Quincy di uscire con lui per i suoi soldi. Così il nostro capitano non parla con la sua famiglia da oltre una settimana. Ecco perché ultimamente non fa altro che lagnarsi. Non l'hai notato?»

«Adesso basta» sbotta Daniel. «Non parlarne più. Non voglio che i miei problemi personali facciano il giro dello spogliatoio.»

Christian sbuffa. «Non è che il novellino abbia l'abitudine di blaterare nello spogliatoio.»

Daniel si blocca e ci pensa su, nonostante la nebbia alcolica che gli offusca il cervello, giungendo probabilmente alla conclusione che non parlo molto con la squadra. Non sono timido. Semplicemente, non ho bisogno di sentire la mia voce tutto il tempo. «Ok, hai ragione. Ciononostante, chiudi il becco. Sistemerò le cose.»

«D'accordo» risponde Christian, riprendendo la birra dal bancone. «Cambiamo argomento. Che cazzo ci fa qui quello stronzo di Shivel? Pensavo che non fosse stato invitato.»

«Infatti è così» dice Daniel, appoggiandosi al frigorifero, probabilmente per non cadere. Avrà un tremendo dopo-sbornia domani. «È venuto con Funderling. Non ne sono stato contento, ma non è che potessi buttarlo fuori a calci.»

Christian grugnisce con disappunto. «Almeno, il novellino qui presente gli sta soffiando via tutti i soldi.»

Sogghigno. «Compensa tutte le volte che cerca di farmi irritare.»

«Quindi l'hai notato, eh?» dice Christian. «Difficile non accorgersene quando lo fa quotidianamente.»

«È solo intimidito» commenta Daniel. «Sa di avere i giorni contati, quindi sta facendo di tutto per trascinarti giù con lui.»

«Daniel» lo ammonisce Christian, rivolgendogli uno sguardo che sono abbastanza sicuro dica: *Chiudi il becco.*

«Ehm... io...» balbetta Daniel.

Sorrido. «Rilassati, capitano. Il mio vecchio mi ha già spifferato i rumors che girano.»

Daniel si rilassa contro il frigo. «Ah, giusto. Suppongo che lui l'abbia saputo prima di me.»

Christian sposta lo sguardo tra noi due. «Mi sono perso qualcosa? Perché tuo padre dovrebbe sapere qualcosa al riguardo?»

«Amico» dice Daniel prima che io possa fermarlo. «Suo padre è Ryan Flanigan.»

Christian scava nella propria mente per un po', prima di capire perché il nome gli suona familiare. Il suo viso si illumina e io divento tutto rosso. Maledette radici irlandesi.

«Sul serio, novellino?» chiede eccitato. «Sapevo che avevi un'aria familiare, ma ho giocato contro così tanti avversari che dopo un po' sembrate tutti uguali.»

Daniel sbuffa una risata all'involontario commento razzista.

Mi abbasso il berretto fin sopra le orecchie, come faccio sempre quando sono nervoso. «Non voglio che la squadra lo sappia. Non voglio pensino che sono qui per motivi diversi dalle mie capacità.»

Christian annuisce comprensivo. «Ti capisco benissimo, amico. Non preoccuparti, non dirò niente. Assicurati solo che Shivel non lo venga a sapere. Avrebbe una giornata campale con questa storia.»

«Quello ha una giornata campale con tutto» borbotto, prima di riuscire a trattenermi.

«Già. Parlando di mangiatrici di calciatori...» dice Daniel, usando quel termine che mi fa stizzire. «Ti ha punzecchiato parecchio riguardo a Tiffany. Cosa c'è sotto?»

Stavolta, sono sicuro di arrossire. Non mi piace parlare di queste cose con dei perfetti sconosciuti. Un conto è avere una conversazione schietta con mio padre, un altro con questi ragazzi che non conosco ancora molto bene. Mi abbasso ulteriormente il berretto e bevo qualche sorso di birra. Ma è inutile temporeggiare. Questi due hanno la pazienza di Giobbe quando vogliono delle informazioni. Alla fine, mi arrendo.

«Non c'è nulla sotto. All'ultima festa, mi ha spinto in una camera da letto. Immagino per una sorta di strana iniziazione. Tiffany era lì. Ma come ho detto, abbiamo solo chiacchierato per un po'.»

Daniel mi guarda con espressione scettica. «Ti piace.»

Sbuffo. «Io... non la conosco.»

Lui solleva le mani. «Ehi, non ti sto giudicando. È sempre stata buona con la squadra.»

Mi innervosisco alla sua affermazione, ma non so bene per quale motivo. Perché mi sento così protettivo verso questa ragazza? Comincia ad irritarmi il fatto che rimanga turbato ogni volta che il suo nome salta fuori in una conversazione.

«A proposito» interloquisce Christian. «Le hai scritto di venire al centro sportivo domani?»

«Oh, cazzo» dice Daniel. «Me ne sono completamente dimenticato. Pensi che sia troppo tardi?» Tira fuori il cellulare dalla tasca.

«Se pure fosse, leggerà il messaggio domattina appena si sveglia» risponde Christian. «Prima lo riceve, più tempo ha per mandare una troupe.»

Li guardo confusi. «Aspetta, cosa?»

«È una produttrice sportiva per una TV locale» spiega Christian, mentre Daniel scrive, probabilmente digitando male metà delle parole nel suo torpore alcolico. «Quando Daniel ha detto che è stata buona con noi, non stava scherzando. Ci ha dedicato più reportage di quanto le altre squadre di calcio locali ottengano altrove.»

«Ehi, Rowen! Riporta il tuo culo qui così che possiamo riottenere i nostri soldi!» grida qualcuno dall'altra stanza.

Christian mi dà una pacca sulla spalla e si dirige verso i suoni di una folla ansiosa di giocare a poker. «È una brava ragazza, novellino» dice mentre mi passa accanto. «Se ti interessa, chiedile di uscire. 'Fanculo quello che Shivel dice di lei. È un coglione con tutti.»

«Sì, ehm, grazie.»

Una produttrice sportiva. Non me l'aspettavo.

«Messaggio inviato» dice Daniel, alzando gli occhi dal cellulare. «Dove è andato Christian?» chiede con espressione confusa.

Indico alle mie spalle. «È tornato di là.»

«Meglio che vada anch'io, così possono fregarmi altri soldi» borbotta tra sé e sé, afferrando la birra e barcollando verso la porta.

«Ehi, Daniel» lo chiamo, facendolo fermare. Lui mi guarda con occhi vitrei. «Risolvi i problemi con la tua famiglia. Non sei di gran compagnia ultimamente.»

Lui grugnisce in segno d'assenso e riprende a camminare mentre io apro il frigorifero per prendere un'altra birra.

Una produttrice sportiva. Sorrido a quel pensiero. Tiffany è appena passata dall'essere interessante ad intrigante.

CAPITOLO 6

TIFFANY

NON C'È nulla di meglio degli odori di uno stadio: hot dog, chalupa e nachos. Vinile su una maglia nuova di zecca ed erba appena tagliata. Qui è dove mi sento più a mio agio. Mi ricorda la mia infanzia, gli anni delle superiori e del college. Mi dà una sensazione di nostalgia e gioia.

Ignoro la ragazza che distribuisce trombette quando cerca di vendermene una. Mi piacciono, ma non le uso mai. Quando guardo una partita di calcio, i miei occhi non si staccano mai dal campo. Rimango quasi ipnotizzata. Non c'è motivo di sprecare la plastica.

Scendo gli scalini delle gradinate dello stadio fino al mio solito settore. I giocatori del Mutiny possono regalare due biglietti per partita, talvolta di più se hanno un permesso speciale. A parte i familiari, che siedono nel box della squadra, i posti degli ospiti d'onore si trovano nel settore cento. Proprio al centro dello stadio, a pochi metri dal bordo campo. Sono i posti migliori.

Considerando il numero di calciatori con cui mi diverto, solitamente riesco a mettere le mani su un biglietto. Vengo qui da diversi anni, e ho visto tante ragazze andare e venire su queste sedie. Sono anche stata seduta accanto ad alcune celebrità: attori di Hollywood, un paio di musicisti, uno chef con un reality show tutto suo. Non sai mai accanto a chi ti siederai la prossima volta.

«Ehi, Sasha» dico, salutando una delle mie amiche e sedendomi di fianco a lei. «Come va?»

«Bene» risponde, senza staccare gli occhi dal telefonino. «Hai ricevuto il messaggio di Mack sulla festa di stasera?»

Recupero il mio smartphone dalla borsa e accendo lo schermo. «Uhm... sembra di sì. Ho evitato di controllare il cellulare finora, perciò me lo sono perso.»

«Il tuo capo ha di nuovo minacciato di chiamarti nel tuo giorno libero?»

Annuisco. Steve minaccia sempre di farlo. Io gli dico che sono scusata se non vedo la sua chiamata. Non mette mai in pratica la sua minaccia, ma mi sentirei in colpa ad ignorarlo, perciò imposto il cellulare in modalità silenziosa e lo controllo solo di tanto in tanto.

Dopo aver letto il messaggio di Mack, metto via il telefono. «Dubito che lo farebbe davvero. Non ci sono molte notizie sportive che non avesse già pianificato.»

«Grandioso! Ciò significa che puoi venire alla festa.» Batte le mani con esagerata eccitazione. Generalmente, è divertente stare con Sasha. Ci incontriamo solo qui e alle feste dei ragazzi. Ma è una tipa innocua, anche se certe volte un po' svampita. «Alejandro dice che sarà più spettacolare del solito. Un caro amico di Mack gioca nel Seagulls, e visto che sono in città...» Indica la squadra che si sta scaldando in campo. «Faranno baldoria insieme.»

Mi sposto leggermente in avanti mentre alcune persone si siedono dietro di noi. «Ciò vuol dire che anche *noi* faremo baldoria insieme a loro.»

«Esatto» risponde Sasha. «Ho già dato un'occhiata ai giocatori dell'altra squadra per vedere con chi potermela spassare stasera.»

Mi ritrovo a cercare Rowen con lo sguardo, il che è ridicolo dato che il Mutiny non è ancora sceso in campo a riscaldarsi. Per quanto mi sforzi, non riesco a levarmelo dalla testa. Mi chiedo se verrà alla festa di stasera e se ci proverà con me. Glielo lascerei fare sicuramente.

Non sono una di quelle ragazze che pensa che il sesso sia una cosa importante che richiede mesi di corteggiamento e un'atmosfera speciale quando lo si fa per la "prima volta". Se Rowen volesse fare sesso con me, ci starei volentieri. È un ragazzo che mi affascina.

Tiro fuori il lucidalabbra dalla borsa e me lo riapplico. Sono assuefatta da questa roba. Come al solito, ascolto anche le conversazioni intorno a me. Non sai mai quali succose chicche puoi scoprire origliando che potrebbero trasformarsi in grandi storie per il notiziario. Non posso riportare le informazioni, perché quasi sempre si tratta di pettegolezzi e dicerie, ma mi danno lo spunto di porre domande interessanti durante le interviste.

«Ecco i nostri posti.»

Quincy e Geni si fanno strada verso le sedie libere accanto a me. L'espressione di Geni si fa torva quando mi vede, ma la ignoro. Non so da dove nasca la sua animosità nei miei confronti dal momento che non le ho mai fatto niente, ma la lascio perdere.

Ad ogni modo, Quincy sembra gentile. Se non stesse sempre con Geni, io e lei potremmo chiacchierare di più. Poco importa, comunque. Una volta che comincerà la partita, sarò concentrata unicamente sul campo.

«Ciao, Tiffany» mi saluta Quincy, sedendosi. La guardo, sorpresa che si ricordi il mio nome, e piuttosto colpita che finalmente indossi la maglia della squadra. Deve avere intenzione di restare nei paraggi per un po'.

«Sei tornata» commento, non sapendo cos'altro dire. È la prima volta che mi rivolge la parola di sua spontanea volontà.

«Anche tu» dice Geni freddamente, fissando i giocatori che si stanno riscaldando in campo invece di incrociare i miei occhi.

Sono stufa del suo atteggiamento verso di me quando non le ho fatto nulla, perciò mi sporgo oltre Quincy per parlare direttamente con lei. «Sì, d'altronde sono un'amica della squadra.»

Geni mi guarda truce. «Se per amica della squadra intendi una groupie puttanella, allora sì, lo sei.»

«Geni!» esclama Quincy. Posso sentire il mio viso avvampare. Mi hanno chiamata in modi peggiori, ma l'impatto iniziale che un insulto ha su di me è sempre lo stesso. «Smettila!» la rimprovera l'amica.

«Che c'è?» sussurra Geni. «Se non vuole essere screditata, deve smetterla di fare la stronza.»

Riporto lo sguardo sul campo da gioco, cercando di ignorare la loro conversazione. Non sono una stronza, ma da che ho memoria, la gente ha sempre pensato che lo fossi. Soffro di una forma piuttosto grave della sindrome "faccia da stronza", quindi, a meno che non stia ridendo o sorridendo come una bambina in un negozio di dolciumi, le persone danno per scontato che sia arrabbiata o scontrosa.

Non è da me vergognarmi della mia vita sessuale. Sono affari miei e di nessun altro. Ma il colpo basso di Geni mi ha dato sui nervi. Tuttavia, prima che me ne accorga, sto origliando la loro conversazione.

A quanto pare, la cena con la famiglia di Daniel non è andata bene. Un po' mi dispiace per Quincy. All'inizio, la tenevo d'occhio. Daniel non è il tipo da relazioni stabili ma solo da avventure di una notte, quindi volevo assicurarmi che non stesse cercando di manipolarlo. Non se lo merita. Ma Quincy non ha mai dimostrato di avere cattive intenzioni.

«Capisco perfettamente perché si preoccupino che tu sia una puttana arrivista che vuole raggirarlo per indurlo a sposarti» dice Geni. È ovvio che sta cercando di provocarmi, dato che sta gesticolando nella mia direzione. «Ma onestamente, Quin, sono più preoccupata che sia tu a rimanere scottata e non lui.»

«Io? Perché mai?» replica Quincy. «Ci stiamo solo frequentando. Non siamo fidanzati o altro.»

«Tesoro, sai che ti voglio bene» dice Geni, avvolgendo un braccio intorno alle spalle di Quincy. «Ma guardati intorno. Le vedi tutte queste belle donne sedute in questa parte dello stadio?»

Con la coda dell'occhio, vedo Quincy guardarsi intorno, come se finora non avesse mai notato per chi è riservato questo intero settore. Il suo viso si adombra non appena si rende conto della realtà della situazione. È come se non si fosse mai accorta di quante donne si gettino volontariamente tra le braccia dei calciatori. Posso letteralmente vederla venire sopraffatta dalle insicurezze.

Voglio proteggere i miei ragazzi ma, dentro di me, sento che anche Quincy merita lo stesso trattamento. Non mi ha mai dato motivo di dubitare che i suoi sentimenti per Daniel siano finti.

Sospiro, prima di voltarmi verso di loro. «Per quanto non riesca a credere che lo stia dicendo, la tua amica ha ragione. Conosco questi ragazzi molto bene, e posso contare sulle dita di una mano quanti di loro sono fedeli alle loro compagne.»

Geni inarca un sopracciglio e sbuffa. «Sono curiosa di sapere come lo sai. Forse perché tu sei quella con cui le tradiscono?»

La guardo a occhi socchiusi. Sono davvero stufa del modo in cui si rivolge a me, e ne ho abbastanza dei suoi insulti. «Perché ti interessa così tanto la mia vita sessuale, eh? Sei così disperata da dover pensare alla mia continuamente?»

«So tutto di te, Tiffany» ribatte lei con un ghigno. «Ho visto le foto, ed è interessante notare quante volte sei sullo sfondo degli scatti della squadra mentre escono da una camera d'albergo. Eppure non sei mai, dico mai, con lo stesso giocatore.»

Lei non capisce. In parte lo faccio perché si tratta del mio lavoro, e in parte perché mi piace passare del tempo con i miei amici. Non sono impegnata con nessuno di loro.

«Il fatto è che» continua Geni, «il comportamento di una groupie mi affascina. Quindi mi sono informata molto sull'argomento. È sorprendente quante cose si possano trovare su internet. Dimmi, qual è la tua attività preferita... gare di pompini, sesso a trenino o masturbazione di gruppo?»

Divento rossa come un pomodoro. Non mi vergogno di quelle cose nel giusto contesto, ma qui fuori all'aperto, davanti a persone che non mi conoscono affatto, mi fa sentire piccola piccola.

«Esistono davvero quelle cose?» le domanda Quincy.

«Non lo so» dice Geni, senza staccare gli occhi da me. «Perché non lo chiedi alla nostra amica qui?»

Quincy si volta verso di me, ma prima che possa dire qualcosa, Sasha mi afferra per un braccio e mi tira su. «Andiamocene, Tiffany. Non meriti di essere trattata così.»

La seguo ciecamente su per le scale. Sono più furiosa che mai. Abbasso lo sguardo sul mio abbigliamento. La maglia rossa del Mutiny aderisce alle mie curve, così come i pantaloncini di jeans e i calzettoni bianchi che mi arrivano alle ginocchia. Sono carina, ma sembro forse una troia? Do per caso l'impressione di gridare: "Mi piace fare sesso coi calciatori"?

Detesto che questa ragazza mi faccia dubitare di me stessa. Odio che le mie amicizie vengano sminuite perché mi piace fare sesso. Mi sembra di essere vittima dello *slut-shaming*. È così, in effetti, e non mi piace affatto. Devo reagire. Questa non sono io.

«Quella tipa non sa di cosa parla, lo sai, vero?» dice Sasha quando arriviamo in cima alle gradinate, prendendomi a braccetto. «È frustrata perché non gode da un po'.»

Sorrido mentre ci dirigiamo verso il chiosco di birra. «Lo so. Sono soltanto stanca del suo atteggiamento.»

«Vorrei che Quincy venisse senza di lei qualche volta.»

«Pensi davvero che Daniel Zavaro si stia finalmente accasando? Non è proprio da lui.»

«Non so» risponde Sasha. «Suppongo che tutti incontrino la propria metà, prima o poi. Forse Quincy è la sua.»

«Forse.»

Lo speaker comincia a chiamare i giocatori sul campo, così compriamo velocemente le birre e prendiamo posto in cima alle gradinate per guardare la partita.

Il mio sguardo viene attirato immediatamente da Rowen, seduto in panchina. I suoi capelli rossi risaltano agli occhi. È alto, probabilmente un metro e ottantacinque. Ha delle cosce forti e muscolose e dei polpacci fottutamente incredibili. La parte superiore non è da meno. Si solleva la maglietta per asciugarsi il viso, mettendo in mostra una tartaruga che posso vedere fin quassù. E le sue braccia... sono davvero enormi. La sua pelle bianca come il latte mi fa domandare quanta protezione solare debba spalmarsi addosso. È molto attraente, ma solitamente non mi piacciono quelli coi capelli rossi. E lui è un pel di carota sotto tutti i punti di vista.

Eppure, sono comunque attratta da lui. Il suo atteggiamento riservato spicca accanto a quello aggressivo e sguaiato dei suoi compagni di squadra. È diverso dagli altri. Mi piace.

Io e Sasha restiamo in piedi per gran parte della partita. Non mi va più di farmi condizionare dalle parole di Geni, e comunque vengo completamente distratta dall'azione di gioco.

A metà del secondo tempo, diventa ovvio che Mack fa fatica a tenere il passo. Non so cosa gli succeda ultimamente, ma le voci sul fatto che stia per essere buttato fuori dalla squadra iniziano ad avere sempre più senso.

L'allenatore lo sostituisce con Rowen. Il mio cuore palpita quando quest'ultimo ingrana immediatamente la quinta. È fantastico guardarlo giocare. È più veloce del centrocampista avversario, ma non eccessivamente aggressivo. Difende la sua posizione, e nessuno riesce a superarlo. I suoi movimenti in campo mi ricordano le vecchie clip che ho visto di suo padre. Allo stesso tempo, ha uno stile tutto suo.

Non sono mai stata così affascinata da un giocatore prima d'ora. Questa è un'altra cosa che mi attrae di lui.

Oh, sì. Se stasera dovesse provarci con me, accetterò di sicuro le sue avance.

Appena la partita termina, la folla si scatena, esultando per il cinque a quattro dei nostri ragazzi.

Sasha mi afferra il braccio e grida nel mio orecchio: «Dai, andiamo a mangiare un boccone prima della festa di stasera.»

Con un grosso sorriso sulle labbra, la prendo per mano così da poterla seguire attraverso la folla di persone senza perderla di vista. Le parole offensive di Geni sono ormai dimenticate.

CAPITOLO 7

ROWEN

SENTO i rumori della festa ancor prima di giungere alla porta. Si preannuncia un festino più selvaggio di quelli che solitamente Shivel organizza. Non che abbia partecipato a molti di essi. Shivel ha cominciato ad invitarmi solo un paio di settimane fa.

Durante gli allenamenti, mi fa capire chiaramente che sono "sotto" di lui perché non sono un titolare. Non che abbia bisogno di un promemoria. Mio padre giocava nella Premier League in Europa, quindi conosco molto bene la gerarchia.

Quando entro nell'appartamento, vedo subito Anthony Fordova. Ho giocato contro di lui al college. È un tipo simpatico.

«Ehi, Rowen» mi saluta, stringendomi in un abbraccio da uomini. «È bello vederti. Come stai?» Puzza come un birrificio e i suoi occhi sono un tantino offuscati. Suppongo che sia qui da un po'.

«Bene, amico. Non riesco a credere che tu sia già un attaccante titolare! È grandioso.»

Liquida le mie parole con un gesto della mano. «Senti chi parla! Il novellino che è stato già ingaggiato da una squadra professionista.» Anthony era un paio d'anni davanti a me a scuola ed è sempre stato il migliore tra i migliori al college. Riesce a dribblare chiunque. Va sempre a segno, sia in attacco che in difesa. È il giocatore completo che ogni squadra spera di ottenere. Ha anche trascorso due anni nella primavera del Galaxy prima di essere promosso a titolare quest'anno. Se prima pensavo che fosse un giocatore eccezionale, adesso è migliorato in modo esponenziale. «Non si è mai vista una cosa simile, cazzo.»

Mi infilo le mani in tasca. «Che ci vuoi fare. Fintantoché posso aiutare la mia squadra, sono felice.»

Lui sorride e mi dà una pacca sulla spalla. «Il solito modesto. Sei un bravo ragazzo, Flanigan.» La sua attenzione viene catturata da una ragazza che ci passa accanto. Non l'ho mai vista prima, ma questo non mi impedisce di fissarla. Presumo che sia un'altra groupie. Dall'espressione di Anthony, e dal modo in cui segue il suo culo con gli occhi, sono piuttosto sicuro che anche lui presuma la stessa cosa. «Ad ogni modo, è bello vederti» dice, continuando a fissare la ragazza. «Ci vediamo dopo» mi saluta, allontanandosi senza rivolgermi neppure un'occhiata e avvicinandosi a lei con un sorriso.

Scuoto la testa, divertito. Un branco di puttanieri, ecco cosa sono questi ragazzi. Finché le donne sono consenzienti, sembra che non gli interessi nulla a parte scopare.

Vado in cerca di una birra e sento Shivel urlare: «Ai vostri posti... pronti... VIA!». Sta chiaramente dando inizio a un altro dei suoi strani giochetti. Sembra un fottuto conduttore di game show in queste occasioni.

Mentre mi dirigo in cucina, mi domando se Tiffany sia qui. Suppongo di sì, perché, a detta sua, festeggia sempre con la squadra. Spero davvero di vederla. Voglio chiacchierare un altro po' con lei. Nei giorni scorsi, ho fatto qualche domanda su di lei quando il suo nome saltava fuori in una conversazione. Daniel le è molto grato per la pubblicità che fornisce alla squadra grazie al suo lavoro. Da queste parti, il calcio è poco seguito rispetto al football americano e al baseball. Sapere che Tiffany usa il suo lavoro in una stazione televisiva per darci una maggiore copertura mediatica mi fa provare un profondo rispetto per lei.

Tiffany

Siamo arrivate a casa di Mack verso le nove e mezza. Alle dieci, il liquore scorreva già in gran quantità, la musica rimbombava a tutto volume e tutti si divertivano da matti. Quando Mack ha suggerito di fare qualche gioco, mi è sembrata un'ottima idea.

«Sììì!» grida Sasha, cercando di stuzzicare quelli dell'altra squadra. Non che abbiano bisogno di essere convinti. Ci stanno sempre ben volentieri. «La mia amica è la regina indiscussa delle gare di pompini!» Solleva la mia mano in aria come se fossi una campionessa. Io rido e mando giù un altro shottino. Ha ragione. Gioco a questo gioco da anni. Nessuno può battermi.

«Va bene, va bene» grida Mack, cercando di calmare la folla di persone che si è radunata per assistere a ciò che sta per succedere. «Dal momento che abbiamo con noi la regina e succhiatrice indiscussa...» Faccio un inchino dinnanzi ai fischi e alle urla. «Mi sembra giusto che sia messa in coppia con qualcuno che non ha mai giocato finora.»

Un mormorio attraversa la folla mentre tutti si guardano intorno per capire chi potrebbe essere. Mack non ci tiene troppo sulle spine. «Nate Funderling, sei pronto a mettere l'uccello nella sua bocca?»

Rido al suo patetico tentativo di fare una battuta e di mettermi fuori gioco. Ho già fatto un pompino a Nate in passato. Sarà una passeggiata. Tuttavia, Nate non sembra molto entusiasta all'idea di farlo.

«Scordatelo, amico. Se mia moglie venisse a saperlo, sarebbe la fine del mio matrimonio.»

La folla lo fischia e lo canzona finché Mack non dice: «E chi glielo dirà? Quello che succede in privato resta privato, ricordi?»

Dopo qualche altro minuto di indecisione, Nate infine cede. «Non posso credere che lo stia facendo davvero» borbotta, sedendosi su una delle sedie della cucina che sono state trascinate al centro del soggiorno. Si sbottona i pantaloni mentre le altre squadre prendono posizione.

«Non preoccuparti» gli dico, infilando le mani nei suoi pantaloni e tirandolo fuori. Lui sibila al mio tocco. «Sai quanto sono brava in questo. Sarà finita prima che te ne accorga.» Lo strofino dalla base alla punta, assicurandomi di sfregare il pollice sul glande mentre si indurisce. Sasha e le altre ragazze si inginocchiano, preparando anch'esse i loro partner di gioco. Il resto dei partecipanti alla festa si raduna intorno a noi, e alcuni fanno anche qualche scommessa. Sorrido. È poco ortodosso, ma divertente. Finché nessuno si fa male, che importa, giusto?

Mack si fa largo tra la folla con un cronometro in mano. «Ok, signore e signori, siamo pronti a cominciare?»

Gli astanti schiamazzano in segno d'assenso e io rido. «Diamoci dentro, ragazze!» grido. Sasha mi fa l'occhiolino prima di voltarsi di nuovo verso il suo partner.

«Conoscete le regole» dice Mack. «Quando dico via, cominciate a succhiare. Il primo che viene vince. Ai vostri posti...» Continuo ad accarezzare Nate. «Pronti...» Soffio dolcemente sul suo uccello, facendolo contrarre. «Via!» Avvolgo le labbra intorno al suo membro e inizio a leccare, mordicchiare e succhiare mentre la folla fa il tifo per me.

Rowen

Afferro una birra dal frigo e vado in soggiorno, dove sembra stia avendo luogo la maggior parte dell'azione, e mi fermo di botto.

Diversi miei compagni di squadra sono seduti su delle sedie... mentre alcune ragazze gli fanno un pompino. Nel bel mezzo del soggiorno. Una ventina di persone li incitano mentre Shivel grida: «Trenta secondi, ragazzi. Succhiate più forte, ragazze. C'è il titolo in palio!»

Vorrei distogliere lo sguardo, ma sono così sbalordito da ciò che sto vedendo che non ci riesco. Uno per uno, guardo tutti i concorrenti, finché i miei occhi non si posano sulla ragazza dai capelli scuri che speravo di vedere ma non in questo modo.

Tiffany tiene i capelli raccolti in una coda di cavallo e gli occhi chiusi per la concentrazione mentre succhia e lecca il cazzo di Nate. Le sue guance infossate rivelano chiaramente quanto forte stia succhiando. Con una mano lo sfrega rapidamente al ritmo dei movimenti della bocca e con l'altra gli massaggia le palle.

Il cuore mi sprofonda nello stomaco. Mi piace questa ragazza. Mi piace davvero. Ma vederla fare un pompino a un mio compagno di squadra, oltretutto *sposato*, mi fa venire il volta-stomaco.

Voglio trascinarla via da lui e staccare il pisello a Nate. Voglio prendere Shivel a pugni in faccia quando grida: «Quarantacinque secondi! So che qualcuno è vicino.» Voglio cavare gli occhi a tutti quelli che la stanno guardando durante un momento che dovrebbe essere intimo e privato.

Soprattutto, voglio trascinarla fuori da qui come un caverni-colo e nasconderla. Proteggerla da queste persone che la stanno usando come un giocattolo. Queste persone che le stanno mancando di rispetto in nome "dell'amicizia".

E poi voglio prendermela con lei perché glielo permette.

«Preparati, Tiff. Ci sono quasi» grida Nate con un'espressione estasiata sul viso mentre Tiffany lo succhia così rumorosamente che riesco a sentire i suoni fin qui. Lui la afferra per i capelli e geme, e le acclamazioni in sottofondo aumentano mentre le persone si passano i soldi di mano in mano, presumibilmente per le scommesse che devono aver piazzato. Mi si rivolta lo stomaco. Credo di essere sul punto di vomitare.

Shivel afferra Tiffany per una mano e la alza in piedi, presen-tandola al pubblico. «Ecco la vincitrice e campionessa in carica delle gare di pompini del Texas Mutiny, Tiffany Wendel!» Le passa un bicchiere colmo di un liquido scuro e lei lo beve, facendo una smorfia per il gusto forte.

Tiffany sorride a Shivel e poi si guarda intorno per ringraziare i suoi fan. Quando mi vede, il suo sorriso scompare e il suo viso impallidisce.

Poso la birra sul tavolino accanto alla porta, giro sui tacchi e me ne vado.

Un'ora dopo, sto ancora guidando senza meta. Quando sono salito in macchina, non sapevo dove volessi andare. Desideravo soltanto allontanarmi il più possibile da quello che avevo visto. Adesso mi ritrovo fuori dall'appartamento di Daniel. È il nostro capitano e ci ha detto che la sua porta è sempre aperta. Per qualsiasi cosa abbiamo bisogno, lui c'è.

In questo momento, ho bisogno di avvalermi della sua offerta. Ho bisogno che lui mi calmi. Magari che mi dica che tipo di squadra è quella con cui ho firmato e che fa cose del genere.

Busso alla porta, spostando nervosamente il peso da un piede all'altro, ancora tremante di rabbia. Pochi minuti dopo, Daniel viene ad aprirmi con addosso soltanto un paio di pantaloncini sportivi.

«Che succede, novellino?» chiede, sorpreso di vedermi. «Tutto bene?»

«Hai un minuto?»

Lo sguardo che mi rivolge mi fa capire che probabilmente devo calmarmi di più. Piega la testa di lato per valutare se sono qui per causare problemi o no.

«Vieni dentro» risponde infine. Entro nell'appartamento e vado verso la finestra. «Dammi qualche minuto» dice. «Ho compagnia.»

Annuisco. Sono talmente agitato che non so neppure da dove cominciare. Non riesco a togliermi dalla testa l'immagine di quella bellissima ragazza che fa un pompino a un mio compagno di squadra.

«Allora, cosa c'è di così importante da dovermi interrompere mentre ho ospiti, novellino?» dice Daniel alle mie spalle.

Mi volto a guardarlo, ancora furioso. «Sai cosa sta succedendo nell'appartamento di Shivel in questo momento?»

«Niente di illegale, spero. Le sue feste possono diventare piuttosto sfrenate.»

Inizio a camminare avanti e indietro. «Mi auguro che non sia illegale. Dio... quanti anni ha?» farnetico, gettando le mani in aria. «Potrebbe essere illegale? Sarebbe ancora peggio.»

«Di cosa stai parlando?» domanda Daniel, piazzandosi di fronte a me per impedirmi di camminare di qua e di là.

Tiro un respiro profondo prima di rispondere. «Tiffany.»

«Ah.»

«Ha fatto un pompino a Nate» dico, e Daniel mi guarda perplesso. «Nel bel mezzo del soggiorno mentre la folla li incoraggiava e scommetteva su quanto tempo ci avrebbe messo a farlo venire. Stava gareggiando contro altre ragazze! Ragazze che stavano facendo la stessa cosa ad altri giocatori. È così fottutamente giovane.»

«Ha ventidue anni.»

«Come lo sai?» Mi domando quanto bene la conosca Daniel. La mia rabbia divampa di nuovo, ma cerco di non darlo a vedere. È pur sempre il mio capitano.

«Chi non la conosce, Rowen? Non è solo un ottimo aggancio per noi. È anche una groupie. Tromba con i membri della squadra da anni.»

Dopo la conversazione che abbiamo avuto l'altro giorno, pensavo che gli importasse di più di lei, ma non solo è al corrente di quello che fa, non gli interessa nemmeno. Non so cosa pensare. «Non ti dà fastidio?»

«Perché dovrebbe?» Scrolla le spalle e incrocia le braccia sul petto. «È adulta e vaccinata. Lo sono tutti. Finché è consenziente, non importa se la cosa mi piaccia o meno.»

«Ma lei...» Mi passo le mani tra i capelli e riprendo a camminare avanti e indietro. «Come può essere normale una cosa simile? Come può essere accettabile che i miei compagni di squadra trattino queste donne come... come oggetti? Solo perché lei glielo permette vuol dire che va bene?»

Daniel mi rivolge uno sguardo confuso. «Com'è possibile che

sia la prima volta che assisti a una cosa del genere? Non giocavi a calcio al college?»

«Sì, ma il mio coach non tollerava questa roba. Dovevamo essere un modello per gli altri studenti, non animali che andavano in giro mancando di rispetto alle donne.»

«Aspetta un attimo, io non faccio queste cose. Non le ho mai fatte. Ho troppa paura di mia madre per farmi coinvolgere in quella merda. Ma chi dice che le stiano mancando di rispetto? Te l'ha detto lei che si sente umiliata?»

«Bé, no. Ma sta mancando di rispetto a se stessa permettendo loro di... Porca vacca! Sembra che tu non capisca quale sia il problema.»

«Lo capisco benissimo, invece» dice lui, interrompendomi. «Vengono chiamate mangiatrici di calciatori per un motivo. Ascolta, so che ti piace.» Lo guardo con occhio critico, domandandomi silenziosamente quanto ricordi della conversazione che abbiamo avuto durante la serata di poker. «Smettila di fissarmi in quel modo. Ricordo più di quanto tu creda di quella sera.» Mi sembra di essere rimproverato da mio padre. «La rispetto moltissimo per quello che fa per la nostra squadra. Ma Tiffany adora fare baldoria. Le piace andare a letto coi giocatori. Per quanto sia sconvolgente – e credimi, ci sono cose più sconvolgenti di una gara di pompini – ha fatto una scelta. E puoi farla anche tu. Se non ti piace quello che fanno, non sei obbligato a prenderne parte.»

Annuisco, ma non riesco a scuotermi di dosso la sensazione che in realtà non le piaccia davvero. Non posso credere che abbia così poca stima di se stessa da pensare che questo sia normale. O forse ho difficoltà a credere che a qualcuno possa piacere essere trattato in quel modo.

Allora perché lo fa? E, ancora più importante, perché mi importa così maledettamente tanto?

CAPITOLO 8

TIFFANY

UN'ORA DOPO, sono seduta da sola in terrazza a casa di Mack, in attesa che Sasha perda i sensi o si annoi. Siamo venute alla festa in taxi, ma non posso lasciarla qui da sola. Facciamo un sacco di follie insieme, ma sopratutto, ci guardiamo le spalle a vicenda.

Osservo il whiskey che vortica nel bicchiere che ho in mano. L'unica cosa a cui riesco a pensare è l'espressione sul viso di Rowen quando Mack mi ha proclamata vincitrice. Era un misto di shock e rabbia. Quei tipi di sguardi riesco a sopportarli. Ne ho già visti altri prima d'ora da parte delle persone che entrano ed escono dalla nostra cerchia di amici. È la delusione che non riesco a dimenticare.

Non ho mai affermato di essere qualcosa di diverso da quello che sono. Non sono qui per accalappiare un calciatore. Non ho mai cercato di diventare una moglie o una fidanzata, oppure una WAG, come sono più comunemente chiamate. Mi piace semplicemente divertirmi con i ragazzi, e adoro fare sesso. Punto. Fine.

Allora perché l'opinione di Rowen è così importante per me?

La porta che dà sulla terrazza si apre. Mando giù il resto del drink, convinta che Sasha sia finalmente pronta a tornare a casa.

Poso il bicchiere a terra e mi giro, ma la persona che si siede accanto a me non è Sasha.

«Rowen» sussurro sorpresa, mentre il mio cuore salta un battito.

Lui non dice nulla. Si rilassa sulla sdraio e distende le sue lunghe gambe davanti a sé, portandosi le mani in grembo. Lo fisso mentre guarda la piscina, il cui bagliore blu dona alla sua pelle una strana sfumatura.

«Non sarei dovuto andare via in quel modo prima. Mi dispiace, avrei dovuto almeno salutarti.»

Di tutte le cose che avrebbe potuto dirmi, questa non me l'aspettavo proprio. «Non fa niente. Io, ehm.. ero... bé, mi hai vista.» Non so bene come reagire alle sue scuse. Non mi deve nulla, eppure mi tratta in modo diverso rispetto alla maggior parte degli uomini che mi hanno vista fare un pompino a un loro compagno di squadra.

La sua mascella si irrigidisce, poi si rilassa. «Non ho mai visto nulla di simile finora. Mi ha colto di sorpresa.»

Sorrido timidamente. «Giusto. Il tuo ex-coach e i suoi principi conservativi.»

Lui ricambia il sorriso. «Non puoi biasimarmi per essere un tantino sconvolto.»

Mi schiarisco la gola, improvvisamente imbarazzata di aver partecipato a quel gioco. Un'altra emozione a cui non sono abituata. Non mi vergogno mai del mio comportamento a queste feste. È così e basta. Ma stavolta qualcosa sembra diverso. O forse è Rowen ad essere diverso. Sento il bisogno di giustificarmi. «Non lo facevamo da parecchio tempo. Ci siamo fatti prendere dal momento e dall'alcol, suppongo.»

Rowen annuisce e riporta lo sguardo oltre la ringhiera. Rimaniamo in silenzio per alcuni minuti, con i suoni della festa attutiti dal vetro che fanno da sottofondo.

«Perché sei tornato?» gli chiedo infine.

Lui osserva ogni centimetro del mio viso: le labbra, le guance, gli occhi. «Per parlare con te.»

«Intendi per farmi la predica sulle mie scelte?»

«No, non che le condivida tutte.» Si abbassa il berretto sulle orecchie. «Ho pensato molto a te da quando ci siamo incontrati. Credo che tu sia davvero interessante.»

«Io? Interessante?» Mentirei se dicessi che le sue parole non mi fanno piacere. Nessuno mi ha mai definita interessante finora. Bellissima, sì. Persino intelligente. Ma mai interessante. Anch'io trovo che Rowen sia interessante. Tuttavia, dopo ciò a cui ha assistito prima, ero certa che non l'avrei più rivisto. Invece, è tornato indietro affinché potessimo conoscerci meglio. E accidenti se questo non mi fa mettere in discussione alcune delle mie scelte.

«Bé, sì. Sei una produttrice sportiva per una stazione TV. Dev'essere un lavoro davvero figo.»

Lo guardo scherzosamente con occhi socchiusi. «Rowen Flanigan, hai per caso chiesto di me in giro?»

«Forse un po'. Daniel dice che sei il motivo per cui la squadra riceve così tanta pubblicità.»

«Non mi ero resa conto che Daniel parlasse così bene di me.»

«Nutre molto rispetto per te.»

«Per il mio lavoro, almeno.»

Rowen mi guarda dritto negli occhi. «Non importa cosa pensa di tutto il resto. Né quello che pensano gli altri.»

Annuisco e mi rilasso sulla sdraio, pregando silenziosamente che Sasha voglia fare baldoria ancora per un po'. Non desidero più andarmene.

Guardiamo l'acqua ondeggiare. È tranquillo qua fuori. Non come la mia vita di tutti i giorni. Una vita piena di giornalisti che parlano, svariati monitor che risuonano a tutto volume e montaggi frenetici. Una vita piena di alcol, musica e festini. Invece, quest'atmosfera è... rilassante. Calmante. Rigenerante.

Non mi sono mai resa conto di quanto caotica fosse diventata la mia vita fino a questo momento.

Mi giro verso Rowen e appoggio la testa sul braccio. «Dimmi com'è stato crescere in Europa e viaggiare di continuo» dico sottovoce.

Lui mi guarda sorpreso. «Vedo che hai scoperto chi sono. Anche tu hai fatto qualche ricerca su di me?»

«Non ho mai incontrato qualcuno come... bé, galantuomo come te. Ero curiosa di sapere da dove provenisse la tua galanteria.»

«Quindi immagino che tu sappia chi sono i miei genitori.»

«Scrivo articoli sportivi per campare. Fare ricerche sui giocatori è una cosa naturale per me.»

Rowen imita la mia posizione sulla sdraio. «È stato davvero bello, questo è ciò che ricordo meglio. Ovunque andassimo, c'era un'architettura straordinaria e un paesaggio diverso. Mio padre era spesso impegnato con la squadra, perciò quando non si teneva una partita, mia madre si assicurava sempre di farci visitare la città. Trovava sempre un modo per rendere l'esperienza educativa. Visitavamo musei e imparavamo tante cose sull'arte, giravamo per i siti storici e parlavamo di come doveva essere la vita centinaia d'anni fa. Andavamo al mare e chiacchieravamo della fauna marina.»

«Ti ha fatto lei da insegnante?»

«No, andavo comunque a scuola durante il resto dell'anno. Semplicemente, era convinta che ci fosse un intero mondo di opportunità ed esperienze là fuori da fare e voleva assicurarsi che non mi perdessi nulla di tutto ciò.»

«Sembra che tu abbia trascorso un'infanzia fantastica.»

«È così» dice malinconicamente, con lo sguardo fisso nel vuoto mentre ricorda. «I miei momenti preferiti erano quando papà giocava a Dublino. Ci fermavamo sempre qualche giorno in più per andare a trovare i nonni.» Cambia posizione, mettendosi più comodo. «Mia nonna vive ancora ad Athlone, una cittadina nella contea di Westmeath. Abita in un piccolo cottage alla periferia del villaggio. Quando mio nonno era vivo, avevano una capra di nome Molly che detestava mio padre. Lo odiava sul serio. Ogni volta che andavamo a trovarli, belava fragorosamente e cercava di colpirlo alle gambe.» Scoppia a ridere. «*Maimeó* diceva sempre che si accorgeva del nostro arrivo quando mio padre cominciava a imprecare contro quella maledetta capra.»

«Che cosa significa?» chiedo.

«Cosa?»

«Maim... Non so come si pronunci.»

Lui sorride al mio pessimo tentativo di imitare il suo accento. «*Maimeó*. Vuol dire nonna. Scusa, a volte dimentico che non tutti conoscono queste parole.»

«Parli irlandese? Non hai una cadenza dialettale.»

«Gaelico» mi corregge. «E lo conosco poco, per lo più parolacce che ho imparato da mio padre.» Ridacchia. «In certe occasioni il mio accento affiora in maniera pronunciata, come quando sono stanco o agitato.»

Mi mordo il labbro mentre Rowen continua a raccontare storie sulla cittadina in cui vivono i suoi nonni e delle passeggiate con sua nonna tra i negozi pittoreschi per fare la spesa. Di quando ha esplorato un vecchio castello insieme ai figli dei vicini. Del tempo trascorso con suo nonno a guardare le barche navigare su e giù lungo il fiume che scorre attraverso il villaggio. I suoi racconti mi sembrano una favola, soprattutto perché non sono mai stata fuori dagli Stati Uniti.

«Quindi solo tua nonna è ancora viva?» gli domando. Sembrano persone meravigliose. Tutta la sua famiglia sembra meravigliosa.

«Mio nonno è morto qualche anno fa.» Provo una fitta di tristezza anche se non l'ho mai conosciuto. L'espressione sul viso di Rowen mi dice che la perdita di suo nonno lo rattrista ancora. «Aveva ottant'anni ed era molto malato. Ma mia nonna è ancora viva e vegeta. Continua ad andare al villaggio per fare la spesa. Continua a dare da mangiare ai figli dei vicini, e ha ancora una capra che odia mio padre.»

«Cosa? Molly?»

«No. Una delle sue bis-bisnipoti. Però, a quanto pare, i caratteri comportamentali si sono tramandati da una generazione all'altra.» Sorride quando rido. «Papà viene ancora assalito alle gambe ogni volta che le facciamo visita.»

«Hai una famiglia fantastica.»

«Sì, lo so.»

«Come mai siete venuti negli Stati Uniti?»

«Mia madre è di Detroit. Ha conosciuto mio padre mentre era in giro per l'Europa con le amiche l'estate dopo essersi laureata.»

«Che figata.»

«Quando avevo nove anni, papà ha deciso di ritirarsi dal calcio. Mia madre sentiva terribilmente la mancanza della sua famiglia, così ci siamo trasferiti a Detroit.» Si toglie il berretto e si passa una mano tra i capelli rosso acceso. Anche il buio non può nascondere quel colore. «Non voglio monopolizzare la conversazione. Raccontami di te e dei tuoi genitori. Dove sei cresciuta? Hai fratelli o sorelle?»

Mi giro sulla schiena e sollevo un braccio sopra la testa mentre guardo le stelle. A causa dell'inquinamento luminoso, non sono molto luccicanti.

«Sono cresciuta solo con mia madre. Mio padre ci ha abbandonate quando ero molto piccola, quindi non me lo ricordo.»

«Mi dispiace, dev'essere stata dura.»

«Sì, ma ripensandoci adesso, non mi sembra più tanto anormale. Era così e basta. Mia madre aveva un sacco di amici maschi, probabilmente è per questo che mi sento più a mio agio con gli uomini che con le donne.»

«Intendi dire che aveva un sacco di ragazzi?»

«Oddio, no.» Mi metto seduta e mi giro verso di lui, incrociando le gambe e stiracchiando la schiena. Le sedie a sdraio sono fantastiche finché non cominciano a darti dolore. «Mia mamma è una grande appassionata di sport. Finiva sempre col fare amicizia con i colleghi d'ufficio, che spesso ci invitavano a casa loro per guardare i principali eventi sportivi. C'erano sempre bambini con cui potevo giocare, quando non tenevo gli occhi incollati alla partita, ovviamente. Alcune delle migliori amiche di mia madre sono sposate con quegli uomini.»

«Immagino sia così che ti sei appassionata alla produzione di programmi sportivi.»

«Già.» Mi sfilo l'elastico dai capelli, sciogliendo la coda di cavallo così da poterla rifare. Gli occhi di Rowen si incupiscono e la sua mascella si serra. Non c'è niente di sensuale in ciò che sto facendo, perciò la sua reazione mi coglie di sorpresa. «Io, ehm, sì. Quando ho iniziato il college, non ero sicura di cosa volessi fare. Poi un giorno mi è venuta un'illuminazione. Quale carriera migliore se non guardare incontri sportivi tutto il giorno? Non sarei diventata una calciatrice professionista, quindi perché non scegliere l'alternativa migliore?»

«Giocavi a calcio al college?»

«Sì, nel ruolo di portiere. Ho giocato fino al terzo anno.»

«Perché non l'ultimo?»

Distendo la gamba e indico le cicatrici sbiadite. «L'estate prima mi sono rotta la tibia.» Lui fa una smorfia. Le fratture alla tibia sono l'incubo di ogni calciatore. Fanno un male cane e impiegano un'eternità a guarire. «Ho trascorso quasi tutta la prima parte della stagione a letto. Speravo di rientrare in squadra per l'ultima fase, ma una volta tolto il gesso mi sono resa conto che la gamba non sarebbe più stata la stessa. Cioè, di solito non mi dà problemi, ma se corro troppo comincia a farmi davvero male. Dopo alcuni giorni di allenamenti e partite, mi faceva così male che non riuscivo neppure a camminare.»

«Lo dicesti al tuo ortopedico? Di sicuro si poteva fare qualcosa.»

«Glielo dissi. Apparentemente, dopo quel tipo di frattura, la tibia avrebbe impiegato molto tempo per rinforzarsi e alleviare il dolore. Per allora, mi sarei già laureata. Perciò mi sono concentrata sul mio tirocinio alla stazione TV, ed eccomi qua.»

Rowen apre la bocca per dire qualcosa, ma prima che possa parlare, la porta si apre con un tonfo.

«Ehi, zoccola!» Sasha esce in terrazza barcollando e crolla accanto a me sulla sdraio, ridacchiando. «Sono ubriaca.»

Sbuffo. «Tu credi?»

Lei si distende all'indietro, con le braccia aperte e la testa penzoloni oltre il bordo. «Tutto il mondo mi gira intorno. Penso di dover tornare a casa ora.»

Rowen corruga la fronte. «Starà bene?»

Liquido le sue preoccupazioni con un gesto della mano. «Questa è la norma per lei. Inoltre, con la fantastica costituzione fisica che si ritrova, non avrà neppure i postumi di una sbornia domattina. È davvero ingiusto.»

«Avete bisogno di un passaggio?» chiede.

«Prenderemo un taxi.» Disincrocio le gambe e mi alzo in piedi. «Viviamo entrambe poco lontano da qui.»

Anche Rowen si alza, infilandosi le mani nelle tasche anteriori. «Ehm, Tiffany» dice con espressione imbarazzata. «Se non ti spiace, puoi tenere per te le mie relazioni familiari?»

«Intendi, non dire al resto della squadra chi è tuo padre?»

«Fondamentalmente, sì. Presto o tardi lo scopriranno, ma preferirei prima dimostrare il mio valore.»

«Certamente. Se c'è qualcuno che capisce quanto possano essere brutti i preconcetti, quella sono io.» Mi chino in avanti e do una pacca a Sasha sulla gamba. «Alzati, Sash. È ora di andare.»

Lei balza su come se fino a un attimo fa non stesse sonnecchiando e sfreccia verso la portafinestra. «Vediamo chi arriva prima all'ingresso!» grida, andando quasi a sbattere contro un altro festaiolo.

«Sei sicura di non aver bisogno di aiuto per arrivare al taxi?» chiede Rowen con un sorriso.

Scoppio a ridere. «Questa è un'altra stranezza di Sasha quand'è ubriaca: non perde mai l'equilibrio.»

Posso vederlo indugiare mentre si domanda come concludere la serata. Alla fine, dice: «Mi ha fatto molto piacere conoscerti meglio, Tiffany.»

«Vale lo stesso per me» rispondo.

Lentamente, Rowen si piega in avanti ed io trattengo il fiato. Una parte di me desidera baciarlo disperatamente. L'altra parte vuole che lui vada via. Il tempo trascorso con lui è stato quasi perfetto e non voglio che venga rovinato da un bacio che potrebbe essere interrotto in qualsiasi momento da un ubriaco alla festa. So per certo che, se comincio a baciarlo, non vorrò più fermarmi.

All'ultimo istante, lui vira a sinistra e le sue labbra si posano sulla mia guancia. «Buonanotte, Tiffany» mi sussurra all'orecchio, facendomi rabbrividire.

«Buonanotte, Rowen.» Mi volto e vado via.

Mi sbagliavo. Il modo in cui mi ha baciata... era dannatamente vicino alla perfezione.

CAPITOLO 9

ROWEN

SIAMO TUTTI ESAUSTI, sudati e puzzolenti, ma per la prima volta, non mi sembra di avere un piede nella fossa dopo un allenamento. Il mio corpo deve aver finalmente superato quel potenziale d'azione contro cui ho lottato ultimamente.

Seguo i miei compagni di squadra nello spogliatoio, gettando la maglia nel gigantesco carrello della lavanderia lungo la via. Non vorrei essere nei panni della persona che si occupa di fare il bucato. I vestiti dopo gli allenamenti sono disgustosi. Se fossi al suo posto, sarei tentato di dar fuoco all'intero carrello ogni giorno.

Nello spogliatoio c'è un gran baccano. Quando una dozzina di giocatori sudati iniziano a gettare ovunque l'equipaggiamento, il livello di rumorosità sale decisamente di qualche tacca. Quasi non sento Christian in mezzo a tutta quella baraonda.

«Le hai chiesto di uscire?»

«Cosa?» Mi tolgo le scarpe. «Chi intendi? Di cosa parli?»

«Mi sembra di ricordare una conversazione che abbiamo avuto un paio di settimane fa riguardo a una certa produttrice sportiva che aveva attirato la tua attenzione. L'hai invitata ad uscire?»

«Uhm...» Mi passo le mani tra i capelli, cercando di trovare un modo per dirgli di chiudere il becco senza dirglielo apertamente.

«A chi deve chiedere di uscire?» domanda Daniel, avvicinandosi a noi e gettando i parastinchi nel suo armadietto. Sembra un po' sotto tono da una settimana a questa parte. Sospetto che abbia qualcosa a che fare con Quincy, ma non chiedo nulla.

«Tiffany» dice Christian prima che io possa provare a deviare la conversazione.

«Ascoltate, ragazzi, possiamo non parlarne qui?» li supplico. Entrambi mi rivolgono uno sguardo interrogativo. «Cerco di tenere la mia vita privata separata da quella lavorativa. Preferisco così.»

Daniel mi guarda con occhi socchiusi, poi sorride. «Ti imbarazza il fatto che ti piaccia?»

Christian ride e mi pungola nelle costole, cosa che detesto perché soffro il solletico. «Dovremmo cantare la canzoncina "Rowen e Tiffany seduti sopra un albero"?»

«Smettetela, ragazzi» dico, scacciando via le mani di Christian, ma lui continua a tormentarmi. «Dico sul serio. Non voglio parlarne qui.»

«Non vuoi parlare del fatto che ti piaccia una ragazza?» dice Daniel in tono cantilenante mentre prendo a colpire Christian a mia volta.

«Spaccagli il culo, Sanchez!» grida qualcuno dall'altro lato della stanza. Io e Christian ci diamo dentro finché non cominciamo a lottare, colpendoci a vicenda e cercando di mettere l'altro al tappeto. I fischi si fanno più assordanti man mano che i compagni di squadra si accalcano intorno a noi per vederci azzuffarci. Alla fine, riesco a immobilizzare Christian con una solida presa di sottomissione.

«Mi arrendo!» grida lui con una risata. «Mi arrendo, hai vinto tu. Non ne parleremo qui.»

«Parlare di cosa?» chiede Nate, passandoci accanto.

«Del fatto che gli piaccia Tiffany» risponde Daniel, facendomi l'occhiolino.

Io gemo.

«Tiffany? La festaiola?» Nate si ferma e torna indietro per guardarmi.

Non è una conversazione che volevo avere con i miei compagni di squadra. Con Daniel e Christian, sì. Hanno dimostrato di essere dei bravi ragazzi. Mi hanno preso sotto la loro ala e non mi hanno mai dato modo di dubitare di loro e della loro lealtà verso la squadra. Ma non posso dire lo stesso per gli altri, e questo mi mette a disagio.

Sfortunatamente, nessuno dei due sembra notarlo.

«Proprio lei» risponde Christian. «Pare che il nostro nuovo compagno si sia preso una cotta per lei.»

Nate fissa Christian con aria assente e poi scoppia a ridere. «Stai scherzando, vero?»

Mi innervosisco alle sue parole. «Perché dovrebbe star scherzando?» dico, fissandolo truce.

Nate si porta le mani sui fianchi e mi guarda come se avessi appena fatto una domanda idiota. «È una puttana, novellino.»

Mi sollevo in tutta la mia altezza, che è qualche centimetro in più della sua. «Non è una puttana, Funderling. È una donna. Una donna intelligente, interessante e bella.»

Lui ridacchia. «Se vuoi correrle dietro, fai pure. Non mi dà fastidio. Ma non scordarti che me la sono sbattuta prima io, novellino.»

«E io sono venuto dopo di lui» grida qualcuno.

Seguono altre risate e risolini mentre altri aggiungono i loro commenti.

«Me la sono fatta anch'io.»

«Chi è che non se l'è fatta?»

«Almeno può fare impratichire il novellino.»

Digrigno i denti. «Vi rendete conto che lei vi considera suoi amici, vero? Forse dovreste smetterla di comportarvi da stronzi verso di lei alle sue spalle.»

«Ci stiamo solo divertendo un po'» interviene Shivel. «È una ragazza in gamba. Buttati. Hai la nostra benedizione.»

Lo fisso torvo. Non ho bisogno della sua benedizione. Non sono stupido. Lo so che dice solo un mucchio di cazzate. Adesso che la verità è venuta a galla, è soltanto questione di tempo prima che usi i miei sentimenti per Tiffany contro di me.

«Mi dispiace, amico» dice sommessamente Christian mentre tutti ritornano a occuparsi dei loro affari. «Non ho pensato a come avrebbero reagito questi stronzi.»

Non lo guardo negli occhi per paura di perdere la calma. Sono soltanto una recluta. Non posso permettermi di essere etichettato come un piantagrane, non importa quanto coglione lui sia. Mi avvolgo un asciugamano intorno alla vita e vado alle docce.

Nonostante l'acqua calda batta sui miei muscoli, non riesco a rilassarmi. Sapere cosa pensano questi ragazzi di Tiffany, il modo in cui parlano di lei alle sue spalle, è sufficiente a farmi venir voglia di spaccargli la faccia. Ma se lo facessi, rischierei di mandare tutto a rotoli. Finché non avrò dimostrato il mio valore, devo stare attento a come mi comporto.

Quando ritorno nello spogliatoio, vedo che sono rimasti pochi giocatori in giro. La maggior parte se n'è già andata, incluso Nate e Shivel. Nessuno è bravo quanto loro a far incazzare la gente.

Una mano si poggia sulla mia spalla. «Non badare a ciò che dicono» dice Daniel, infilandosi il portafoglio nella tasca posteriore. «È una brava ragazza, e non devi vergognarti di volerla frequentare. Se ti interessa, invitala ad uscire. Al diavolo tutti gli altri.»

Dopo che Daniel se ne va, il mio cellulare vibra per un messaggio in arrivo da parte sua. Lo leggo e vedo che si tratta di una serie di numeri.

È il suo numero di telefono. Usalo.

Ha ragione. Al diavolo tutti gli altri.

CAPITOLO 10

TIFFANY

«COME TRASFORMI LE FRAGOLE IN GHIACCIOLO?»

Sollevo lo sguardo e sorrido. Sono completamente assorta nel controllare le statistiche di alcuni dei contendenti per la Football Hall of Fame di quest'anno, ma quella vocina è sempre in grado di distogliermi dalle ricerche più interessanti. E questa non lo è per nulla. «Non lo so. Come trasformi le fragole in ghiacciolo?»

«Le metti in freezer!» Ashley si copre la bocca e ridacchia alla propria battuta.

«Bella questa» dico. «Quindi, qual è il tema delle barzellette di oggi?»

«La frutta. Ora tocca a te.»

Fingo di rifletterci su qualche secondo prima di rispondere. «Eccone una» dico, schioccando le dita. «Qual è il frutto preferito di un vampiro?»

Lei socchiude brevemente gli occhi, prima di sorprendermi con la risposta. «La pesca sanguinella!»

«Come facevi a saperlo?» chiedo, fingendo di essere scioccata. Raramente conosco una barzelletta che Ashley non abbia già sentito, il che significa che vince sempre le nostre sfide. Ma trova divertente battermi, perciò chi sono io per toglierle il divertimento?

«Me l'ha raccontata la mia amica Taylor l'anno scorso. In seconda elementare» risponde, enfatizzando la parola "seconda" come se fosse passato tanto tempo.

«Posso riprovarci?»

Lei sbuffa. «D'accordo.»

«Ne ho una buona.» Ashley inarca le sopracciglia, come se non ci credesse. «Perché il pomodoro è diventato tutto rosso?»

«Ma è una verdura» obietta, portandosi le mani sui fianchi.

«No, ti sbagli» replico. «I pomodori sono frutti.»

«Invece no. Vanno nell'insalata. E negli spaghetti. Non metti le mele o le banane nella pasta.»

«Ma io metto l'uvetta nell'insalata.»

Ashley fa una smorfia. «Bleah! Perché lo fai?»

«Perché mi piace.»

Lei arriccia il naso e scuote la testa, facendomi sorridere.

«Vuoi sentire come continua la battuta o no?»

«Sì.»

«Il pomodoro è diventato tutto rosso perché ha visto l'aglio svestito. Capito? L'aglio era svestito.»

Ashley spalanca la bocca. «È sconveniente.»

Rido. «Ah, davvero? E chi lo dice?»

«Mia mamma. Bisogna sempre bussare prima di entrare in una stanza o in bagno per non incappare in qualcuno che si sta cambiando.»

«Hai ragione. Sei molto sveglia.»

«Lo so.» Si accascia su una sedia girevole e rotea su se stessa. «La maestra dice che sono la più intelligente della classe.»

La sua autostima mi fa sempre sorridere. «Qual è la cosa più bella che hai imparato oggi a scuola?»

Lei ci pensa su per un minuto, continuando a vorticare sulla sedia. «Abbiamo studiato l'erosione del suolo.»

«Davvero? In terza elementare?»

«Siamo andati al laboratorio di scienze dove c'erano diversi tipi di terreno nelle vaschette. Ci abbiamo versato sopra l'acqua come se fosse pioggia e abbiamo guardato il terriccio scorrere via con l'acqua, proprio come succede con l'erosione del suolo.»

«Sembra interessante.»

«Lo è.»

«Ehi, Tiff.» Steve esce dal suo ufficio guardando i fogli che ha in mano.

«Mi stavo giusto chiedendo dove fossi. Non ti è stato proibito di entrare in ufficio durante il tuo giorno libero?»

«Sì» ammette, continuando a sfogliare le carte. «Ma questi documenti assicurativi devono essere consegnati entro mercoledì e ho dimenticato di portarli a casa l'altro giorno. Io e mia moglie non avremo modo di guardarli di nuovo se non lo facciamo stasera.»

«Non potevi accedere alla tua posta elettronica da casa e stamparli?»

«Ci ho provato, ma non sono riuscito a trovare l'email. Penso di averla cancellata dopo aver stampato i documenti in ufficio.»

«Avrei potuto inviarteli io» lo rimprovero.

«D'accordo, mi hai beccato. Avevo bisogno di una scusa per uscire di casa.»

«Tua suocera è ancora in città?» domando con un sorriso d'intesa.

Lui crolla su una sedia e si strofina la faccia. «Adoro mia suocera. Sul serio. Ma un mese? È davvero necessario che resti con noi per un mese?»

Rido. «Vive lontano, Steve. Forse sente la vostra mancanza. Suo marito non è morto l'anno scorso?»

«Sì. E so che le manca molto. Era un uomo eccezionale. Ma assecondava anche ogni suo capriccio. E adesso che non c'è più, lei si aspetta che io faccia lo stesso.»

«Dai, cerca di avere pazienza. Probabilmente ha bisogno di un piccolo aiuto extra.»

Lui sbuffa e si sporge in avanti, pronto a lanciarsi in una delle sue tiritere. Mi preparo psicologicamente, perché di solito i suoi sproloqui sono davvero divertenti. «Tiffany.»

«Steve» dico imperturbabile.

«Ha sessantacinque anni, non novanta. Viaggia per tutto il mondo con le sue amiche. È cintura nera di Tai Chi e va a lezione tre volte a settimana. Nei week-end gioca a tennis e sta programmando un viaggio a D-I-S-N-E-Y. Da sola. Con mia figlia.» Lanciamo un'occhiata ad Ashley, che sembra più interessata a girare sulla sedia che cercare di capire di quale parola suo padre abbia fatto lo spelling e perché. «Quella donna ha più energia di me. Non c'è motivo che io vada dalla cucina fino al salotto solo per passarle il telecomando quando quest'ultimo si trova sul tavolino a due metri da lei.»

Trattengo una risata. «Non può essere così terribile.»

«Invece può» replica, rilassandosi contro lo schienale. «E lo è. In più, Meg non compra schifezze quando sua madre è in città, perché *nonna* ha una fissa per le diete sane. Zero additivi, zero conservanti, zero calorie, zero sapore. Ecco perché io e Ashley stiamo andando a mangiare un gelato, vero?»

«Sì!» grida la birbantella, balzando giù dalla sedia e mancando di poco l'angolo della scrivania quando barcolla in avanti, stordita dopo tutto quel vorticare. «Andiamo da Orange Leaf! Papà ha promesso di portarmi a mangiare il gelato a patto che non lo dica a mamma o alla nonna.»

Sgrano gli occhi e la bocca, fingendomi scioccata. «Ma è sbagliato tenere dei segreti.»

«Non è un segreto» dice Ashley con decisione. «È una sorpresa.»

Sbuffo una risata. «Una sorpresa per chi?»

«Per Meg, quando scoprirà *cosa* si è persa mentre eravamo via» risponde Steve, avviandosi alla porta. «Ben le sta, dopo che mi ha costretto a mangiare la quinoa ieri sera. Ci vediamo, Tiff. Non lavorare troppo.»

«Non lo faccio mai» dico in risposta.

«Ciao, Tiffany!» grida Ashley, salutandomi con la mano. «La prossima volta ci sfideremo sulle barzellette coi numeri.»

«Perfetto, tesoro. Comincerò a studiare.»

«Papà, il pomodoro è un frutto o una verdura?» sento Ashley chiedere a suo padre mentre si avviano lungo il corridoio. «Tiffany dice che è un frutto.»

«Cosa?» domanda lui. «Come può essere un frutto? Io lo metto nell'insalata...»

Ridacchio sommessamente. Sono davvero fortunata a lavorare con un uomo come Steve. È sempre uno spasso quando è qui.

Il mio cellulare squilla. Il numero sullo schermo ha un prefisso locale, ma non lo conosco. Per un istante, considero di far trasferire la chiamata alla segreteria telefonica, ma qualcosa mi spinge a rispondere.

«Pronto?»

«Ehm, Tiffany?» La voce all'altro lato della linea suona familiare, ma non riesco a riconoscerla.

«Sì?»

«Sono Rowen. Rowen Flanigan.»

Il mio cuore prende a battere forte e un sorriso spunta sul mio viso. «Ehi, novellino. Come stai?»

«Sto bene. Spero di non averti interrotto nel mezzo di qualcosa di importante.» Sembra nervoso, il che è strano perché appare sempre così tranquillo e mai insicuro di se stesso. Ovviamente, abbiamo interagito solo un paio di volte, quindi suppongo di non poterlo dire con certezza.

«Sono al lavoro.»

«Oh, merda» esclama lui. «Mi ero completamente scordato che lavorassi oggi. Spesso dimentico che non tutti hanno orari alterni come me. Posso chiamarti più tardi.»

«No, no!» dico velocemente, preoccupata che riattacchi. «Sto solo facendo qualche ricerca. Non hai interrotto nulla di urgente.»

«Posso chiederti che tipo di ricerca?»

Mi rilasso e sorrido. «Sto esaminando le statistiche dei partecipanti alla Football Hall of Fame. La lista dei candidati di quest'anno uscirà a breve e sto raccogliendo informazioni così da potervi accedere facilmente dopo.»

«Non sembra molto eccitante.»

«Non lo è.» Giro di qua e di là sulla sedia, avvolgendomi una ciocca di capelli intorno al dito. «Per il novantanove per cento del tempo, il mio lavoro consiste nel guardare canali sportivi e intervistare i miei atleti preferiti, quindi non posso lamentarmi dell'altro un per cento.»

«Vero, vero.» Si schiarisce la gola. «Spero non ti dispiaccia che abbia chiamato. Sono stato davvero bene con te l'altra sera alla festa, e speravo di rivederti.»

Mi si mozza il respiro. «Ehm... mi stai chiedendo di uscire con te?»

«Bé, sì» risponde.

C'è qualcosa in Rowen che mi attrae. È dolce e gentile. Inoltre, è un calciatore eccezionale. Ci siamo trovati davvero bene insieme sulla terrazza. Ma dopo aver visto l'espressione sul suo viso nel vedermi partecipare alla gara di pompini, ero sicura che non avremmo più chiacchierato come quella volta in terrazza. È un ragazzo troppo... bé... tradizionalista.

«Tiffany?»

«Scusa, mi ero distratta.»

«Non fa niente. Riattacco, se vuoi.»

«No, aspetta» lo supplico, prima di tirare un respiro profondo per calmarmi. «Mi piacerebbe uscire con te. Dove avevi in mente di andare?»

«Sto cercando di vedere diverse zone della città da quando mi sono trasferito qui, perciò pensavo di andare a Discovery Green. Ci sei mai stata?»

«Sì. È un posto fantastico. Ci sono *food truck* di ogni tipo, se ti piace questo genere di cose.»

Lui ridacchia. «È molto più nelle mie corde rispetto a qualche ristorante chic.»

«Idem.»

«Ok, allora andremo lì.»

Mi mordo il labbro inferiore, cercando di non strillare per l'eccitazione. Non ho un vero appuntamento da qualche anno. Il calcio ha sempre avuto la precedenza, poi c'è stato l'infortunio e poi il lavoro. L'idea di avere la completa attenzione di un uomo su di me, in particolare quella di Rowen, mi rende più euforica di quanto avrei pensato.

«Ascolta» continua lui. «Domenica mattina abbiamo una partita, ciò significa che entro il pomeriggio avremo finito. Che ne dici se passo a prenderti verso le cinque? Per quell'ora, le famiglie staranno già tornando a casa perché il giorno dopo c'è scuola.»

«Perfetto. Ti mando un messaggio con il mio indirizzo.»

«Ok.» Entrambi restiamo in silenzio per qualche secondo, incerti su cosa dire. «Bé, ora ti lascio tornare al lavoro. Ci vediamo domenica. Verrai alla partita?»

«Probabilmente no» ammetto. «Lavoro fino a tardi il sabato sera, quindi di solito salto le partite della domenica mattina.»

Lui ridacchia. «Capisco. Ci vediamo domenica sera, allora.»

«D'accordo, e Rowen?»

«Sì?»

«Grazie per avermi chiamata. Non vedo l'ora di rivederti.»

«Anch'io» risponde, prima di riagganciare.

Stacco il cellulare dall'orecchio e salvo immediatamente il suo numero nella rubrica. Poi resto seduta a pensare per qualche minuto.

Ho un appuntamento con Rowen Flanigan. Il pensiero mi fa sorridere così tanto che mi fanno male le guance.

Non vedo l'ora.

CAPITOLO 11

ROWEN

IN VITA MIA, ho sempre trascorso la fine dell'inverno e l'inizio della primavera negli Stati settentrionali o in Europa. Inutile dire che il tempo a Houston in questo periodo dell'anno è qualcosa che non ho mai sperimentato prima.

Ha fatto caldo, circa ventuno gradi, durante tutto il periodo tra il Ringraziamento e Natale. La settimana successiva, la temperatura è scesa a meno uno, e improvvisamente mi sono trovato nello spirito natalizio.

Ma poi il tempo è tornato di nuovo mite, e devo ammettere che l'inverno è stato davvero piacevole rispetto a quello a cui sono abituato. Nessuna tormenta. Nessun vento gelido che ti penetra nelle ossa. Benché non impazzisca all'idea di trascorrere il mese di agosto con temperature intorno ai quarantatré gradi e il novantacinque percento di umidità, in questo periodo dell'anno capisco il fascino di Houston.

«Lo sai che ci sono ventidue gradi, vero?»

Io e Tiffany stiamo uscendo dal Grove, dove abbiamo appena mangiato il miglior hamburger che abbia mai assaggiato da quando mi sono trasferito in Texas. «Sì, lo so.»

«Non pensi che faccia un po' troppo caldo per indossare quel berretto?»

Mi abbasso il suddetto indumento sopra le orecchie. «Non lo indosso perché sento freddo.»

Lei inarca un sopracciglio. «Allora *perché* lo indossi? Non penso di averti mai visto senza, tranne che in campo.»

Poggio una mano alla base della sua schiena e la sospingo verso sinistra, in direzione di un'enorme fontana. Ci sono varie persone in giro, ma è tranquillo e sereno. Il contrario di ciò che ti aspetteresti in centro città. Perfetto per parlare e conoscersi meglio.

«Ho cominciato a indossarlo alle scuole medie» spiego. «Se non l'avessi notato, assomiglio moltissimo a mio padre.»

«Ma non mi dire» risponde lei sarcasticamente, facendomi sorridere.

«Ero in seconda media, credo, quando un bulletto della mia squadra ha iniziato a sparlare di me dicendo che l'unica ragione per cui ero nella squadra era mio padre. Anche se sapevamo tutti che erano un mucchio di cazzate. Ero il più veloce di tutti e quello che segnava più goal.» Faccio spallucce. «Tuttavia, presi la cosa seriamente. Decisi che, per quanto adorassi e ammirassi mio padre, volevo prendere le distanze da lui per crearmi una mia identità.»

«E il modo più semplice per farlo era quello di nascondere i tuoi capelli?»

«Non puoi negare che saltino all'occhio.»

«Ma come facevi a scuola? Ti permettevano di indossare il berretto?»

«Oh, no. Rimaneva nel mio zaino per gran parte della giornata. Indossavo felpe col cappuccio quasi ogni giorno. Venivo sgridato spesso per tenere il cappuccio in testa, ma imparai in fretta che non potevano portarmelo via se era attaccato alla maglia.»

«Caspita!» Tiffany si siede sulla panchina davanti alla fontana e io mi accomodo accanto a lei. «Eri davvero determinato a nasconderli, vero?»

«Che posso dirti? I ragazzini delle scuole medie sanno essere davvero cattivi quando vogliono.»

«Magari è una domanda stupida, ma se i capelli ti davano così tanto fastidio, perché non li hai tagliati?»

«All'inizio lo facevo, ma se sono troppo corti, mi portano prurito quando gioco. Preferisco indossare il berretto.»

«Capisco.» Restiamo in silenzio per alcuni minuti mentre osserviamo una donna con diversi bambini passeggiare intorno alla fontana. «Qual è la loro storia?» mi chiede Tiffany.

Sorrido. «Perché non me la racconti tu?»

«Assolutamente no» risponde, urtandomi scherzosamente la spalla. «Conosco già la risposta. Voglio sentire la tua ipotesi.»

«Ah, davvero?» dico, e lei sorride e annuisce.

La donna indica ai bambini diverse cose interessanti: un insetto a terra, la cima degli alberi, il modo in cui la fontana si muove. È una signora di colore, forse sui trentacinque anni, mentre i bambini sono tutti di etnie diverse. C'è un'adolescente ispanica, un ragazzino ugualmente ispanico di circa otto o nove anni, un bambino nero sui tre anni e due neonate in un passeggino doppio: una ha dei nastri rosa in testa e l'altra, dalla pelle chiara e i capelli biondissimi, si sta succhiando il pollice mentre i suoi occhi si chiudono.

«Ci sono» dico.

«Sentiamo» mi canzona lei.

«È una babysitter» comincio. «Ma non una semplice babysitter. Bada ai figli di famiglie diverse. Ecco perché nessuno dei bambini si assomiglia.»

«Va' avanti.»

«I loro genitori hanno deciso di andare a un concerto che si sta tenendo da qualche parte in questo momento. Ecco perché lei e i bambini sono qui al parco. Vedi la grande borsa attaccata al passeggino? Contiene la cena al sacco. Si stanno dirigendo verso l'area picnic per mangiare, ma lei sta cercando di prolungare il divertimento il più possibile mentre aspettano i genitori.» Continuo ad osservarli. I bambini sembrano volerle molto bene. Lei gli dà carezze affettuose sulla testa e li abbraccia quando le si avvicinano. «È una brava babysitter.» Tiffany sorride. «Che c'è? Non sei d'accordo?»

«Non hai capito niente.»

Distendo il braccio lungo lo schienale della panchina. «Invece ci ho azzeccato in pieno.»

Tiffany intreccia le dita tra le cosce e si piega in avanti. «No. Neanche lontanamente.»

«Allora sentiamo quello che pensi tu, Miss Occhio Lungo.»

Lei tira un respiro profondo prima di lanciarsi nella sua storia. «Quelli sono i suoi figli. È la loro madre affidataria.»

Osservo di nuovo la donna, soppesando le parole di Tiffany.

«Non li hai sentiti chiamarla mamma? I tre più piccolini sono con lei da un po', ecco perché sono più al loro agio nel toccarla e abbracciarla. L'adolescente e suo fratello si sono uniti alla famiglia da poco. Vedi come la ragazza non vuole avere nulla a che fare con gli altri? Deve ancora abituarsi all'idea di dover vivere con nuove persone e frequentare una nuova scuola. E suo fratello... è elettrizzato per le cose che sua mamma sta mostrando a tutti, ma non vuole fare arrabbiare sua sorella perciò non lascia trapelare che gli piace la loro nuova sistemazione.»

Manco a farlo apposta, il ragazzo sorride per qualcosa di buffo che il più piccolo fa, ma il suo sorriso vacilla quando si rende conto che sua sorella lo fissa torva.

«Uhm. Non me n'ero proprio accorto. Mi chiedo dove sia suo marito.»

«Non è sposata. Non porta la fede.»

«Credevo che bisognasse essere sposati per diventare un genitore affidatario. Non è un requisito necessario?»

«No» risponde Tiffany. «Ci sono troppi bambini nel sistema di affidamento e poche famiglie disponibili. Finché non sei un pedofilo, i servizi sociali accettano chiunque. Saresti sorpreso di quante bambine hanno paura degli uomini a causa degli abusi subiti.»

«Caspita! Non ci avevo mai pensato.» Guardo di nuovo la donna e i bambini, stavolta sotto un'ottica diversa e con rinnovato rispetto. Il modo amorevole in cui li tratta, come se fossero sempre stati suoi, è stimolante. I bambini sembrano volerle davvero bene. «Come hai capito tutto ciò? Ti sei esercitata dall'ultima volta che abbiamo fatto questo gioco?»

«La mia migliore amica di liceo era in una famiglia affidataria. Ha vissuto con una madre single per circa dieci anni prima di diplomarsi. I bambini andavano e venivano dalla loro casa molto spesso, quindi ho già visto cose simili.»

«Hai barato, allora.»

Tiffany ride e si rilassa contro la panchina, portando le spalle a pochi centimetri dal mio braccio. Posso sentire la morbidezza dei suoi capelli sul polso, e devo fare appello a tutto il mio autocontrollo per non cominciare a giocherellare con le ciocche. «Non ho barato. Ho osservato. Solo perché è qualcosa che ho già visto prima, non significa che sia meno valido.»

«D'accordo. Hai avuto un ottimo spirito d'osservazione.»

«Grazie.»

«Dove hai frequentato le superiori, comunque?» chiedo. «Da qualche parte qui attorno?»

Lei scuote la testa. «Sono andata al liceo Cloverleaf in una piccola città vicino Nashville.»

«In Tennessee? Come sei finita qui?»

«Per via del college» spiega. «Venni reclutata per giocare a calcio e non potevo lasciarmi scappare quell'occasione. Poi c'è stato l'infortunio, lo stage, il lavoro. Sarei dovuta andare alla Columbia per prendere il master in giornalismo, ma una volta ottenuto il lavoro alla stazione TV, ho cambiato idea.»

«Intendi la Columbia University? A New York?» chiedo, e lei annuisce. «È davvero notevole.»

I suoi occhi si illuminano. «Ero davvero entusiasta di essere stata accettata. Non è un programma facile in cui entrare. Giuro, ho quasi vomitato quando ho chiamato per ritirarmi dal corso.»

«Perché l'hai fatto? Non era il tuo sogno?»

Tiffany solleva e incrocia le gambe sulla panchina, poggiando la coscia sulla mia. Mi chiedo se sia troppo presa dal raccontare la sua storia per accorgersene o se semplicemente non le importi, ma in entrambi i casi, non ho intenzione di farglielo notare. Mi piace la sensazione del suo corpo a contatto col mio, anche se solo così.

«Il mio piano originale era di prendere il master, poi trovare un impiego e lavorare sodo per arrivare ai piani alti. Il mio obbiettivo è diventare una produttrice per la ESPN.»

«Cos'è che ti ha fatto cambiare idea?»

Lei mi guarda con un sorriso. «Questo lavoro. Sto pensando a un modo per farti capire che cosa significa lavorare a Houston subito dopo il college.»

È assolutamente bellissima. Non riesco ancora a credere che abbia accettato di uscire con me. È davvero il pacchetto completo: bella, intelligente, spiritosa e intrigante.

«Sai quanto sia raro il fatto che tu sia stato reclutato dal Mutiny appena finito il college?»

«Sì. La maggior parte dei giocatori vanno prima in piccoli vivai per alcuni anni in modo da poter sviluppare le proprie abilità.»

«Esatto. Vale lo stesso per me. È straordinario poter lavorare in una stazione televisiva a Houston.»

Corrugo la fronte, cercando di afferrare l'importanza di ciò che sta dicendo.

«Vedo che sei ancora confuso. Lascia che provi a spiegartelo di nuovo.» Cambia posizione per voltarsi completamente verso di me. Sento subito la mancanza della sua coscia sulla mia. «I mercati televisivi vengono classificati in base al profilo demografico. Ad esempio, New York è la città più popolata del paese, quindi si classifica al primo posto. Los Angeles al secondo. La maggior parte dei neolaureati comincia a lavorare in un mercato molto piccolo, come Lubbock o Amarillo. Entrambi sono posizionati dopo i primi cento.»

«Quanti mercati ci sono?»

«Oltre duecento. Più grande è il mercato in cui lavori, più alta è la paga, più squadre sportive ci sono, e migliori sono le storie e le opportunità. Quindi, anche se cominci in un piccolo mercato, con un salario minimo, l'obbiettivo è di entrare in un grosso mercato, dove ci sono maggiori vantaggi e magari anche l'attenzione nazionale.»

«In che posizione si trova Houston?»

«L'ultima volta che ho controllato era all'ottavo posto.»

«Porca vacca!» esclamo. «Davvero niente male.»

Tiffany annuisce eccitata. «Lo so. Il mio primo lavoro nel campo televisivo è centocinquanta posizioni più su rispetto a quello della maggior parte delle persone. Quindi puoi capire perché ho dovuto rinunciare alla Columbia.»

«Bé, sì. La scuola di specializzazione sarà sempre lì se cambi idea.»

«Esattamente. Ma i selezionatori della ESPN potrebbero già prendermi in considerazione ora.»

«È davvero fantastico, Tiffany.» Poggio la mano sulla sua spalla e disegno cerchi col pollice. «Dovresti essere fiera di te stessa.»

«Lo sono. Cioè, so di essermi trovata nel posto giusto al momento giusto. Sarebbe potuto capitare a chiunque.»

«Ma devi aver dimostrato di essere in gamba se ti hanno offerto il lavoro.»

«Suppongo di sì» concorda. «Lavoro sodo e cerco di rimanere umile in modo da poter imparare tutto ciò che posso. C'è sempre spazio per migliorare. Non voglio montarmi la testa. Il giorno in cui inizierò a pensare di essere arrivata fin qui solo grazie al mio talento, sarà il giorno in cui inizierò a diventare arrogante, e non voglio assolutamente essere quel tipo di persona.»

Faccio scivolare la mano lungo il suo braccio, fino a posarla sulla panchina. «L'arroganza non serve a niente quando il tuo lavoro richiede un enorme sforzo collettivo.»

«Ne deduco che Mack ti stia ancora rendendo la vita difficile?»

Rifletto su come risponderle senza sembrare un frignone. Non è facile descrivere alcune delle frecciatine passivo-aggressive che Shivel mi lancia addosso regolarmente, e di certo non voglio dirle in che termini parla di lei nello spogliatoio, o di come questo mi faccia venir voglia di scagliarmi su di lui. Meglio restare sul vago. «È un tipo difficile con cui lavorare.»

«Penso che abbia intuito che c'è sotto qualcosa. Non ha capito che stai per rimpiazzarlo, ma è intimidito dal tuo talento.»

Giro la testa di scatto per guardarla, col cuore in gola. «Come fai a saperlo?»

«Io... ehm... sono una giornalista» balbetta. «Sento rumors di continuo.»

«Tiffany, nessuno deve sapere che mi stanno allenando per prendere il suo posto. Nessuno. Se si dovesse sapere, potrebbe incidere negativamente sul morale della squadra.»

«Lo so, Rowen. Non direi mai niente» afferma con decisione. «Non so ancora nulla di ufficiale.»

Non posso rischiare che anticipi i tempi e riporti la notizia. È in ballo la mia reputazione. Così come quella di mio padre. «La cosa non è ancora definitiva. Si tratta solo di un'ipotesi.»

«L'ho capito da sola» dice lei con calma. «Sono in questo giro da molto più tempo di alcuni membri della squadra e ho sentito delle voci. Ho già visto situazioni simili in passato, quindi non è stato difficile fare due più due.» Mi tolgo il berretto e mi passo le mani nei capelli mentre Tiffany continua. «Ti assicuro che non parlerei mai di una storia che non ha solide fondamenta. Non mi occupo di giornalismo scandalistico.»

Tiro un respiro profondo e mi rimetto il berretto. Lei si morde il labbro e i suoi occhi si fanno lucidi, come se fosse sul punto di piangere. «Accidenti, mi dispiace, Tiffany. Non sto mettendo in dubbio le tue capacità.»

«No, solo la mia integrità giornalistica.»

«Non è così. Sono soltanto nervoso. Tutto quello che faccio e dico adesso viene tenuto d'occhio. Non mi importa che tu sappia quello che accadrà. Ti chiedo solo di avvisarmi prima di riportare la notizia, per favore.»

Lei sbatte le palpebre un paio di volte per schiarirsi gli occhi. «Ti faccio una proposta migliore. Non dirò una parola a nessuno se mi concedi un'intervista esclusiva appena sarà ufficiale.»

Getto la testa all'indietro e scoppio a ridere. «Affare fatto. Non mi ero reso conto di essere così importante.»

«Per allora, tutti sapranno che sei l'erede di un mito del calcio, e io potrò fare un gran bel pezzo su come sei diventato un campione con le tue sole forze.»

Una parte di me è sollevata che sia una ragazza degna di fiducia. L'altra parte è terrorizzata all'idea che mi venga di nuovo affibbiata quell'etichetta.

«A che ora partite domattina?» chiede. È ancora un po' a disagio, ma almeno non sembra più risentita.

«Dobbiamo essere sull'autobus alle sei.»

«Allora sarà meglio andare, eh?»

Spero che vorrà rivedermi, ma dopo quello che è appena successo, non sono sorpreso che voglia terminare qui la serata. Le mie insicurezze hanno rovinato quello che è stato un pomeriggio perfetto.

«Probabilmente hai ragione.»

Ci avviamo verso la mia auto, che è parcheggiata in strada accanto al marciapiede.

«Per quanto tempo starete via?» mi chiede, mentre oltrepassiamo la madre affidataria e i suoi figli. La donna ci sorride e Tiffany ricambia salutandola con la mano.

«Per un'intera settimana stavolta.»

«Oh, è parecchio tempo.»

«Già, ma andiamo a nord per i prossimi incontri. Penso che i miei genitori verranno a vedere una delle partite.»

«Mi fa piacere. Magari non è il modo migliore per tenere segreto il tuo retaggio, ma sarà bello vederli, ne sono sicura.»

«Già.» Le apro lo sportello dell'auto, poi vado dall'altro lato e mi accomodo sul sedile del guidatore. «Grazie per essere uscita con me stasera. Sono stato davvero bene con te.»

«Anch'io» dice sorridendo, ma il sorriso non raggiunge i suoi occhi. Guarda fuori dal finestrino mentre l'accompagno a casa. Entrambi restiamo in silenzio per tutto il tragitto.

CAPITOLO 12

TIFFANY

SETTE GIORNI.

Sono passati sette giorni dall'ultima volta che ho parlato con Rowen.

Sapevo che non l'avrei sentito spesso perché sarebbe stato molto impegnato con le trasferte, ma non mi aspettavo il silenzio radio. Mando giù l'ultimo sorso di vodka ai mirtilli e continuo ad annegare nell'autocommiserazione.

Sapevo bene di non dover menzionare la tensione che c'è tra lui e Mack, ma volevo sapesse che può parlarne con me. Che può sfogarsi con me. Tuttavia, non è andata come speravo. Al contrario, gli ho fatto dubitare del motivo per cui sono uscita con lui: se perché mi piace o perché volevo usarlo per una storia.

Quella sera, il viaggio di ritorno verso casa è stato silenzioso. Non sono insoliti momenti di tranquillità quando si è in compagnia di Rowen. È un ragazzo di poche parole. Ma non mi aspettavo di sentirmi a disagio.

Mi ha accompagnata alla porta d'ingresso e, prima che potessi invitarlo ad entrare, mi ha dato un casto bacio sulla guancia e se n'è andato. Mi ha praticamente rifilato un due di picche.

Tiro un respiro profondo e poso il bicchiere sul tavolino accanto a me. I ragazzi sono finalmente tornati in città dopo l'ultima trasferta, ciò significa che Mack ha invitato gente a casa. La festa è agli sgoccioli, rimane solo un ristretto gruppo di amici, il che mi va bene. Non sono dell'umore adatto per divertirmi.

«Come mai sei così giù di corda?» biascica Sasha, accasciandosi sul divano accanto a me e porgendomi un'altra vodka ai mirtilli. Non capirò mai come riesca a sedersi in quel modo senza versare una sola goccia di liquore. Si può dire quel che si vuole su Sasha, ma di certo sa mantenere l'equilibrio quando è ubriaca.

Bevo un sorso. «Non sono dell'umore giusto.»

«Perché Rowen non è qui?» dice con una risatina. «Non so come mai tu sia ossessionata da lui. Sì, è un bravo calciatore, ma assomiglia a Carrot Top, cazzo.»

«Non è vero» ribatto. Quando è sbronza, Sasha può essere davvero fastidiosa, soprattutto se sono già di pessimo umore.

«D'accordo» concede. «È una versione molto più sexy di Carrot Top. E allora? Non è qui. Noi sì, invece, così come una grande varietà di uomini bellissimi dalle chiappe davvero sode.» Peccato che la maggior parte di essi siano fiacchi come noi dopo aver consumato così tanto alcol. «Dimenticati di quello sfigato. Sei giovane e bella, approfittane finché puoi. Hai scordato chi sei? Sei la regina delle gare di pompini!»

Ridacchio. Solo Sasha è capace di farlo sembrare un titolo di cui andar fieri.

«Dovremmo sfruttare il nostro fascino femminile per ravvivare la festa.»

«In verità, sto pensando di tornare a casa.»

Lei raddrizza la schiena e mi afferra il braccio. «Non puoi farlo. È ancora troppo presto. Mi è venuta un'idea!» Prova a schioccare le dita ma fallisce miseramente. «Aspetta qui un secondo.»

Mi arrendo e mi rilasso. Chissà cos'ha in mente Sasha, ma non posso lasciarla qui da sola, quindi mi tocca assecondarla ancora un po'.

Mi guardo intorno nella stanza, osservando gli uomini che chiacchierano e continuano a sbronzarsi. Sono tutti attraenti e prestanti, dai muscoli sodi e i volti cesellati, e con quel pizzico di arroganza che non guasta.

Ma nessuno di loro è Rowen.

Tuttavia, Sasha ha ragione. Dopo il modo in cui si è concluso il nostro appuntamento, e la totale mancanza di comunicazione, è piuttosto ovvio che non vuole avere nulla a che fare con me. Devo lasciarlo perdere. Devo andare avanti. O almeno, non devo permettere che la mia delusione mi impedisca di divertirmi con gli amici.

Il ritmo della musica in sottofondo cambia, e le prime note di *Closer* di Tegan e Sara risuonano dagli altoparlanti. Questa canzone mi fa sempre sentire sexy e venir voglia di ballare. E Sasha lo sa.

Quest'ultima avanza verso di me con un'espressione sensuale sul viso, ondeggiando i fianchi e porgendomi la mano. «Devi divertirti un po' stasera. Essere l'oggetto del desiderio di qualcuno. Regaliamogli uno spettacolo.»

Tentenno per via dei miei sentimenti per Rowen. Ma lui non è qui, e molto probabilmente non lo sentirò più. Afferro la mano di Sasha ed entrambe ci facciamo strada verso il centro della stanza, ancheggiando al ritmo della canzone. Mi perdo nella musica. Sollevo le braccia, giocherello coi miei capelli, inarco la schiena e mi dimeno. Le conversazioni nella stanza sono cessate e gli occhi di tutti sono puntati su di noi. Siamo al centro dell'attenzione. È inebriante.

Incrocio lo sguardo di Mack e ballo per lui. Lentamente, molto lentamente, lui abbassa la mano, si cala la zip dei pantaloni e tira fuori l'uccello. È lungo e turgido, e se lo sfrega mentre mi guarda.

Nate fa lo stesso. Pochi secondi dopo, altri membri della squadra si uniscono a loro.

Sasha si è già tolta la maglietta e sta per sfilarsi anche i pantaloncini, ma io preferisco fare le cose con più calma. Fargli pregustare il momento. Tenerli sulle spine.

Afferro la maglietta per l'orlo e la tiro verso l'alto, mettendo in mostra la mia pancia piatta e le costole inferiori. La lascio andare e agito di nuovo le mani in aria, facendo sì che il tessuto si sollevi quel tanto da rendere felici i miei ragazzi, ma non abbastanza da fargli vedere tutto.

«Mi stai uccidendo, piccola» geme Mack, strappandomi un sorriso.

Con un rapido gesto, mi sfilo la maglietta, rivelando il reggiseno di pizzo rosso che indosso. I miei capezzoli sono turgidi e si riescono a intravedere attraverso il tessuto trasparente. Qualcuno geme sommessamente, facendomi capire chiaramente quanto si stiano godendo il mio spettacolo.

Faccio scivolare le mani fino alla vita dei pantaloncini e li sbottono, stuzzicando i miei ragazzi. Facendoli pregustare ciò che c'è sotto.

Oscillo i fianchi e giro su me stessa, alzando lo sguardo per vedere la loro reazione. Colgo un movimento sulla soglia e mi pietrifico.

Rowen.

Mi sta guardando con un'espressione omicida sul viso.

«Continua, piccola» dice Mack. «Fammi vedere quanto sei bella.»

«No» dice Rowen bruscamente, facendo voltare varie persone sorprese di vederlo qui nella sua direzione. Lui le ignora e si avvicina a me, recuperando la mia maglietta dal pavimento e abbassandomela sulla testa, praticamente vestendomi di fronte a tutti. «Andiamo via.»

Mi afferra la mano non appena sbuca dalla manica e mi trascina fuori dall'appartamento, senza gettarsi una sola occhiata alle spalle né scambiare una parola con nessuno.

CAPITOLO 13

ROWEN

GUIDIAMO in silenzio per quelle che sembrano ore. Sono furioso, ma sto ancora cercando di capire perché, e se ho persino il diritto di esserlo.

Quello che Tiffany fa con il proprio corpo è affar suo. Non ho voce in capitolo. Lo rispetto. Anche se fossimo una coppia, spetta a lei decidere, giusto?

Non so nemmeno più quale sia la risposta corretta. L'unica cosa che so è che sento il desiderio di proteggerla, il che è ridicolo, ma non posso farci niente. Voglio che venga trattata come merita di essere trattata. Non come fanno quegli stronzi, che la trattano come un fottuto oggetto. La usano e basta. Un giorno la butteranno via, e lei vale molto più di così.

La cosa peggiore è che lei non se ne accorge nemmeno. Ma come potrebbe? Le regalano i biglietti per le partite. La invitano alle feste. Le telefonano, le scrivono messaggi e le permettono di considerarli suoi amici. Poi la chiamano puttana alle sue spalle e ridono se qualcuno ci tiene sul serio a lei.

Cerco di rilassare le mani sul volante quando noto che le nocche sono bianche per l'intensità della mia stretta. Cerco un posto dove parcheggiare, un luogo dove possiamo parlare su un terreno neutrale. Tiffany mi piace davvero. Voglio stare con lei. Ma forse sono troppo tradizionalista per questa relazione.

Dietro l'angolo di casa mia, c'è un piccolo parco. Ci sono passato spesso davanti, ma finora non ci ho mai prestato molta attenzione. Entro nel posteggio e parcheggio l'auto in modo pessimo, ma ci siamo solo noi, quindi non importa.

Vado dal lato del passeggero, apro la portiera e le tendo la mano.

Tiffany esita, prima di prenderla e scendere dalla macchina. La conduco lungo il vialetto e attraverso gli alberi.

«Dove stiamo andando, Rowen?»

Non rispondo. Sto ancora cercando di mettere in ordine i pensieri e capire come iniziare la conversazione.

Giungiamo a una radura con un'area giochi su un lato. La guido verso un tavolo da picnic. Lei si siede sulla panchina e mi guarda mentre cammino nervosamente avanti e indietro. Faccio per abbassarmi il berretto sulle orecchie ma mi rendo conto di non essermelo più messo dopo che me lo sono tolto in macchina.

Mi porto le mani sui fianchi. «Che diavolo stavi combinando prima? Perché l'hai fatto?»

Tiffany mi guarda come se l'avessi schiaffeggiata, ma la sua espressione ferita si trasforma rapidamente in una di rabbia. «E a te cosa importa? Da quando sei tu a decidere cosa faccio e cosa non faccio, e con chi lo faccio?»

«Da quando...» mi interrompo. Ha ragione, lo so. Tuttavia, questo non cambia ciò che provo. «Mi piaci sul serio, Tiffany» dico più dolcemente. «E non capisco. Pensavo che fossimo stati bene l'altra sera, ma poi entro in quella stanza e ti trovo... ti trovo... non so cosa pensare.»

«Rowen, non ti sei fatto vivo per una settimana.» Sembra meno arrabbiata, però intuisco che ce l'ha ancora con me. «Dopo il modo in cui si è concluso il nostro appuntamento, credevo che non volessi avere più nulla a che fare con me.»

«Come si è concluso il nostro appuntamento?» Mi spremo le meningi, sforzandomi di ricordare a cosa si riferisca, perché, a dire la verità, lei è l'unica cosa a cui ho pensato per tutto il tempo in cui sono stato fuori città. Alla fine, mi si accende la lampadina. «Intendi la conversazione su Shivel?» Lei annuisce e io accascio le spalle, frustrato. «Mi dispiace di aver perso la testa quel giorno. Non volevo. Credevo di essermi spiegato. Mi hai colto alla sprovvista. Ultimamente, ho i nervi tesi a causa del suo caratteraccio. Mi sto spaccando il culo per dare il meglio di me senza però rendere palese che sono migliore di lui.»

Tiffany mi fissa con cautela. «Non posso darti torto.»

Mi siedo a cavalcioni sulla panca di fronte a lei. «Perché lo fai, Tiffany? Perché condividi quella parte di te stessa con loro così liberamente?»

Lei apre la bocca per rispondere, poi la richiude e si volta dall'altro lato.

«Prometto di non giudicarti» dico. «Voglio solo capire. Quei ragazzi sono dei coglioni. Meriti molto di più.»

Un sorriso affiora sulle sue labbra, ma continua a non guardarmi. Sembra quasi che non ci riesca mentre mette a nudo questa parte di sé, il che è stranamente ironico, perché trovo che parlare sia molto meno intimo di certe cose che le ho visto fare.

«Andai a vedere la mia prima partita del Mutiny dopo aver vinto i biglietti in un concorso radiofonico» dice. «Ero così eccitata. Avevo diciotto anni e avevo appena cominciato il college. Mi ero trasferita da poco in città e il calcio era già la mia vita. I biglietti sono costosi, quindi non vedevo l'ora. Non so se lo sai, ma prima i pass per la stampa erano nello stesso settore dei biglietti che danno i giocatori.»

«Ora non più?»

Scuote la testa. «Hanno deciso di distribuire i biglietti in modo tale che, anche quando ci sono poche persone, lo stadio sembri più pieno.»

Corrugo la fronte. «Non ho mai visto lo stadio mezzo vuoto.»

«Nemmeno io.» Sorride e mi lancia un'occhiata, prima di distogliere di nuovo lo sguardo. «Sono sicura che sia stata un'idea geniale dell'ufficio marketing. Ad ogni modo, quella sera conobbi

Angie Nichols. L'hai mai sentita nominare?» Scuoto la testa. «Non sapevo se i ragazzi avessero mai parlato di lei, perciò te l'ho chiesto. Era un'amica della squadra. Io e Angie ci sedemmo vicine e cominciammo a parlare, godendo della reciproca compagnia. È stata lei ad invitarmi alla mia prima festa post partita.»

Mi si serra lo stomaco. Quindi è così che tutto ha avuto inizio. Una parte di me vuole conoscere questa storia, l'altra parte non tanto.

«Fu divertente. Conobbi tutti e bevemmo parecchio. Rimasi estasiata per gran parte della serata. Legai subito con uno dei calciatori, Jason Johnston, che non gioca più per il Mutiny. Finii a letto con lui quella sera.»

Digrigno i denti. «Ti prego, dimmi che non hai perso la verginità in quel modo... dopo una notte di bevute con alcuni dei tuoi giocatori preferiti.»

Tiffany mi dà una pacca sulla coscia. «Avevo perso la verginità molto prima di quel momento. E prima che tu ti trasformi di nuovo in un cavernicolo» dice velocemente, «è successo con il mio ragazzo delle superiori, quando avevo quasi diciassette anni, in camera sua mentre i suoi genitori erano fuori città per il week-end. C'erano vino, rose e tutto il resto. Mi amava e mi ha trattata col massimo rispetto quella sera.»

Benché non mi piaccia l'idea che abbia rapporti sessuali con qualcuno che non sono io, mi rilasso, sapendo che la sua prima volta è stata speciale e per le giuste ragioni.

«Jason mi procurò i biglietti per la partita successiva e mi imbattei di nuovo in Angie, che mi invitò ad un'altra festa. Quando arrivai lì con Jason, tutti quanti stavano già pomiciando. Più bevevamo, più effusioni in pubblico io e Jason ci scambiavamo. Prima che me ne rendessi conto, ero nuda dalla vita in giù e lui mi stava scopando contro il muro di fronte a tutti.»

Tiro un respiro profondo e abbasso la testa, serrando forte le mani. Non sono sicuro di quanto ancora possa ascoltare.

«Nel bel mezzo di quel frangente, ricordo di aver smaltito la sbornia, in un certo senso. Hai presente quando hai un'improvviso attacco di sobrietà? Bé, ne ebbi uno proprio in quel momento. Mi guardai in giro per la stanza, sapendo di dover essere mortificata da quello che stavo facendo, ma mi resi conto... che mi stavo eccitando ancora di più.»

Alzo la testa di scatto al suo commento.

«Lo so. Rimasi scioccata quanto te. Fino a quel momento, non mi ero mai resa conto quanto mi piacesse il voyeurismo. Così ho provato cose diverse. Sono diventata più disinibita. Nessuno giudicava le cose che facevamo perché le facevano tutti. Da allora, la situazione mi è sfuggita di mano.»

Inspiro profondamente, cercando di elaborare quello che mi ha detto.

«Che c'è?» mi domanda. «Dimmi cosa stai pensando. Adesso mi consideri una sgualdrinella?»

Scuoto la testa, ma non incrocio i suoi occhi. «Ho pensato molto a te nell'ultima settimana. Ho pensato alle cose che ho visto, alle cose che so. E ho capito una cosa importante.»

«Cosa?»

«Nulla di tutto ciò conta per me.» Lei sgrana gli occhi. «Cioè... conta, perché lavoro ancora con quei ragazzi. Ma non condiziona affatto quello che provo per te.»

«Cosa provi per me?» sussurra.

Prendo la sua mano nella mia e giocherello con le sue dita. «Penso che tu sia la donna più straordinaria che abbia mai incontrato. Sei arguta, intelligente e spiritosa. Sei estremamente sicura di te stessa. Non parli mai male di nessuno. Adori lo sport, il che è una qualità sorprendente in una donna.» Sorride ampiamente alle mie parole. «E sì, sei bellissima. Fottutamente splendida. Ma anche se non fossi stata fisicamente attraente, non me ne sarebbe importato, perché mi piace moltissimo il tuo carattere.» Tiro un respiro profondo. «C'è solo un problema.»

Faccio una pausa e mi porto le nostre mani in grembo mentre mi preparo ad essere brutalmente onesto. «Voglio *davvero* stare con te. Più di qualsiasi cosa abbia mai voluto nella mia vita. Ma non posso accettare... *quello*.» Lei corruga la fronte con espressione interrogativa. «Non posso sopportare che tu stia con i miei compagni di squadra mentre ci frequentiamo. Non posso tollerare che tu ti spogli per loro o che faccia quelle gare. Non posso...»

«Vuoi una relazione monogama» interviene lei.

«Esatto» dico sospirando. «Hai detto che ti piacciono quelle cose, ma non posso stare con te se è ciò che vuoi. E non si tratta di te. Tu hai il diritto di fare quello che ti pare con il tuo corpo. Ma io ho il diritto di fare ciò che voglio con le mie emozioni, e il sesso è troppo importante, troppo speciale per me. Non posso condividerti con nessuno.»

Tiffany si mette a cavalcioni sulla panchina e mi prende il viso tra le mani. «Credo che io debba chiarire un paio di cose. Mi piace fare sesso. No, non è esatto. Adoro fare sesso. Ma il sesso non è ciò che sono. È soltanto qualcosa che faccio. Sono single da vari anni e mi godo la vita al massimo. Ma non fraintendermi: la monogamia è d'obbligo nelle mie relazioni. Se frequento qualcuno, gli sono completamente fedele, e mi aspetto che anche lui mi sia fedele al cento per cento.»

Fisso intensamente le sue labbra. Poi mi chino in avanti e la bacio. Quando schiude la bocca, infilo la lingua dentro e la assaggio. Sa leggermente di mirtilli stasera. Ci baciamo languidamente per qualche minuto, e sento tutti i pezzi tornare al loro posto. Quello che ha fatto stasera è stato un errore. Uno significativo, ma soltanto un errore.

Alla fine, mi ritraggo e poggio la fronte contro la sua. «Tiffany?»

«Uh?»

«Non voglio che tu esca con altri ragazzi.»

Lei curva le labbra in un sorriso e si ritrae per guardarmi negli occhi. «Anch'io non voglio che tu esca con altre ragazze.»

«Voglio che continuiamo a frequentarci e a conoscerci meglio.»

Annuisce.

«Quindi, niente più feste?»

Tiffany arriccia la bocca, pensierosa. «Non posso garantirti che non ci saranno altre feste. Sono miei amici, dopotutto. Ma niente più sesso di alcun tipo. Niente spogliarelli, niente gare, niente masturbazione di gruppo...»

«Masturbazione di gruppo?»

Lei mi liquida con un gesto della mano. «Il punto è che, finché staremo insieme, l'unico che vedrà, toccherà e assaggerà il mio corpo sei tu. E mi dispiace per stasera» aggiunge. «Se avessi saputo che volevi ancora vedermi, non l'avrei mai fatto. Pensavo davvero che avessi chiuso con me, quindi mi stavo divertendo un po'.»

«È stata colpa mia» replico, giocherellando con le ciocche dei suoi capelli castani. Non posso fare a meno di notare quanto siano setosi. «Per il futuro, se dovessi sclerare di nuovo in quel modo, il problema sono io, non tu. Non pensare mai che sia arrabbiato con te.»

«È stato difficile non pensarlo quando non ti sei fatto sentire per una settimana.» Si infila una ciocca di capelli dietro l'orecchio, voltandosi di nuovo.

«Daniel non ti ha inviato un messaggio?»

Un'espressione confusa balena sul suo viso. «Daniel? No. Perché?»

«Figlio di puttana» impreco. Le panchine del parco non sono le cose più comode su cui sedersi, perciò mi muovo leggermente per alleviare la pressione sul sedere. «Gli avevo chiesto di scriverti. Il mio cellulare si è rotto il primo giorno di viaggio. Forse è stato calpestato o schiacciato mentre era nella borsa. Non sono riuscito a prenderne uno nuovo fino ad oggi, e ho perso tutti i miei contatti. Mi aveva detto che te l'avrebbe fatto sapere. Probabilmente, lo stronzo se n'è dimenticato, con tutti i problemi che ha con Quincy.»

«Quand'è che non li hanno?» chiede Tiffany con una risatina.

«Se tutto va bene, non per molto ancora. Io e Christian gli abbiamo fatto una bella lavata di capo un paio di volte durante le trasferte. Penso che si sia finalmente schiarito le idee e stia cercando di risolvere la questione.»

«Cosa c'è da risolvere? Pensavo che Quincy gli piacesse.»

«Chi lo sa? Problemi familiari, problemi con il padre, problemi economici... insomma, quelli che abbiamo tutti.»

Mi alzo in piedi e la tiro su con me. Adoro averla così vicina. «Che ne dici se ti accompagno a casa? Sono quasi le tre del mattino.»

«Ehm... potrebbe essere sfacciato da parte mia, ma... uhm... ti andrebbe di passare la notte con me?» chiede, guardandomi da sotto le lunghe ciglia con i suoi grandi occhi marroni. È così dannatamente sexy da star male.

Mi schiarisco la gola. «Sono tentato, ma non sono sicuro che sia una buona idea.»

«Oh» sussurra lei, ritraendosi leggermente. Le stringo la mano più forte per impedirle di allontanarsi del tutto. «Suppongo sia ancora troppo presto dopo... quello che è successo prima.»

Ridacchio. «Non ha niente a che fare con quello. Mi piacerebbe molto, ma non mi fido del mio autocontrollo quando sono insieme a te.»

«Ed è una brutta cosa?»

Sorrido, sapendo che stavolta sarò io a lasciarla senza parole. «Non è necessariamente una brutta cosa. Semplicemente, non è una cosa che voglio fare adesso.» La guardo dritto negli occhi. «Spero che questo non cambi nulla tra di noi, ma...» Faccio una pausa, più per creare suspense che altro. «Sono vergine.»

L'espressione sul suo viso dice tutto. La sua bocca si spalanca, poi si richiude. Le sue guance si tingono di rosso. Cerco di non ridere della sua reazione.

«V-vergine? Tu?» balbetta.

Le avvolgo un braccio intorno alle spalle per ricondurla verso l'auto. «Andiamo. Risponderò a tutte le tue domande durante il tragitto verso casa.»

CAPITOLO 14

TIFFANY

NON GLI HO FATTO nessuna domanda durante il tragitto verso casa. Ero esausta dopo gli avvenimenti della serata e, in tutta sincerità, forse ero anche sbalordita dalla sua confessione.

Mi ha tenuto la mano per tutto il viaggio in auto, poi mi ha accompagnata alla porta, dove mi ha baciata appassionatamente prima di lasciarmi sulla soglia con il desiderio di avere qualcosa di più.

Il fatto che non sia mai stato con una ragazza è intrigante. Lo trovo anche molto sexy, il che è una sorpresa. L'idea che nessuna donna lo conosca intimamente, né sappia le espressioni e i suoni che fa durante un rapporto sessuale, è molto, molto eccitante. Voglio sapere perché è ancora vergine, ma mi ci sono voluti due giorni per pensare a quali domande fare.

«Ti hanno mai fatto un pompino?» gli chiedo, mentre camminiamo mano nella mano per la libreria.

Rowen mi lancia un'occhiataccia. «Cavolo, puoi ripeterlo un po' più forte? Non credo che ti abbiano sentita tutti.»

Gli rivolgo un sorriso civettuolo. «Nessuno ci stava ascoltando. Non c'è quasi anima viva qui dentro. Anche se sono sicura che se sapessero quanto sei virtuoso, cercherebbero di origliare.»

Lui solleva scherzosamente gli occhi al cielo. «Quindi è qui che avremo questa conversazione.»

«Non riesco a pensare a un luogo migliore.» Passeggiamo senza meta verso la sezione dedicata ai bambini. Dal momento che non abbiamo fretta di andare da nessuna parte, ci fermiamo prima al piccolo bar. «Uhm... prendo un caffellatte di soia scremato alla vaniglia con ghiaccio» dico al barista, che scrive la mia ordinazione sul bicchiere di carta.

«Vuole anche la panna montata sopra?»

«No, grazie.»

«Per me solo un'acqua ghiacciata» dice Rowen.

Lo guardo con espressione incredula. «Acqua ghiacciata? Chi prende l'acqua al posto del caffè in un bar?»

Lui mi sorride. «L'hai mai assaggiata?» Scuoto la testa. «Viene filtrata per tre volte. È l'acqua migliore che si possa desiderare. Sarei disposto a pagarla quanto il tuo caffellatte ma, fortunatamente per me, la danno gratis.»

Rowen paga per la mia bevanda e ci spostiamo in fondo al bancone ad aspettare. Mi avvolge un braccio intorno alla vita e, finalmente, mi sussurra all'orecchio la risposta alla mia domanda. «Sì, mi hanno fatto un pompino. Più di uno, in verità.»

«Mmm.» Intreccio le mie dita alle sue. «Hai mai praticato sesso orale a una donna?»

«Una volta.»

«Solo una volta?»

«È successo con la mia ragazza del college. Ci siamo lasciati prima che potessi rifarlo.»

«Quindi non perché non ti è piaciuto?»

«No. Semplicemente, non ha funzionato tra di noi, e da allora non ho avuto altre relazioni.»

Mi schiarisco la voce. «Ebbene, cos'hai pensato di quell'unica volta?»

Rowen mi fissa con uno sguardo carico di lussuria. «Mi è piaciuto un sacco.»

Inspiro bruscamente e cerco di calmare i miei ormoni. Lui ridacchia, consapevole di avermi fatta eccitare.

Il barista posa le nostre bevande sul bancone davanti a noi, interropendoci. Prendiamo i bicchieri e continuiamo verso la sezione dedicata ai bambini. «Quanto tempo siete stati insieme?» domando, bevendo un sorso di caffellatte.

«Circa un anno, credo. Si chiamava Ali. Era una brava ragazza» risponde, sorseggiando la sua acqua ghiacciata e prendendomi per mano.

«Se era una così brava ragazza» dico, stuzzicandolo, «come mai non ha funzionato?»

Lui mi guarda con un sopracciglio inarcato. «Sei gelosa?»

«Sto cercando di capire perché avete rotto» dico timidamente.

«Si è iscritta all'Università del Southern Michigan, come me. Ma dopo pochi mesi che ci siamo messi insieme, si è trasferita alla scuola per infermieri. Non è stato un dramma per nessuno dei due. Col tempo ci siamo allontanati e ci siamo resi conto che non eravamo destinati a stare insieme.»

«Non è stata una separazione tragica, in effetti» concordo, mentre passiamo accanto a una donna ferma in mezzo al corridoio che legge la sinossi di un libro. La copertina è nera e ritrae un uomo con un pallone da calcio in mano. «Mmm... Sembra una lettura interessante» dico.

Rowen lancia un'occhiata al libro e ridacchia. «Pensi che la copertina sia sexy.»

«Penso che i calciatori siano sexy.»

«Faresti meglio a chiarire la tua affermazione.»

Sogghigno. «Quello che intendo è che trovo molto sexy un certo calciatore dai capelli rossi.»

«Così va meglio.»

«A parte gli scherzi, non capisco.» Mi fermo alla fine di uno scaffale, sentendomi a disagio ad avere questa conversazione nella sezione dedicata ai bambini. «Sei gentile, sensibile e rispettoso verso tutti. Dal modo in cui mi guardi e dal fatto che tu abbia avuto una ragazza, posso affermare con certezza che non sei gay.»

Lui scoppia a ridere. «Sei attraente e, con la quantità di allenamento che fai, hai un fisico da urlo. Non capisco come tu possa avere ventitré anni e non aver mai scopato.»

«Mi è sempre piaciuto osservare le persone, sin da quando ero bambino.» Finisce di bere l'acqua e getta il bicchiere nel cestino della spazzatura. «Vedevo il modo in cui i miei genitori si guardavano. Spesso mi è capitato di vedere la passione tra di loro, ma ho anche visto quanto amore e rispetto avessero l'uno per l'altra. Ho sempre dato per scontato che gli sguardi e le carezze impercettibili andassero a braccetto, perché era così per i miei genitori. Quando sono andato alle superiori e ho visto il modo in cui i miei amici guardavano le ragazze, ho pensato che fosse la stessa cosa.»

Sorrido, ripensando al mio ragazzo delle superiori. «Ah, l'amore giovanile. Non c'è niente di più bello» commento, appoggiandomi allo scaffale.

«Col passare del tempo, e man mano che i miei amici perdevano la verginità, ho notato un sottile cambiamento.»

«Cosa intendi?»

«È difficile da spiegare, ma dopo che le coppie *superavano quella linea*, i ragazzi guardavano le ragazze in maniera diversa. Per un po', continuavano ad avere quella tipica espressione da innamorati pazzi, ma gradualmente veniva sostituita dalla lussuria. E anche gli sguardi delle ragazze erano molto diversi. In più di un'occasione, le ho viste usare una risata per camuffare l'imbarazzo che provavano quando comprendevano che il loro fidanzato era meno discreto di quanto pensassero riguardo ai loro momenti privati. Alcune delle ragazze più sicure di sé diventavano impacciate. Ho visto fin troppe lacrime sul viso di quelle stesse ragazze, tra cui alcune delle mie migliori amiche, quando si rendevano conto di aver condiviso qualcosa di estremamente intimo con qualcuno che non le amava.» Scuote la testa. «In quel momento ho capito che non volevo essere la causa di una simile tristezza per nessuno. Perciò ho deciso che l'avrei tenuto nei pantaloni finché non sarei stato abbastanza maturo da sapere come trattare nel modo migliore una ragazza.»

«Accidenti! Non posso credere che tu abbia visto tutte quelle cose sul viso delle adolescenti. Io stessa ero una ragazza e non mi accorgevo di nulla a meno che qualcuna non iniziasse a piangere.»

«Sai che sono un osservatore per natura, quindi non dovrebbe essere così difficile da credere.»

«Questo spiega perché eri vergine alle superiori, ma parliamo di parecchio tempo fa. Adesso sei abbastanza maturo, no?»

«Sono sicuro che sia opinabile» risponde con un sorriso. «Ormai, mi sembra di aver aspettato così tanto tempo che la mia opinione sul sesso è cambiata.»

«In che modo?»

«Nel corso degli anni, ho visto troppi amici incapaci di restare fedeli alle loro fidanzate o mogli. Quindi mi viene naturale chiedermi, dal momento che non lo so per certo e non ho idea di come verificare questa teoria, quanto della loro incapacità di essere fedeli dipende dal fatto che abbiano confuso l'amore con la lussuria in giovane età al punto che adesso non sanno più distinguere la differenza?»

La sua osservazione mi fa riflettere su me stessa. Ho usato il sesso come sostituto dell'amore? Ho confuso l'amore con la lussuria? È possibile? Non ho mai pensato al sesso da questo punto di vista e, benché non mi vergogni delle mie azioni, le sue parole mi fanno vedere le cose sotto una luce diversa.

«Voglio essere fedele a mia moglie quando un giorno mi sposerò. Non voglio immagini di altre donne nella mia testa mentre faccio l'amore con lei. Voglio che l'unica persona che io abbia mai conosciuto carnalmente e spiritualmente, l'unica persona che abbia mai guardato negli occhi durante gli spasmi della passione, nel momento più intimo che due persone possano condividere... Bé, voglio che questa persona sia colei che amo più di chiunque altro al mondo, per sempre.»

Il mio cervello va in corto circuito. Credo che questa sia la cosa più sexy che abbia mai sentito in vita mia.

Rowen mi guarda imbarazzato. «La tua espressione mi rende

nervoso» sussurra. «Merda. Adesso comincia a venir fuori pure il mio accento.»

«Io... non penso di essere mai stata così eccitata» dico onestamente.

«Davvero?»

«Il modo in cui hai descritto l'intimità sessuale... Credo che forse alcuni di noi l'abbiano persa di vista.»

Lui si volta di scatto verso di me, con uno sguardo pieno di orrore sul viso. «Oddio, Tiffany. Non volevo farti sentire in colpa. Ah, merda!» Si abbassa il berretto sulle orecchie e si sfrega la faccia. «Non ti giudico per quello che hai fatto. Stavo solo cercando di darti una risposta sincera sul perché non abbia fatto... bé, quasi nulla.»

Poggio una mano sul suo avambraccio. «Rowen, calmati. Non mi riferisco specificamente a me. Parlo della società in generale. Forse abbiamo perso di vista alcuni valori importanti.» La sua espressione si tinge di sollievo. «Non mi hai fatto sentire in colpa per nulla. Mi piace ascoltare le tue opinioni e le tue idee. Sono profonde.»

«Pensi davvero che i miei motivi per restare "puro" siano sexy?» dice, facendo le virgolette con le dita.

Scoppio a ridere. «Questa è la parte più importante della conversazione per te, vero?»

«Ovviamente.»

«Chiudi il becco.» Gli do una spintarella col fianco. «Smettiamo di parlare di questo e andiamo a cercare un regalo per un bebè di un anno.» Mi stacco dallo scaffale e proseguo verso la sezione dedicata ai bambini con un sorriso spiaccicato sulle labbra.

CAPITOLO 15

ROWEN

CI SONO file interminabili di libri colorati. Mi sento sopraffatto. Chi ha avuto la brillante idea di venire in una libreria per trovare un regalo di compleanno per un bambino?

Ah, giusto. Io.

Quincy sembra il tipo di mamma che apprezzerebbe un regalo educativo per il proprio figlio. Senza contare l'acqua ghiacciata che si può trovare soltanto al bar che c'è qui. Perciò non mi resta che mettere da parte la mia frustrazione e continuare la ricerca.

Un libro con una copertina vivace di un bambino su un'altalena cattura il mio sguardo. Lo prendo e lo sfoglio.

«Ehi, tesoro, cosa ne pensi di questo?» Lo mostro a Tiffany.

«Cos'è?»

«Si intitola *Il desiderio di Peanut*.» Scorro alcune pagine. «Parla di un bambino che non vede l'ora di nascere, o almeno credo. Suona strano quando lo dico, però sembra carino.»

«Fammi vedere.» Mi toglie il libro di mano. «Oh, è davvero carino.» Ridacchia e legge ad alta voce: «*Cominciò a muoversi verso il basso. All'inizio lentamente, poi sempre più velocemente. Che bella corsa giù per lo scivolo! È stato divertente!*»

«Perché ridi?»

«A quanto pare, questa è la scena in cui Peanut viene al mondo.»

«Sul serio?» Riprendo il libro. «Immagino che non sia il modo in cui sua madre lo ricorda.»

Tiffany lo ripone sullo scaffale. «È un libro davvero sfizioso. E se Chance fosse stato un po' più grande, l'avrei comprato subito. Ma compie un anno.»

«Quindi?» chiedo, mentre la seguo verso un'altra scansia.

«Quindi, a questa età, farà solo due cose con i libri... rosicchiarli o strappare via le pagine. Meglio prendere un libro cartonato.»

Trascorriamo i successivi minuti a guardare libri che sono stati chiaramente scritti per bambini. La maggior parte di essi hanno una sola immagine per pagina e sono un quarto delle dimensioni di un libro normale.

«Cazzo!» esclamo. «Non riesco a credere che un libro di sole sei pagine costi dieci dollari. Per lo stesso prezzo, posso comprare un tascabile di duecento pagine al supermercato.»

Tiffany sorride. «Ma il tuo tascabile di duecento pagine è peluccioso come questo libro con una tigre morbidosa in copertina?»

«È peluccioso?» Glielo strappo dalle mani e lo sfoglio, toccando tutte le diverse immagini mentre giro le pagine.

«Sono irresistibili, vero?» mi chiede.

«Adesso capisco il loro fascino. Questo libro vale sicuramente...» Lo giro e leggo il prezzo. «Otto dollari e cinquanta. Credo che potrei giocare con questa morbida pecora per un bel po'.» Tiffany ne cerca un altro, ma un libro dal colore rosso acceso cattura la mia attenzione. Ho trovato esattamente ciò che cercavo. «*L'ABC del calcio*» dico.

«Sei serio?» replica Tiffany, sbirciando da sopra la mia spalla.

«*C* sta per calcio d'angolo» leggo ad alta voce. «*D* per David Beckham. Mi chiedo per cosa stia la *M*?» Vado qualche pagina più avanti. «*M* sta per marcamento. Accidenti, speravo che stesse per Mutiny.»

«Sono sicura che un giorno lo sarà» dice Tiffany in tono condiscendente, accarezzandomi la testa.

«Come sei divertente» dico ironico.

«E tu sei adorabile, con quel tuo spirito di squadra.» Si solleva in punta di piedi e mi dà un rapido bacio sulle labbra, facendomi sorridere. Sono contento che si senta abbastanza a proprio agio con me da baciarmi quando vuole, non solo quando lo desidero io. «Ehi, guarda. *L'123 del calcio.* Sembra che siano un set coordinato.»

«Penso che la nostra ricerca del regalo perfetto sia conclusa.»

Paghiamo e ritorniamo alla macchina, senza alcun programma o fretta di tornare a casa. Anche se la stagione calcistica è in pausa, devo comunque esercitarmi per tenermi in allenamento, ma almeno per un po' non devo sostenere dei ritmi frenetici.

«A che ora vai al lavoro domani?» le chiedo.

«All'una e mezza.»

«Davvero?»

«L'ultima trasmissione finisce alle dieci e trenta, poi c'è una riunione fino alle undici, perciò comincio più tardi.»

«Mi sembra un orario fantastico.»

«Per una nottambula come me è perfetto.»

«Quindi non devi tornare a casa presto?»

«Questo è il tuo modo per chiedermi se possiamo stare un altro po' insieme?»

«Esatto.»

«Ho un'idea, ma non so se ti piacerà.»

«Mettimi alla prova.» Esco dal parcheggio e imbocco il raccordo autostradale, perché Houston è così: piena di autostrade.

«Ho un sacco di roba da lavare prima della settimana entrante. Se ti va, possiamo prendere del cibo da asporto e cenare a casa mia. Non è il massimo del divertimento ma...»

«Ci sto. Conosci un buon posto qui intorno dove prendere da mangiare?»

Mi porta in un locale dove non sono mai stato prima chiamato

Christian's Tailgate. È un pub ristorante che a detta di Tiffany fa il miglior hamburger con bacon fritto della città.

Dopo aver preso la cena, che include l'hamburger fritto più grande che abbia mai visto (suo), l'hamburger con bacon fritto più appetitoso su cui abbia mai posato gli occhi (mio) e un piatto di antipasti (nostro), ci dirigiamo a casa sua.

Abita in un modesto condominio nel quartiere Heights. Con le sue facciate colorate e balconi su quasi ogni piano, mi viene da chiedermi se il costo della vita a Houston non sia così caro come tutti sembrano credere.

«Vivi da sola?»

Annuisce. «Sono stata fortunata. Una mia amica ha trovato un lavoro a Dallas e si è trasferita, così l'amministrazione mi ha permesso di subaffittarlo.»

«Sul serio?»

Tiffany recupera la chiave dalla tasca e la inserisce nella serratura. «Penso che si siano dimostrati accondiscendenti perché era una reporter ed erano elettrizzati di averla qui. È andato a vantaggio di entrambe» spiega, aprendo la porta e invitandomi ad entrare.

Rimango scioccato nel vedere il disordine che regna ovunque. È ovvio che la pulizia non è una priorità per lei. C'è una lattina di gazzosa senza zucchero sul tavolino in soggiorno e un cesto stracolmo di panni accanto a un armadio a muro che suppongo nasconda la lavatrice e l'asciugatrice. Vari piatti sporchi sono impilati nel lavello.

«Scusa» dice imbarazzata. «Non ho avuto tempo di riordinare.»

Vado verso un tavolo da pranzo rotondo e metto giù le buste del cibo. «È il tuo appartamento. Non spetta a me giudicarti. Inoltre, non è che sia lurido.»

«Cerco di pulire in modo più accurato una volta alla settimana» spiega, mentre si siede e spacchetta il cibo, dividendolo tra di noi. «Ma faccio davvero schifo nel mettere in ordine durante la settimana. Preferisco godermi la vita piuttosto che perdere tempo a rassettare di continuo. Sono sicura che quando avrò dei figli, mi darò più da fare.» Scrolla le spalle. «Oppure assumerò una cameriera.»

Apro un paio di bustine di ketchup e le verso sul mio hamburger. «Vuoi dei figli?»

Tiffany si lecca il ketchup dal pollice dopo esserselo sporcato mentre apriva la bustina e piega una gamba sotto il sedere. «Sì, un giorno. Adesso non riesco a vedermi come una mamma. Ho tante cose da fare. Amo il mio lavoro e non voglio sentirmi come se stessi trascurando mio figlio quando lavoro fino a sera tardi, capisci?»

«Pensi di non poter fare entrambe le cose?»

Solleva lo sguardo su di me. «So di *poter* fare entrambe le cose, solo non so se *voglio*. Mia mamma l'ha fatto perché, essendo una donna single, non ha avuto scelta. Anche se sono venuta su bene e penso che mia mamma sia una madre fantastica, di tanto in tanto mi dice che si sente ancora in colpa per non essere stata con me dopo la scuola ogni giorno. Penso che sia stupido sentirsi così, ma io e lei siamo molto simili, e non vorrei mai sentirmi in quel modo.»

Do un grosso morso al mio panino e sorrido.

«Che c'è?» domanda, infilandosi una patatina in bocca.

«Stavo solo pensando.»

«A cosa?»

Metto giù l'hamburger e mi pulisco le mani sul tovagliolo. «Quando mio padre si è ritirato, era sempre a casa. Veniva a prendermi alla fermata dello scuolabus, mi accompagnava a tutti gli allenamenti e partecipava a tutti gli incontri tra genitori e insegnanti.»

«Che bello. Pochi bambini possono vantare di avere un papà così presente.»

«Ho sempre pensato che quando mi ritirerò dal calcio, farò il papà casalingo, e non mi darebbe fastidio se mia moglie volesse lavorare.»

Tiffany smette di masticare. «Non corriamo troppo.»

«Non sto suggerendo nulla» dico, riprendendo in mano il panino. «Ma potresti restare sorpresa di come la vita cambi le cose in modo che possiamo avere tutto senza sentirci in colpa.»

Le faccio l'occhiolino e addento un altro boccone. Davvero non sto suggerendo di sposarci a questo punto della nostra storia, ma ho sempre creduto nel destino, e non prendo la frequentazione con una ragazza alla leggera. Se le cose tra di noi dovessero continuare ad andare così bene, posso facilmente immaginare un futuro insieme a lei.

E che io sia dannato se questo non mi rende maledettamente felice.

CAPITOLO 16

TIFFANY

«QUANDO VAI A TROVARE I TUOI GENITORI?» chiedo per la seconda volta mentre guidiamo verso l'appartamento di Quincy per un barbecue qualche giorno dopo. Sono così agitata che continuo a ripetere le stesse domande perché a quanto pare non riesco a ricordare le risposte.

Rowen mi lancia un'occhiata e mi prende la mano. «La prossima settimana. E vuoi smetterla di essere così nervosa? Vedrai che sarà divertente.»

Cerco di fare un respiro profondo, ma non serve a nulla. «Per te è facile parlare. Non sei tu quello che sta per entrare in una stanza con una dozzina di donne che vogliono strapparti via i capelli.»

Lui ridacchia. «Un altro vantaggio di portare il berretto.» Gli lancio uno sguardo omicida, che lui ricambia con una stretta di mano. «Tiff, siamo stati invitati.»

«No, *tu* sei stato invitato.»

«Tutti sanno che stiamo insieme, perciò si aspettano che verrai anche tu.» Si porta la mia mano alle labbra e mi stampa un bacio sul palmo, facendomi venire la pelle d'oca sul braccio. «Quincy è sempre gentile con te, giusto?»

«Non è di Quincy che mi preoccupo. Non sono mai andata a

letto col suo fidanzato» borbotto sottovoce. Vedo Rowen serrare la mascella e mi accorgo subito del mio errore. «Scusa, non avrei dovuto dirlo. È solo che... non mi sarei mai aspettata di essere invitata ad una festa con i familiari dei membri della squadra. Non sono mai stata a contatto con le loro famiglie. Questo è un territorio inesplorato per me.»

«Tiffany» comincia Rowen, parcheggiando e spegnendo l'auto. «Sei qui con me, e sono orgoglioso di averti al mio fianco. Possono guardarci storto quanto vogliono, per quanto mi riguarda. Siamo qui per festeggiare con un nostro amico, la sua fidanzata e suo figlio, non per fare amicizia con qualcuno.»

«Ok.» Sorrido e apro lo sportello. «Andiamo, prima che perda il coraggio.»

Quando Rowen bussa alla porta, mi rendo conto che abbiamo dimenticato qualcosa. «Oh, merda. Ci siamo scordati del regalo.»

Faccio per tornare verso la macchina, ma Rowen mi trattiene. «Neanche per sogno. Non te la caverai così facilmente» dice, cingendomi con un braccio. «Lo prenderò più tardi.»

Chiudo gli occhi e sospiro, di nuovo nervosa. Quando nessuno viene ad aprirci, Rowen spalanca la porta e ci ritroviamo nel bel mezzo di una festa in pieno svolgimento. I ragazzi della squadra e le loro dolci metà chiacchierano tra loro mentre i bambini corrono avanti e indietro per la stanza decorata con palloncini colorati.

In circostanze normali, la troverei una divertente festa per bambini. Ma non ora. Mi sembra di essere in bella mostra, e non in senso positivo. Come se fossi una reietta. Il fatto che varie conversazioni si interrompano quando le persone si accorgono che siamo qui non è affatto d'aiuto. O forse più precisamente, che *io* sono qui.

«Ehi, amico» dice Rowen, stringendo la mano a Santos. «È bello vederti.»

«Anche per me. Non sapevo che saresti venuto.» Avvolge un braccio intorno a una bella donna dai capelli scuri. È alta poco più di un metro e mezzo, con un viso rotondo e un grosso pancione. E non riesce a smettere di fissarmi.

«Stavo aspettando di sapere quando sarei andato a Detroit, perciò non ero sicuro di poter venire fino a un paio di giorni fa. Conosci Tiffany?»

«Sì, ci siamo già incontrati» risponde Santos in modo evasivo, mentre la donna accanto a lui continua a guardarmi. Il mio cuore comincia a battere forte, e prego che non sia chi credo che sia. «Vi presento mia moglie, Mariana.»

Merda.

Il senso di colpa mi travolge con la stessa forza di una tonnellata di mattoni. Sapevo che Santos era sposato quando siamo andati a letto insieme, ma non pensavo che un giorno mi sarei trovata faccia a faccia con sua moglie. Le groupie non interagiscono mai con le famiglie dei giocatori. Restiamo distanti. Separate. Le nostre strade non si incrociano mai.

Essere di fronte a lei, vedere il suo viso, il suo pancione... mi rende quasi impossibile respirare. Come ho fatto a non rendermi conto che ci fosse un'altra persona dall'altra parte di quelle sveltine? Una donna che ama chiaramente suo marito e un bambino che ha bisogno di lui?

Non ho idea di cosa sappia e, dal linguaggio del corpo di Santos, non riesco a capire se le abbia raccontato delle sue scappatelle. Ma non sarò certamente io a rovinare questa famigliola felice. Perciò mando giù il mio senso di colpa il meglio che posso.

«Piacere di conoscerti» dico, cercando di sorridere. «Quando dovrebbe nascere?»

«Il mese prossimo» risponde Mariana, massaggiandosi il pancione. «È un maschietto. Le nostre due bambine stanno correndo da qualche parte qui intorno.»

«Congratulazioni» dico. «Sono sicura che non vedi l'ora di insegnargli tutte le tue mosse quando sarà più grande, vero, Santos?»

Mariana sgrana gli occhi e io mi copro la bocca con una mano quando mi rendo conto di ciò che ho appena detto. «Intendo le tue mosse di calcio. Perché giochi a calcio. Io...»

Rowen mi dà una strizzatina alla spalla. «Sa che cosa intendevi, tesoro. E penso che tutti noi non vediamo l'ora di insegnare ai nostri figli le nostre mosse.»

Annuisco e mi tappo la bocca, completamente imbarazzata. Non riesco a crederci: faccio una gaffe del genere proprio la prima volta che incontro la moglie di un calciatore. Non spiaccico un'altra parola mentre loro tre continuano a chiacchierare. Sono troppo occupata a cercare una faccia amichevole, e non ne vedo molte.

Finalmente, Rowen si congeda e mi guida verso la cucina. «Vuoi rilassarti?» mi sussurra all'orecchio.

«Mi sono resa ridicola. Te l'avevo detto che era una cattiva idea.»

«Ti sbagli. Andiamo a salutare Quincy.»

Annuisco e ci avviamo verso la padrona di casa che sta tagliando e disponendo il formaggio su un vassoio.

«Grazie per avermi fatto venire» dico, porgendole una bottiglia di vino.

«È quello che ha detto anche lui» mormora Geni in tono sarcastico alle sue spalle.

Sento Rowen stringermi di nuovo la spalla per rassicurarmi, ma credo stia iniziando a capire perché le groupie non si mescolano con le WAG. Non porta mai a niente di buono.

«Sono contenta che tu sia qui» risponde Quincy cordialmente, accettando il vino e leggendo l'etichetta. «Petrolo Galatrona 2013, prodotto in Toscana. Caspita! È una grande annata.»

«Ti intendi di vino?» domando, inarcando le sopracciglia. «Da come mandi giù tutti quei margarita, pensavo che ti piacessero solo bevande a buon mercato.»

Dall'espressione che compare sul viso di Quincy, capisco che il mio patetico tentativo di fare una battuta è fallito. Ancora una volta, ho aperto bocca e fatto una gaffe.

«Mio padre era un vero conoscitore di vini» dice, mettendomi al mio posto. «Sono cresciuta imparando le migliori annate di diversi vigneti.»

Annuisco. «Bé, ad ogni modo, grazie per averci invitati.»

«Fate come se foste a casa vostra.»

Rowen le saluta con un gesto della mano e usciamo fuori sul patio, dove è radunata la maggior parte dei giocatori. Appena le portefinestre scorrevoli si chiudono dietro di noi, mi rilasso. Quando Rowen toglie la mano dalla mia spalla e la fa scorrere lungo il mio braccio intrecciandola con la mia, capisco che se ne accorge anche lui.

«Ehi, ragazzi. Sono felice di vedervi» dice Daniel mentre ci passa accanto con un vassoio unto tra le mani. «Torno subito. Vado a mettere questo nel lavello.»

«Come va, amici?» chiedo, mentre Rowen batte il pugno e il cinque con Christian, Randall Shiahriary e Sammy Marshall.

«Mi fa piacere vedervi finalmente insieme» dice Christian, stringendomi in un mezzo abbraccio. Sorrido a Rowen, che è chiaramente contrariato dalla confidenza di Christian nei miei confronti. «Cacchio, era ora che questo cacasotto tirasse fuori le palle e ti dicesse che era interessato a te.»

Rowen geme e io inarco le sopracciglia. «Non sapevo fosse di dominio pubblico il fatto che avessi attirato la sua attenzione.»

Randall ride. «Tesoro, non ci sono molti segreti negli spogliatoi. Sapevamo tutti che era cotto di te sin dal primo giorno.»

Scoppiano tutti quanti a ridere mentre Rowen diventa rosso come un peperone. Mi piace vedere il rapporto che c'è fra di loro. Non conosco molto bene Randall e Sammy, però mi sono sempre sembrati due bravi uomini di famiglia. Sono un po' più grandi di noi, e sono sicura che si siano dati alla pazza gioia prima di accasarsi. Ma pare che abbiano preso Rowen sotto la loro ala. Lo punzecchiano, vero, ma non lo trattano con superiorità, come invece fanno Mack e Nate.

Vedendo come Rowen interagisce con loro, il modo in cui sorride e ride liberamente, mi rendo conto che con Mack e Nate non si sente così a suo agio.

La mia attenzione viene catturata da Santos e Mariana che stanno chiacchierando con Luca Montoya e una donna che presumo sia sua moglie. Dal modo in cui Santos le carezza il pancione e l'abbraccia, è evidente che l'adora. È lo stesso modo in cui Rowen guarda me. Quando Santos mi sorprende ad osservarli, bacia Mariana sulla testa. Lei lo guarda con espressione piena d'amore.

Chiudo gli occhi e mi volto. Non riesco a guardarli oltre. Quando penso a quello che le ho fatto – a quello che ho fatto loro – sto male.

«Non vedo come possano riuscire a tenerselo» dice Sammy, distogliendomi dal mio senso di colpa e riportandomi alla conversazione intorno a me. «Continuano ad essere eliminati dai play-off, e in più gli restano pochi anni prima di doversi ritirare. Vuole l'anello del Super Bowl a tutti i costi.»

«Col cavolo!» dice Christian. «Sai quanto lo pagano? Può comprarselo da solo quell'anello.»

«Non lascerà mai Dallas» intervengo, mentre Daniel e un uomo che gli somiglia terribilmente escono sul patio. «È sposato e ha due bambini. Inoltre, sua mamma vive qui. L'ho intervistato l'anno scorso, ed è impossibile che vada via.»

«Sul serio?» chiede Christian, stupefatto. «Hai intervistato Jason Hart? Com'è?»

Sorrido. «È enorme. Anzi, mostruoso. Ma è un ragazzo gentilissimo. Proprio come quando è stato reclutato la prima volta.»

«Aspetta un secondo» dice Rowen. «Come fai a sapere com'era quando è stato reclutato? Dovevi avere circa quindici anni quando è successo.»

Faccio un altro sorriso. «Sì, hai ragione. Quell'anno, per il mio compleanno, mia mamma comprò i biglietti per andare a vedere le selezioni.» Sono questi i tipi di discorsi sportivi che amo fare. «Non so come ci sia riuscita, ma ci sedemmo proprio nella sala delle selezioni insieme ai giocatori, in prima fila. Durò un'eternità, però non lo dimenticherò mai. Jason fu il primo giocatore ad essere reclutato, e da allora non ha mai deluso le aspettative di nessuno.»

«Quindi sei sempre stata un'appassionata di sport?» chiede

Randall, bevendo un sorso di birra. «Non solo da quando hai cominciato a venire a vedere le partite?»

Daniel ride. «Amico, sai che è la produttrice sportiva di Channel Four, vero?» Randall lo fissa perplesso. «Come pensi che riusciamo a ottenere così tanta visibilità? Il calcio è lo sport meno seguito in questa città. È la nostra cara Tiffany ad inviare le telecamere a tutti i nostri eventi.»

«Non ne avevo idea» dice Randall con tono pieno di rispetto. «Lo apprezzo molto.»

Rowen mi sorride smagliante. Conosco quello sguardo. È un misto di orgoglio e stima, con un pizzico di "Te l'avevo detto".

«È davvero brava nel suo lavoro» aggiunge Rowen, facendomi arrossire. «Houston è l'ottavo mercato più grande del paese. È raro che qualcuno venga assunto da una stazione televisiva locale subito dopo il college.»

«Sul serio? Non lo sapevo» dice Daniel. «Sei veramente in gamba, allora.»

«È stata anche accettata nel corso post-laurea alla Columbia.»

Christian emette un basso fischio. «Mia sorella ha cercato di entrare lì. La concorrenza è spietata.»

Arrossisco di nuovo e comincio a sentirmi in imbarazzo per tutta questa attenzione. Sono abituata a stare insieme a questi ragazzi, ma mi rendo conto che è la prima volta che mi vedono *per davvero*. «Non è niente di che» dico, infilando la mano libera nella tasca posteriore. «Semplicemente, adoro lo sport. Tutti gli sport. Avete sentito che il comune sta cercando di riportare in città una squadra di hockey della lega minore?»

Fortunatamente, riesco a distogliere la conversazione da me e spostarla su un argomento con cui sono a mio agio. Restiamo lì a chiacchierare del più e del meno per un po' mentre le persone vanno e vengono.

Ben presto, mi rendo conto che la gente mi sta guardando, ma non più in maniera torva. Si tratta per lo più di occhiate curiose. Rowen mi mette un braccio intorno al collo e mi attira a sé, posandomi un bacio sulla testa.

«Ti senti più a tuo agio adesso?» mi chiede sommessamente, mentre gli altri discutono dei benefici di un tetto aperto rispetto a quelli di uno chiuso per uno stadio di baseball.

«Sì» rispondo. «Penso sia d'aiuto il fatto che Daniel e gli altri vedano che me ne intendo davvero di sport, e che non sono solo brava a sbattere le ciglia.»

«Piantala» dice, tirandomi l'orecchio. «La fai più tragica di quello che è.»

«Dico sul serio» ribatto. «Non riguardo alla mia reputazione. Ma penso davvero che stiano cominciando a capire che non sono qui per accalappiare un marito. Mi piace veramente il calcio. Quindi, grazie.»

«Ehi, gente» dice Quincy, facendo capolino oltre la porta del patio. «Il festeggiato sta cominciando ad innervosirsi, perciò è meglio che tagliamo la torta prima che faccia un sonnellino. Su, venite dentro.»

Quasi fossimo una mandria, rientriamo nel piccolo appartamento, dove troviamo Chance seduto su un seggiolone blu, nudo dalla vita in su. Sta battendo le mani sul vassoio bianco davanti a sé, e non ho idea del perché Quincy pensi che sia nervoso: il suo sorriso è così grande che mi sorprende che il suo visino non si spezzi.

Dopo che cantiamo in maniera terribilmente stonata *Tanti auguri a te*, Chance si fionda su un cupcake giallo come se ne andasse della sua vita, mentre almeno sei persone scattano fotografie. Dopo alcuni minuti, Quincy va in cucina.

«Torno fra un attimo» sussurro all'orecchio di Rowen e lui annuisce.

«Posso aiutarti in qualcosa?» chiedo a Quincy, che è in piedi nella dispensa. Lei sussulta e si volta a guardarmi, asciugandosi una lacrima dal viso. «Cosa c'è che non va?» le domando, facendo qualche altro passo nella sua direzione.

Lei mi rivolge un sorriso. «Niente, sto bene.» Ridacchia quando vede l'espressione scettica sul mio volto. «Dico sul serio. È soltanto una giornata piena di emozioni. Mia sorella è morta da meno di un anno, perciò in occasioni speciali come questa mi capita di commuovermi. Ma sto bene.»

«Mi dispiace. Sono così abituata a pensare che Chance sia tuo, che mi dimentico che stai crescendo il figlio di tua sorella.»

«Bé, è un buon segno» dice, dandomi una pacca sul braccio mentre si dirige verso il frigorifero. «Significa che sto facendo un buon lavoro come madre adottiva.» Mi porge un melone di Cantalupo. «Puoi metterlo sul bancone laggiù? Ho dimenticato di tagliare la frutta, quindi se mi vuoi aiutare, mi faresti un piacere.»

Metto giù il melone e apro qualche cassetto prima di trovare un coltello adatto a tagliare la buccia. Dopo essermi lavata le mani, mi metto al lavoro. «Sono davvero contenta che tra te e Daniel si sia sistemato tutto» dico. «È un ragazzo eccezionale. Meritava di trovare una brava ragazza come te.»

Quincy mi sorride. «Daniel parla molto bene di te, sai?»

Le lancio una rapida occhiata. «Sul serio?»

«Oh, sì. Dà a te il merito per tutta l'attenzione mediatica che riceve la squadra. Per lui è importantissimo.»

Scrollo le spalle. «Se lo meritano. Il calcio è uno sport sottovalutato.»

«Senza dubbio. Ancora non comprendo pienamente i meccanismi di gioco, ma solo vedere quanto corrono mi sfianca. Se poi ci aggiungiamo tutto quel lavoro di piedi che fanno. Tra l'altro, ancora non capisco metà del gergo calcistico.»

«Già, è uno sport più complesso di quanto si pensi.»

Lavoriamo in silenzio per qualche minuto mentre affettiamo due meloni di Cantalupo, un'anguria e un melone verde. Spero che al bambino piaccia il melone, perché Quincy ne ha preso abbastanza da sfamare l'intera squadra per una settimana.

«Ti ringrazio molto per averci invitati» dico. «Rowen va molto d'accordo con Daniel e Christian, e sono contenta che tu gli abbia permesso di portare anche me.»

Lei mi guarda con aria interrogativa. «Perché non avrei dovuto? Fai parte della squadra, Tiffany, che tu ci creda o no.»

Sbuffo. «Sono sicura che qui tutti sanno in che senso faccio parte della squadra.»

Quincy mette giù il coltello e si asciuga le mani su un canovaccio. «Ammetto che all'inizio ero preoccupata per via della tua... reputazione.» Faccio una smorfia. «Ma non sono qui per giudicarti, Tiffany. Quello che fai nel tuo tempo libero non mi riguarda. So cosa sono per Daniel. Come so cosa sei tu per lui. E questo è tutto ciò che conta. Sono certa che hai notato chi è presente alla festa.» Mi guardo intorno, osservando i membri della squadra sparpagliati per l'appartamento. «Ma spero che tu abbia anche notato chi *non* lo è. Vero, alcune persone amano sparlare e diffondere pettegolezzi, ma la maggior parte di coloro che lo fanno non ha una reputazione migliore della tua. La differenza è che tu sei onesta. In poche parole, preferisco sapere in anticipo cosa aspettarmi da una persona piuttosto che essere presa alla sprovvista più tardi. Non sei d'accordo?»

Annuisco brevemente e deglutisco. Non credo che qualcuno abbia mai esposto le cose nel modo in cui ha fatto Quincy.

«Ad ogni modo, grazie» le dico, prima di ritornare da Rowen e dai suoi compagni di squadra con cui mi sento a mio agio.

CAPITOLO 17

ROWEN

«EHI, FIGLIOLO!» Mio padre mi stringe in un forte abbraccio non appena oltrepasso la soglia di casa, facendomi cadere il borsone sul pavimento. Non è mai stato timido nel dimostrarmi il suo affetto.

Si era offerto di venirmi a prendere all'aeroporto, ma ho preferito noleggiare un auto. È sempre una seccatura a causa della mia età, ma mi piace l'idea di non dipendere dai miei genitori per nulla. Diciamo che sono le persistenti insicurezze dell'aver cercato di trovare me stesso per così tanto tempo.

Gli do qualche pacca sulla schiena mentre ci abbracciamo. «È bello vederti, papà.»

«Mi sei mancato, ragazzo mio» dice, baciandomi sulla guancia e ritraendosi per fare spazio a mamma che si precipita verso di me.

«Rowen! Sono così felice che tu sia qui. Togliti quel maledetto berretto e abbracciami.» Mi strappa via il berretto dalla testa e lo lancia dall'altra parte della stanza, poi avvolge le braccia intorno alla mia vita. Ricambio il suo abbraccio con calore. La mia abitudine di coprirmi i capelli fa innervosire mia madre. Suppongo che non rivedrò quel berretto finché non tornerò a Houston fra quattro giorni.

«Anch'io, mamma.» Sollevo la testa e tiro un respiro profondo, inalando gli odori che mi ricordano sempre casa mia. «Stai già cucinando?»

Si ritrae da me e sorride. «Ho pensato che avresti avuto fame per l'ora di pranzo, e voglio assicurarmi che tu mangi a sufficienza.»

«Cosa stai preparando?»

«Salsicce con purè di patate.» Gemo. È il mio piatto preferito. Non è difficile da cucinare, potrei farlo anche da solo, ma mia mamma fa la salsa migliore che abbia mai assaggiato. Mi viene l'acquolina in bocca solo a pensarci. «Sarà pronto tra poco» dice, dandomi un buffetto sulla guancia. «Così hai il tempo per sistemare le tue cose e riposare un po'.»

«Riposare?» sbuffa papà. «Adesso andiamo a correre.»

«È appena arrivato, Ryan» dice mamma. «Potete correre questo pomeriggio.»

«Oggi pomeriggio dobbiamo allenarci» ribatte papà eccitato. Adora giocare a calcio con me, soprattutto ora che sono adulto. Adora il tipo di esercizio fisico che ottiene quando giochiamo adesso che sono abbastanza grande e bravo da mettere alla prova le sue abilità. E ne ha ancora parecchie. Non importa che si sia ritirato quasi vent'anni fa. «Solo perché il campionato è in pausa non vuol dire che puoi battere la fiacca. Ora va' a cambiarti. Ci vediamo fuori tra cinque minuti.»

Bacio mamma sulla guancia, afferro il borsone e mi dirigo verso la mia stanza. La casa è sempre la stessa: accogliente e piena di foto di famiglia. Le guardo mentre salgo le scale. Molte ritraggono me quand'ero bambino, alcune mio padre nei suoi giorni di gloria, altre i miei nonni e i parenti in Irlanda, e altre ancora i miei cugini e i familiari qui a Detroit. La parete ne è ricoperta. Mi chiedo se la foto di Tiffany si aggiungerà mai a quelle su questo muro.

Quel pensiero mi fa letteralmente fermare sui miei passi. Scuoto la testa nel tentativo di schiarirmi la mente. Tiffany mi piace davvero tanto, ma non devo farmi troppe illusioni. Come le ho detto l'altro giorno, la vita trova sempre un modo per sorprenderti, e io spero che la nostra relazione si riveli una bella sorpresa.

Cinque minuti dopo, sono fuori sul retro a fare stretching con mio padre prima di iniziare a correre.

«Fin dove vuoi arrivare?» chiedo, piegando la gamba fino a toccare il sedere col piede.

«Ho pensato che potremmo correre per cinque miglia intorno al quartiere. Non voglio farti sforzare troppo il primo giorno che sei qui.»

«Sei sicuro di voler correre così tanto? Non vorrei mai che il tuo cuore cedesse, vecchio mio. Mamma non mi perdonerebbe mai se tutto quel cibo andasse sprecato.» Lui allunga la mano per schiaffeggiarmi scherzosamente ma mi manca, perché comincio a correre.

Papà mi raggiunge in fretta e trascorriamo i successivi trenta minuti in silenzio. Devo concederglielo: avrà anche cinquant'anni, ma è in forma smagliante. Noto il modo in cui le vicine lo guardano quando va a correre o taglia il prato. Cavolo, vedo il modo in cui lo guardano quando va al supermercato. Le donne hanno sempre gravitato intorno a lui.

Non so come mia madre sia riuscita a sopportare tutto ciò in questi anni. Non è mai stata un tipo geloso, pur conoscendo il suo passato, che do per scontato sappia, visto che mio padre me ne ha parlato. Posso essere come lei? Posso mettere da parte la mia gelosia e confidare che Tiffany avrà occhi solo per me?

La corsa non è intensa come quella che faccio solitamente, ma ci facciamo una bella sudata mentre giriamo intorno al quartiere.

Mamma ha lasciato un paio di bottiglie d'acqua tiepida in veranda per noi. Ci reidratiamo e riprendiamo fiato prima di rifare stretching, che dura quasi più della corsa, ma per un calciatore dev'essere così. Non sai mai in quali posizioni si ritroveranno le tue gambe durante un incontro, e non vuoi certo strapparti un muscolo a causa della scarsa flessibilità.

«Ti va di raccontarmi qualcosa in più di questa ragazza?» mi chiede papà mentre mi aiuta con la posizione dell'affondo. Nelle ultime settimane, abbiamo parlato brevemente di Tiffany, ma non abbiamo mai avuto il tempo di approfondire l'argomento. Suppongo ora sia il momento giusto.

«Cosa vuoi sapere?»

«Non hai intenzione di negare che la stai frequentando?»

«Perché dovrei? Mi piace.»

Mi lascia andare e cambio posizione di stretching. Mi ha aiutato in questi esercizi così tante volte per così tanti anni che ormai gli viene naturale farlo.

«So che avevi dei dubbi all'inizio per via del suo stile di vita. Quindi sono curioso di sapere cos'è cambiato.»

«Non sono sicuro che sia cambiato qualcosa» dico con voce tesa. «Non mi piace che partecipi a così tanti festini. Pensa di avere amici con benefici. Mentre io penso che la trattino di merda, e lei nemmeno se ne rende conto.»

«Ma tu riesci a sopportare che faccia quelle cose?»

«Le *faceva*, papà. Ora non più. Abbiamo avuto una lunga chiacchierata su come la penso e sul fatto che non posso condividerla con i miei compagni di squadra. Lei è d'accordo con me al cento per cento. Quando è single, le piace uscire e spassarsela. Questa è la sua idea di divertimento, non la mia. Ma quando ha una relazione seria è fedele.»

Ci alziamo e passiamo a distendere i muscoli delle spalle. «Quindi significa che avete una relazione?»

«Ci frequentiamo in modo esclusivo, per vedere dove ci porterà. Sa parlare di sport meglio di qualsiasi ragazzo io abbia mai incontrato.»

Mio padre inarca le sopracciglia con aria sorpresa. «Davvero?»

«Oh, sì. È una produttrice sportiva, quindi non si intende solo di calcio, ma anche di football, baseball, tennis. Di' uno sport e puoi star certo che lei lo conosce come le sue tasche. In più, è una produttrice fantastica. Una delle migliori nel suo campo. È stata assunta subito dopo il college, che è l'equivalente di essere reclutati da una squadra professionista subito dopo la laurea. È la migliore tra i migliori. È leale fino al midollo. Cioè, sai che razza di stronzo è Mack Shivel.» Papà annuisce. «Eppure, non l'ho mai sentita parlare male di lui o di qualcun altro della squadra. È intelligente, spiritosa e arguta...»

Smetto di farneticare appena mi accorgo che mamma si è unita a noi. Un rossore mi sale su per il collo quando mi rendo conto di come stavo decantando le lodi di Tiffany. Devo sembrare un cagnolino innamorato ai loro occhi.

Mia madre mi porge un'altra bottiglia d'acqua, che prontamente apro e bevo. «Non devi sentirti in imbarazzo per ciò che provi, Rowen. Sembra una ragazza in gamba» dice.

«Lo è» concordo.

«Trovo interessante che tu abbia menzionato tutte queste sue meravigliose qualità ma mai il suo aspetto fisico.»

Ci penso su qualche secondo. «È stupenda, mamma. La ragazza più bella che abbia mia visto. Ma se succedesse qualcosa al suo aspetto esteriore, non mi importerebbe, perché è dannatamente bella interiormente.»

Mamma mi carezza la guancia. «Se avete finito con il raffreddamento muscolare, il pranzo è pronto.» Si volta per tornare in casa, ma si ferma di fronte a mio padre. «Avevi quello stesso sguardo quando avevi ventisette anni. Lui ce l'ha a ventitré. Penso di essere appena stata spodestata dal mio posto come donna più importante della sua vita.» Papà le dà un bacio sulla fronte e lei torna dentro.

«Penso che la stiate facendo più grossa di quello che è in realtà» dico, bevendo un altro sorso d'acqua.

«Non sono d'accordo.»

«Ci frequentiamo da poco tempo.»

«Anche io e tua mamma ci siamo frequentati per breve tempo.»

«Così mi mettete addosso una pressione tremenda. Siamo usciti insieme solo un paio di volte, non ho intenzione di sposarla adesso.»

«Nessuno vuole farti pressioni, Rowen. Sei un uomo adulto e vaccinato. Puoi fare le tue scelte da solo. Ammetto di essermi preoccupato per questa relazione all'inizio, perché ho visto troppi amici venire feriti da una donna con cattive intenzioni. Ma tua madre ha ragione. È evidente che provi un sentimento profondo per questa ragazza.»

«Papà, non è una mangiatrice di calciatori. Le piace davvero il calcio. Le piace molto anche... cioè...» Arrossisco di nuovo.

Lui annuisce in segno di comprensione e non mi chiede di continuare. «Ma questo cambierà le tue priorità? Sarebbe un peccato se dovessi finire subito a letto con lei dopo aver aspettato così tanto. Ti sei posto un determinato obbiettivo. Non voglio che tu perda di vista i tuoi principi.»

Mi piego all'indietro sulle mani, allungando le gambe davanti a me, e il mio stomaco brontola. «Penso che sia ora che andiamo a farci una doccia così che possiamo mangiare.»

Mi dà una pacca sulla schiena mentre entriamo in casa. «Non metterci troppo. Attendo questo pranzo sin da quando tua madre è andata al supermercato l'altro giorno.»

«Vuoi dire che non ti prepara più i piatti tipici irlandesi?»

Lui grugnisce. «Dice che ha trascorso troppi anni a servirmi, quindi mi costringe a portarla fuori a mangiare in ristoranti chic. Se lo merita, certo. Ma io attendo con ansia le volte in cui ci vieni a trovare così che posso consumare gli avanzi quando te ne vai.»

Rido e salgo i gradini due alla volta per andare a prendere i miei prodotti da bagno. Il led di notifica del mio cellulare lampeggia, quindi devo aver ricevuto almeno un messaggio mentre ero fuori. È da parte di Tiffany.

Volevo assicurarmi che fossi arrivato dai tuoi sano e salvo.

Sorrido. Sono passati anni da quando qualcuno, a parte mia madre, si è interessato a me abbastanza da controllare come sto. È bello.

. . .

Sono arrivato intorno alle 10. Io e mio padre abbiamo già corso per cinque miglia.

Tiffany: *Ottimo! Gli allenamenti non si fermano solo perché il campionato è in pausa.*

Non temere. Sono sicuro che mio padre mi farà sudare questo pomeriggio.

Tiffany: *LOL. È il lato positivo di avere un padre che fa il tuo stesso lavoro.*

FACEVA. Faceva il mio stesso lavoro. Ed è anche una maledizione. Speravo di potermi riposare nei prossimi giorni.

Tiffany: *Sono sicura che avrai modo di fare anche quello mentre sei lì. :-) Spero che tu ti diverta.*

Lo farò.

Metto giù il cellulare, ma un pensiero mi attraversa la mente, così lo riprendo in mano. *Ehi, posso farti una domanda un po' strana?*

Tiffany: Certo.

Ti da fastidio come la penso sul sesso?

. . .

Tiffany: *Cosa intendi?*

Mi sento un po' in colpa nel negarti qualcosa che ti piace. Ti da fastidio che non voglia ancora venire a letto con te? Giusto per chiarire: non è perché non voglio, ma perché desidero aspettare finché non sono sposato.

Fisso il display, in attesa di una risposta. Pochi minuti dopo, quando ancora non ne ho ricevuta una, mi rendo conto di dover aspettare pazientemente se non voglio uscire fuori di testa. Faccio una doccia velocissima, sperando che ci sia una risposta quando torno in camera.

C'è.

Rispetto e ammiro i tuoi valori. Fanno parte di ciò che sei e di ciò che mi attrae di te. Mi piace fare sesso. Ma tu mi piaci di più. Mi intriga l'idea di costruire una relazione basata su un tipo di intimità diversa da quella che ho avuto finora. Se tutto va bene, forse sarò la fortunata che avrà l'onore di "inzuppare il tuo biscotto". ;-)

Getto la testa all'indietro e rido. Solo Tiffany ha la capacità di scrivere un messaggio che è al contempo dolce, sexy e divertente.

Incrocio le dita, rispondo.

Mi vesto con un grosso sorriso stampato sulle labbra. Poi torno di sotto per gustarmi il primo piatto fatto in casa che mangio da mesi.

CAPITOLO 18

TIFFANY

RISPETTO AD ALTRI SPORT, la pausa tra una stagione e l'altra nel calcio è molto, molto breve. Dura solo un paio di mesi, a seconda del calendario di play-off di una squadra. Ma gli ultimi due mesi sono stati tra i più divertenti che io riesca a ricordare.

Sul fronte delle feste, le cose si sono calmate parecchio. I calciatori che hanno famiglia tendono ad andare in vacanza quando non sono costretti a stare a casa. La maggior parte di quelli single ritorna nella propria città natale. È più facile per loro risparmiare denaro quando vivono coi genitori e si allenano in una palestra del luogo.

Tuttavia, Rowen è rimasto a Houston, e sospetto che la sua decisione abbia qualcosa a che fare con me.

Abbiamo approfittato di quelle settimane per conoscerci meglio. Abbiamo visitato i luoghi turistici della città e siamo andati a Galveston per una gita di un giorno. Abbiamo trascorso molto tempo ad osservare le persone. Siamo andati a visitare quasi tutti i musei di Houston, incluso il mio preferito, il John C. Freeman Weather Museum. Ci sono tantissime cose da fare e vedere lì, incluso una stanza con un simulatore di tornado e un finto studio meteo dove puoi essere ripreso mentre leggi le previsioni del tempo. Io e Rowen siamo stati ugualmente terribili davanti alla telecamera, e sono uscita da lì con un rinnovato apprezzamento per i miei colleghi meteorologi. Indicare il punto esatto su uno schermo verde non è facile come sembra.

Abbiamo anche passato parecchio tempo semplicemente guardando film, cucinando e passeggiando. Tranne quando è tornato a casa dai genitori per le feste, o quando io lavoravo e lui si allenava, siamo stati insieme quasi tutti i giorni.

Più tempo trascorriamo insieme, più ci piacciamo. Ho imparato ad apprezzare i lati positivi del poltrire sul divano mentre lui legge un libro. Rowen ha imparato ad apprezzare le gioie di mettersi in ghingheri e andare a ballare. Ha anche cominciato a lasciare a casa il berretto quando usciamo.

È la relazione dall'evoluzione più lenta che abbia mai avuto, ma anche la più forte e di gran lunga la più divertente. Non si basa affatto sulla lussuria, ma sul genuino piacere di stare l'uno in compagnia dell'altra.

Questo, ovviamente, duplica il livello di eccitazione ogni volta che limoniamo. Generalmente, Rowen è abbastanza saldo da riuscire a tenere le cose sotto controllo. Tuttavia, ci sono state un paio di volte in cui ho percepito che stava per cedere. Di solito, capita quando sono a cavalcioni sopra di lui sul divano con la lingua nella sua bocca mentre gli tiro i capelli. In queste occasioni, sono io a mettere un freno alla passione e a mandarlo a casa per una doccia fredda.

Lo desidero ardentemente, ma la sua verginità è importante per lui, quindi lo è anche per me.

«Sei sicura di voler uscire stasera?» chiede Rowen, sedendosi sul mio letto e sfogliando l'ultimo numero di *Sport Illustrated*. «Non preferiresti passare una tranquilla serata a casa?»

Avvolgo una ciocca di capelli intorno alla piastra, cercando di creare dei grossi boccoli. Ci vuole un'eternità, ma adoro questo look. «È la festa per celebrare l'inizio della stagione, tesoro. Non vediamo alcuni dei ragazzi da mesi.»

«Non è una gran perdita.»

Gli lancio un'occhiataccia attraverso la porta del bagno. Mi piace che siamo giunti a un punto della nostra relazione dove io posso prepararmi con calma mentre lui aspetta nella mia camera da letto. «Sii carino. Sono nostri amici.»

Rowen getta la rivista da parte e si stende all'indietro, chiudendo gli occhi e intrecciando le mani dietro la testa con un piccolo sorriso sul viso. «Per te saranno solo degli amici, ma per me sono anche dei compagni di squadra. Per gran parte dell'anno, li vedo agli allenamenti, faccio la doccia con loro negli spogliatoi, vivo con loro durante le trasferte. Posso aspettare qualche altro giorno prima di rincontrarli.»

Spengo la piastra e lego i capelli con un fermaglio. Quest'acconciatura mi dona un aspetto più dolce che sensuale, ma mi piace. Dopo aver spento la luce del bagno, salgo sul letto e scivolo lungo il corpo di Rowen finché non sono distesa sopra di lui. Lo bacio sulle labbra e lui mi cinge tra le braccia.

«Facciamo così» dico tra un bacio e l'altro. «Ci tratteniamo alla festa giusto il tempo necessario per salutare tutti e bere un paio di drink. Poi torniamo qui per trascorrere un po' di tempo da soli.»

Rowen mormora in segno d'assenso. «E cosa faremo quando saremo soli?»

Gli stampo un ultimo bacetto sulla bocca e mi stacco da lui, rimettendomi in piedi. «Sto registrando la partita dei Cowboys che è iniziata un'ora fa. Voglio guardarla prima di andare al lavoro domani.»

«Sei così sexy quando parli di sport.»

Mi infilo le calze bianche alte fino al ginocchio e le Converse rosse. Non c'è motivo di essere glamour stasera. «Se pensi che questo sia sexy, dovresti sentirmi parlare di tacos.»

«Che diavolo hanno in comune le due cose?»

«Niente» dico. «Ma sto morendo di fame. Prendiamo qualcosa da mangiare lungo la via.»

Mezz'ora e tre burritos dopo, perché i burritos sono molto più facili da mangiare in auto, parcheggiamo fuori casa di Mack.

«Credo che questa sia la prima volta che quasi tutti i membri della squadra ci vedranno insieme» osservo, mentre camminiamo mano nella mano verso la porta. «Insieme nel senso di *coppia*.»

«Quindi?»

«Non so. È diverso rispetto all'anno scorso.» Mi mordo il labbro quando penso a cosa significava per me fare festa con la squadra fino a poco tempo fa e a cosa pensa tuttora Rowen al riguardo.

Lui si irrigidisce, e sospetto che stia facendo i miei stessi pensieri. «Tiffany, io...» Fa una pausa. «Non mi dispiace andare alle feste con te, ma mi mette a disagio vedere le cose che accadono apertamente, di fronte a tutti.»

«Lo so. Me lo ricordo.» Spero che non mi stia immaginando in ginocchio davanti al suo compagno di squadra. Non so perché abbia pensato che venire qui fosse una buona idea.

«Ehi» dice, sollevandomi il mento. «Qualunque cosa tu stia pensando, smettila.» Annuisco. «Probabilmente, ci saranno anche Sasha e le altre ragazze, e se le cose dovessero scaldarsi troppo, vorrò andare via. Ti sta bene?»

Tiro un sospiro di sollievo, il che è strano perché non mi vergogno di ciò che ho fatto in passato. Più io e Rowen stiamo insieme, più spero che anche *lui* non si vergogni del mio passato. Se è qualcosa che non riesce a superare, è un suo problema, non mio. Ma il cuore è strano, e voglio che lui pensi che io ne valgo la pena, perché so che lui ne vale.

Porca vacca, credo di essere innamorata di lui.

«Ehi» dice di nuovo, carezzandomi la guancia. «Stai bene?»

«Sì.» Scuoto la testa per scacciare via questa nuova consapevolezza. Non sono ancora pronta a confessargli i miei sentimenti. «Scusa, mi ero persa nei miei pensieri.»

Mi dà un bacio sulla testa ed entriamo dentro.

«Ehi, novellino!» grida Christian, battendo il pugno contro quello di Rowen e stringendo me in un abbraccio. L'abbiamo visto un paio di volte durante la pausa di stagione, e lui e Rowen sono diventati buoni amici.

«Com'è andato il viaggio alle Hawaii, amico?» gli chiede Rowen.

Christian si porta una mano sul cuore. «È stato dannatamente fantastico. Strepitoso. Probabilmente, il posto più romantico che abbia mai visto, e non sono un tipo romantico.»

«Non ti credo» ribatto scherzosamente. «Scommetto che sai essere molto romantico con la persona giusta.»

«Sono andato con mia madre per farle un regalo. Non era il momento adatto per il romanticismo.» Ridacchio alle sue parole. «Ma sul serio, voi ragazzi dovreste mettere da parte un po' di soldi e andarci l'anno prossimo. Ho sentito che ci sono delle cascate nascoste dove si può avere un po' di privacy, se capisci cosa intendo» dice, dando una gomitata a Rowen nelle costole.

«Quanti ne hai già bevuti di quelli?» chiede quest'ultimo, indicando il bicchiere rosso che Christian ha in mano.

«Non abbastanza, amico. Sto andando in cucina per fare rifornimento. Vuoi che ti porti qualcosa?»

«Vengo con te. Tiff?» mi domanda Rowen. Scuoto la testa e lui mi stampa un bacio sulla guancia. «Torno subito.»

Mentre si avviano in cucina, Christian lo punzecchia sul fatto di avere una ragazza e di essere *innamorato pazzo* e Rowen gli dà una spintarella giocosa.

Sorrido nel vederli scherzare insieme. Rowen non va d'accordo con tutti i membri della squadra. Ci sono molte persone arroganti nelle società sportive professionistiche, e Rowen non è così. Lui è più riservato e introverso.

La festa è in pieno svolgimento in soggiorno. I tavoli sono disseminati di bottiglie di liquore, e alcune ragazze che ho conosciuto l'anno scorso sono avvinghiate ad alcuni dei ragazzi. Su una sedia in un angolo, qualcuno sta anche pomiciando di brutto.

«Tiffy!» grida Sasha, fiondandosi verso di me e stringendomi in un abbraccio. È evidente che ha già bevuto parecchio. «Mi sei mancata!»

Rido. «Ci siamo viste un paio di settimane fa, ricordi?»

Lei ridacchia. «Lo so, ma non vedo l'ora di poter andare

insieme a vedere le partite ogni settimana.» Improvvisamente, sussulta eccitata. «Potremo sederci nel box della squadra ora che frequenti Rowen? Ti prego, ti prego, ti prego!» Congiunge le mani e saltella sulla punta dei piedi.

«Non lo so» rispondo, posandole una mano sull'avambraccio per farla smettere di saltare. «Non ne abbiamo ancora parlato. Non so nemmeno se lui possa ottenere i biglietti.»

«Ho sempre desiderato vedere com'è lassù» continua Sasha con un'espressione sognante sul viso. «Ho sentito che danno cibo e alcol gratis, in più puoi socializzare con le mogli dei calciatori.» Arriccia il naso. «Ugh... forse non mi va di stare insieme a quelle stronzette presuntuose.»

«Sono sicura che anche loro non sarebbero molto felici di vederci invadere il loro spazio.»

«Ma potrebbe valerne la pena solo per bere alcolici gratis.»

«Forse.»

«Eeeeeeehi, Tiffany!»

«Ciao, Mack.»

Avanza verso di me con un bicchiere di whiskey in mano e mi avvolge tra le braccia. Fa scivolare le mani lungo i miei fianchi, squadrandomi con gli occhi da capo a piedi.

Mi ritraggo. «Come stai? Ti trovo bene.»

«Sto alla grande. Mi è mancato vedere il tuo bellissimo corpo.»

Gli rivolgo un sorriso civettuolo ma arretro di qualche passo. «Come sei dolce. Sei andato da qualche parte di bello durante le vacanze?»

Mack scrolla le spalle e sorseggia il suo drink. «Da nessuna parte eccitante. Di sicuro non eccitante quanto qui.» Si dà una sistematina al cavallo dei pantaloni, continuando a fissarmi con sguardo libidinoso. «Allora, ci regalerai un piccolo spettacolo stasera? Una specie di "bentornati, ecco cosa vi siete persi"?»

Mi sforzo di mantenere il sorriso sul viso, anche se non mi va più di sorridere. «Conosci la risposta» dico. «Io e Rowen stiamo insieme.»

«E quindi? Sapeva in cosa si stava cacciando quando ti ha chiesto di uscire.»

Socchiudo le palpebre. «Cosa vorresti dire esattamente?»

Finalmente, stacca gli occhi dalle mie gambe e mi guarda in viso. «Oh, andiamo, Tiffany. Quelli come te e me non sono monogami. Siamo giovani. Siamo belli. Ci piace fare sesso. Questo non cambia solo perché hai cominciato ad allargare le gambe per il novellino.»

Stringo le labbra in una linea sottile. Mack sa essere un vero stronzo a volte, ma ha appena passato il segno. L'anno scorso, se mi avesse parlato in questo modo, non mi avrebbe dato fastidio. E onestamente, non è nemmeno la sua opinione su di me che trovo offensiva, quanto piuttosto la leggerezza con cui ha liquidato la mia relazione con Rowen come qualcosa di poco serio.

Si piega in avanti e fa scorrere la mano lungo il mio braccio. Mi fa rabbrividire, ma non in senso positivo. «Che ne dici? Ho già fatto preparare la tua musica preferita. Sei pronta a ballare per noi, piccola?»

Percepisco la sua presenza ancor prima di udirlo.

«No» risponde Rowen prima che possa farlo io.

«Non stavo parlando con te, novellino» sbotta Mack. «Tiffany è una persona indipendente. Spetta a lei decidere, non a te. Giusto, Tiffany?»

Guardo Rowen e nei suoi occhi leggo una supplica silenziosa. Mi sta implorando di essergli fedele. Di scegliere lui. Ora, invece di essere arrabbiata con Mack, sono arrabbiata con Rowen per non aver fiducia in me.

Incrocio le braccia sul petto. «Ascolta, Mack. Siamo simili sotto molti aspetti, ma adesso sono impegnata in una relazione seria. Non sono single e non voglio più svolazzare di fiore in fiore. Sto costruendo qualcosa di più importante. Quindi, no. Sono ancora amica della squadra. Vi voglio tantissimo bene, ma le mie regole sono cambiate, e tu devi rispettarle.»

«D'accordo, ho capito.» Mack guarda Rowen, che si sta sforzando di trattenere un enorme sorriso. «Divertiti a scopartela, novellino. È una tigre tra le lenzuola.»

Rowen aggrotta la fronte mentre Mack si allontana. «Che stronzo» borbotta.

«Ha i suoi momenti» rispondo, prendendo Sasha per mano. «Andiamo, ho bisogno di un drink.»

La trascino in cucina, senza disturbarmi di guardarmi indietro mentre ci allontaniamo da Rowen.

CAPITOLO 19

ROWEN

BEVO una birra mentre osservo Tiffany dall'altra parte della stanza. Un sorriso le illumina il viso mentre chiacchiera con uno dei nuovi giocatori, una recluta appena arrivata da Tulsa. Un certo Darren di cui non ricordo il cognome. Senza dubbio stanno parlando di lavoro, perché Tiffany ha sempre un'espressione felice quando parla di sport. È così dannatamente bella. E di tutti i ragazzi fra cui poteva scegliere, ha scelto me. Incredibile.

Non ha incrociato i miei occhi nemmeno una volta dopo l'incidente con Mack. Sapevo che lo avrebbe rifiutato. O almeno, speravo che lo facesse. Ma non riesco a capire come abbia finito col diventare *io* il cattivo della situazione.

«Cosa ci fai qui mentre la tua donna è laggiù?» dice Daniel, sedendosi accanto a me e dandomi una pacca sulla schiena in segno di saluto.

«Ehi! Che ci fai tu qui? Quincy ti ha permesso di uscire di casa?»

«Ha organizzato una serata solo tra ragazze con Geni. Inoltre, partecipo sempre alla prima festa dell'anno.»

«Davvero?»

Lui fa spallucce. «Spirito di gruppo e cazzate simili. Hai già incontrato il nuovo talento?»

«Di sfuggita. Preferisco conoscere i compagni di squadra sul campo. Non voglio che la loro personalità condizioni la mia opinione sulle loro abilità.»

«Quel ragazzo laggiù che sta parlando con Tiffany» dice, indicandolo. «Spero che diventerà la tua riserva tra uno o due anni.»

«La *mia* riserva? Forse intendi quella di *Shivel*.»

Daniel abbassa la voce. «È già tutto deciso, amico. Le cose si smuoveranno nel giro di poche settimane. Resisti ancora un po'.» Mi dà di nuovo una pacca sulla spalla e mi lascia per mescolarsi con gli altri membri della squadra.

Tiffany sta ancora chiacchierando col nuovo giocatore, cosa che non mi dà fastidio. Tuttavia, noto il modo in cui lui la guarda, con desiderio negli occhi. Non so cosa abbia sentito su di lei, ma è il momento di assicurarmi che sappia che facciamo coppia.

Mando giù il resto della birra e poso la bottiglia sul tavolo. Vorrei non aver lasciato il berretto a casa.

«Ehi.» Avvolgo un braccio intorno alla vita di Tiffany. «Sei pronta ad andare via?»

«Ehm, certo. Ci vediamo alla partita tra un paio di giorni, Darren. È stato un piacere conoscerti.»

«Anche per me, Tiffany.» È educato, ma percepisco la sua irritazione per avergli messo i bastoni fra le ruote. Tengo gli occhi fissi nei suoi mentre conduco Tiffany fuori dalla stanza.

Salutiamo alcune persone e le tengo la mano mentre attraversiamo il parcheggio. Fuori da quel posto, lontano dalla folla, sento di poter finalmente respirare di nuovo.

Entriamo in auto e ci dirigiamo verso casa sua. Tiffany non ha ancora spiaccicato una parola. Per me, restare in silenzio non è inusuale. Ma se lo fa lei, vuol dire che qualcosa non va.

«Sei arrabbiata con me?»

Tiffany scrolla le spalle, e io sospiro.

«Almeno vuoi dirmi perché ce l'hai con me?»

Lei mi guarda. «Sei serio?»

«Serissimo. Shivel parla male di te, ma sono io quello con cui sei arrabbiata. Non capisco.»

Le lancio un paio di occhiate mentre cerco di tenere gli occhi sulla strada, ma lei si limita a guardarmi. Alla fine, sospira.

«Non ti fidi di me.»

Impiego qualche secondo ad elaborare le sue parole. «Cosa intendi?»

«Ti sei intromesso e hai risposto a Mack al posto mio.»

«È ridicolo.»

«Ma è la verità.»

«No, non è vero. Cioè, sì. Gli ho detto di no prima che potessi farlo tu. Ma in che modo questo significa che non mi fido di te?»

«Pensavi che sarei ricaduta nelle stesse vecchie abitudini da sgualdrina. Temevi che mi sarei strappata i vestiti di dosso e avrei cominciato a strusciarmi contro tutti.»

Devo fare appello a tutto il mio autocontrollo per continuare a guidare e non accostare così da poterla guardare dritto negli occhi durante questa conversazione. «Di che diavolo stai parlando? Shivel ha mancato di rispetto alla mia ragazza. Ha oltrepassato un limite che non avrebbe dovuto superare, e l'ha fatto di proposito. Di te mi fido. È di lui che non mi fido affatto.»

«È la stessa cosa!» grida. «Sono una *groupie*, Rowen. Non capisci? Ho fatto sesso con quasi tutti i ragazzi presenti in quella stanza.»

«Smettila» dico sommessamente.

«Sesso spinto, sporco, depravato, a volte voyeuristico, con quasi tutti loro.»

«Smettila.»

«Il loro cazzo e la mia figa a contatto. Certe volte, il loro cazzo e la mia faccia. Altre volte, il loro cazzo e la mia...»

«Basta!» ruggisco, sterzando e fermandomi sul ciglio della strada, prima di voltarmi verso di lei. «Non me ne frega un cazzo di quello che hai fatto e con chi, ma che io sia dannato se resterò qui seduto in silenzio mentre tu me lo sbatti in faccia. Non mentirò. Lo odio con tutto me stesso, ma non c'è una sola dannata cosa che io e te possiamo fare per cambiarlo. Tuttavia, io devo continuare a lavorare con questi ragazzi, indipendentemente da ciò che hai fatto con loro, e se tu crei immagini visive nella mia testa dopo che abbiamo trascorso gli ultimi tre mesi a crearne delle nuove di *noi due insieme*, per me sarà ancora più difficile andare al lavoro la prossima settimana, e non è giusto nei miei confronti.»

Tiffany impallidisce.

«Cazzo, non so nemmeno per quale ragione tu sia arrabbiata con me, perché se Sasha mi avesse fatto delle avance, mi aspetto che avresti avanzato delle pretese su di me, come ho fatto io con te. E se non l'avessi fatto, allora c'è qualcosa che non va. Perché questo è quello che fanno le persone che hanno una relazione seria e amorevole. Si difendono l'un l'altra. Si coprono le spalle a vicenda. Si sostengono reciprocamente. E si assicurano che tutti sappiano che hanno solo occhi l'uno per l'altra, ed è quello che ho fatto con Mack.»

Tiro un respiro profondo e mi strofino la faccia.

«Ascolta, non so quale sia il problema. Se si tratti di uno strano senso di colpa che senti o qualcos'altro. Ma abbiamo già parlato di questo. Ti conosco. E so che avresti detto di no a Mack, sia che fossi stato lì o no. Ma ciò non significa che me ne starò fermo a guardare mentre quello stronzo ti manca di rispetto solo perché così puoi dimostrarmi che sei degna di fiducia. Non mi sta bene.»

Tiffany sbatte le palpebre per scacciare via le lacrime, ma non dice nulla. Riavvio la macchina e ritorno in strada.

Quando arriviamo a casa sua, so che si aspetta che io me ne vada, ma l'ultima cosa che ho intenzione di fare è lasciarla da sola dopo una litigata di questa portata. Sono arrabbiato che mi abbia messo in bocca parole che non ho detto. Sono incavolato che abbia dato per scontato certe cose su di me. Ma che io sia dannato se me ne vado lasciandole credere che mi vergogno di lei. Questa supposizione dev'essere chiarita stasera.

Mi metto alle sue spalle quando apre la porta, facendola sussultare.

«Oh» esclama. «Pensavo...»

«Vuoi che me ne vada?»

Scuote la testa.

«Bene.» Una volta dentro, mi tolgo la giacca e la getto sullo schienale di una sedia. «Perché abbiamo una partita dei Cowboys da guardare.»

Tiffany si lava il viso e poi ci infiliamo entrambi la tuta. Alcuni dei miei vestiti sono migrati qui negli ultimi due mesi.

Ci accomodiamo sul divano con dei drink e Tiffany prende il telecomando e avvia la partita. Tuttavia, appena iniziano i titoli di testa, mette il video in pausa.

«Non voglio che ti vergogni di me» dice.

«Non mi vergogno di te.»

«Voglio che tu sia orgoglioso di stare con me.»

«Sono orgoglioso di stare con te.» Passo le mani tra i suoi capelli in maniera rassicurante, godendomi la vista dei suoi riccioli che scorrono tra le mie dita. «Sei la donna più intelligente, più spiritosa e meravigliosa che abbia mai conosciuto.»

«Pensavo... cioè... Le cose che Mack dice non mi offendono. Sono quella che sono, e non me ne vergogno.»

«Infatti non devi. Mi piace come sei. Ma solo perché non ti offendi, non significa che Mack dovrebbe dire quelle cose. So che a te non importa, ma a me sì. Meriti di essere trattata con il massimo rispetto. I tipi come Shivel parlano bene delle ragazze davanti a loro, ma le trattano di merda alle loro spalle. Non voglio che questo succeda anche a te.»

Tiffany piega la testa di lato. «Non è poi così cattivo.»

«È peggio, tesoro. Non devi credermi per forza, ma ti chiedo di rispettare la mia opinione quando ci troviamo in quelle situazioni.»

Lei annuisce e sorride timidamente, prima di accoccolarsi contro di me. «Mi dispiace di essere saltata alle conclusioni.»

Chiudo gli occhi e mi crogiolo nella sensazione di averla accanto. «Mi dispiace di non averti permesso di badare a te stessa da sola.»

«Non ti è piaciuto nemmeno vedermi parlare con Darren, vero?»

Sorrido. «Ti stava scopando con gli occhi.»

Tiffany sbuffa. «Mi stava solamente parlando.»

«Sono un uomo. Certe cose le capisco.»

«La prossima volta, farai la pipì sulla mia gamba così che nessuno dei ragazzi si avvicini a me?»

«Non credere che l'idea non mi abbia mai sfiorato la mente.»

L'attiro a me e la bacio. Infilo la lingua nella sua bocca e lei ricambia, gemendo in segno di approvazione. È un bacio breve e dolce, tipico di una coppia che fa pace.

«È stato il nostro primo litigio» dico dopo che ci stacchiamo.

«Già. Penso che ce la siamo cavata piuttosto bene.»

Avvolgo un braccio intorno alle sue spalle e lei si rannicchia contro il mio petto, facendo ripartire il video. Benché sia contento che abbiamo superato incolumi il nostro primo bisticcio, sento che avrei dovuto prevederlo.

Sono determinato a far funzionare questa relazione, ma era molto più facile durante la pausa di stagione, quando eravamo solo noi due e il suo passato non mi veniva sbandierato in faccia.

Dopo quello che mi ha detto Daniel stasera, so che le cose con Shivel andranno solo a peggiorare nelle prossime settimane. Sa che Tiffany è il mio punto debole, e non so fino a che punto sarà disposto a spingersi per mettermi fuori gioco. Mantenere la calma finché non andrà via sarà ancora più difficile.

CAPITOLO 20

TIFFANY

MI FACCIO strada attraverso lo stadio, seguendo le indicazioni. Sono abituata a sedermi nel settore cento, e non sono mai stata in questa zona prima d'ora, anche dopo quattro stagioni calcistiche.

Impiego alcuni minuti per trovarlo, ma finalmente oltrepasso la porta del box riservato alle WAG.

Quando Rowen mi ha suggerito di sedermi qui, ci ho pensato su parecchio. Mi piace stare vicino al campo, ma dato che siamo nel bel mezzo dell'ultima ondata di freddo dell'anno, ho deciso che questo era un buon momento per dargli un'occhiata.

Ci sono circa una dozzina di persone in piedi a chiacchierare. La maggior parte di esse non le conosco, ma suppongo che siano parenti dei calciatori. Soprattutto i bambini.

Alla mia destra, c'è quello che sembra un bar ben fornito, con un barista impegnato a pulire il bancone. Contro la parete è allestito un lungo tavolo da buffet ancora vuoto. È una partita serale, quindi presumo che più tardi sarà servita la cena.

Quando la porta si chiude con un clic alle mie spalle, varie persone si voltano verso di me. Mi mettono a disagio, ma cerco di non darlo a vedere. Mi guardo intorno in cerca di un viso amichevole.

«Che ci fai *tu* qui?» mi chiede una bionda ossigenata. Incrocia le braccia sul petto e spinge un fianco in fuori, chiaramente contrariata dalla mia presenza.

«Uhm... sono stata invitata» rispondo, assumendo immediatamente una faccia da poker. Forse non si ricorda di me, ma io mi ricordo di lei. Prima che si sposasse, ci siamo incrociate un paio di volte a delle feste. Anche lei è stata una groupie, ma non per molto. Una volta sposati, suo marito ha smesso di portarla in giro con sé.

Lei mi guarda con occhi socchiusi. «Da chi?»

«Dal mio ragazzo. Vedi?» Le mostro il mio biglietto con aria vittoriosa, prima di rinfilarlo nella tasca posteriore e superarla.

Lei mi segue. «Le groupie non sono le benvenute qui. Il tuo posto è là fuori» dice, indicando i posti in platea.

Ne ho abbastanza del suo atteggiamento. «Scusami... posso sapere chi sei?» domando, infastidita.

«Jessica Funderling. Sono sicura che conosci Nate. Mio *marito*.»

È incazzata perché anche lei ha partecipato a quel tipo di feste, quindi sa che Nate non è un santo. Ed essendo lei stessa un'ex groupie, sa cosa fanno le donne come me con i mariti come il suo. Bé, quello che facevo. Provo un pizzico di rimorso per essere andata a letto con suo marito, ma mi rifiuto categoricamente di mostrarmi debole davanti a qualcuno che ha fatto la stessa cosa che ho fatto io. Perciò, mi comporto come se conoscerlo non sia un grosso problema.

«Piacere di conoscerti, Jessica. Mi assicurerò di dire al mio *fidanzato*, Rowen Flanigan, che ci siamo incontrate. Sono certa che sarà entusiasta di sapere che ho fatto amicizia con alcune mogli dei suoi compagni di squadra.»

Fa un passo minaccioso verso di me e avvicina il suo viso al mio. «Stammi a sentire, puttana. So chi sei e che cosa fai ai festini dopo-partita. Pensi che questo sia il tuo posto ora che hai finalmente messo i tuoi artigli su uno dei ragazzi. Ma non è così. Sei spazzatura, e non sei...»

«Ehi, ciao!» Quincy mi afferra per una mano, interrompendo la tirata di Jessica. «Sono così felice che tu sia qui. Ti ho conservato un posto.» Mi trascina via da Jessica, abbastanza lontano da non farsi sentire. «Tutto bene?» mi chiede.

«Sì, grazie. Mi aspettavo di sentirmi un po' a disagio quassù, ma non credevo che sarei stata attaccata l'istante in cui avrei oltrepassato la soglia.»

Ci sediamo su delle poltroncine imbottite mentre gli speaker cominciano ad annunciare i giocatori che escono dal tunnel. Manca poco al calcio d'inizio.

«Ignora Jessica» dice Quincy, agitando la mano. «Fa la stronza con tutti. Ci sono volute settimane prima che mi accettasse, e giuro, se Daniel non fosse il capitano, mi lancerebbe ancora delle occhiate micidiali.»

Annuisco e mi guardo intorno. Lo stadio sembra diverso da questa posizione. Stare vicino al campo è eccitante, ma anche qui non è male. Posso vedere tutto quello che succede in campo, e gran parte del baccano è attutito, quindi non devo gridare quando parlo. Capisco perché questi siano considerati i posti migliori dello stadio.

«Dov'è Geni?» chiedo, facendo conversazione. In realtà, non mi interessa dove sia. Non è mai gentile con me, e non ho bisogno di un'altra persona che mi lanci occhiatacce.

«Aveva un impegno con Erik oggi. Le ha chiesto di andare a fare shopping con lui. Desidera una nuova televisione, e voleva assicurarsi di non comprare qualcosa di troppo grande per il suo appartamento.» La guardo con espressione interrogativa. «Non farmi domande. Nemmeno io lo capisco. Si è rivelato essere un bravo ragazzo, ma è un tipo un po' insolito, questo è sicuro.»

«Trovi strano che la tua migliore amica esca con il padre di tuo figlio?»

«Verrebbe da pensare di sì, vero?» Piega le gambe sotto di sé. «Ma non è così. Penso dipenda dal fatto che biologicamente Chance sia mio nipote, quindi non conosco Erik intimamente.»

Quincy ha ottenuto la custodia del figlio di sua sorella quando quest'ultima è morta in un incidente stradale poco più di un anno fa. A quel tempo, nessuno sapeva chi fosse il padre del bambino.

Ma quando Erik si è fatto vivo, non solo Chance si è ritrovato con una famiglia allargata, ma la migliore amica di Quincy ha trovato l'uomo della sua vita. È davvero bizzarro come ogni tassello sia andato al suo posto.

«Perché Sasha non è qui?»

«Voleva venire, ma si è ammalata.» Sono segretamente contenta che Sasha non sia venuta. Non ha filtri quando parla, e con alcol gratis a volontà, non voglio nemmeno pensare a cosa sarebbe successo se si fosse trovata in questo contesto.

La partita inizia, e io e Quincy rivolgiamo la nostra completa attenzione sul campo. Una cosa che imparo su di lei è che, a parte cosa significa segnare, non sa quasi nulla di calcio. Ma ci sta provando.

Trascorro buona parte del primo tempo a rispondere alle sue domande e a spiegarle cosa succede. Dal momento che si tratta del mio sport preferito, non mi dispiace affatto. Inoltre, mi distrae dai sussurri maligni dietro di noi. Se pure si possono definire sussurri.

«Vuoi mangiare qualcosa?» chiede Quincy durante l'intervallo, una volta che il buffet è allestito. «Di solito, servono cose piuttosto buone.»

Non sta scherzando. Ci sono mini hamburger, bastoncini di pollo fritto, sottaceti fritti e mini tacos. C'è anche una salsa al formaggio per intingere quei disgustosi nachos che vendono allo stadio e che piacciono tanto a Sasha.

Ci riempiamo i piatti e da bere scegliamo entrambe una bibita gassata.

«È proprio una troia» sento dire mentre passiamo accanto a un gruppetto di donne. Fanno comunella sin dall'inizio della partita, con Jessica a capeggiarle. Finora, le loro frecciatine mi mettevano a disagio, ma adesso mi fanno solo alzare gli occhi al cielo: il bue che dice cornuto all'asino. Quel che è peggio, non prestano neppure attenzione al gioco. Dubito persino che sappiano in quale ruolo giocano i loro uomini. Che spreco di posti grandiosi.

«Mi dispiace che siano così stronze» dice Quincy.

«Hanno diritto ad avere la loro opinione.»

«Vero, ma nessuno gli ha chiesto di condividerla.»

«Sul serio, Quincy, non mi dà fastidio. Finché mi stanno lontano, possono parlare di me quanto vogliono.»

Finiamo di mangiare i nostri snack, prendiamo un altro drink e torniamo a vedere la partita non appena inizia il secondo tempo.

Il Mutiny è in vantaggio di due a uno quando la partita si avvicina al termine. Non sono sicura di chi sia più chiassoso: la folla di tifosi o le donne schiamazzanti dietro di noi. Le ho viste bere almeno cinque cocktail ciascuna nel corso della partita, quindi sono piuttosto sbronze.

«Chiederò a Nate di parlare con il coach» dice Jessica alle mie spalle. «Non so quando abbiano iniziato a permettere a qualsiasi rifiuto umano di stare qui, ma devono darci un taglio.»

Con la coda dell'occhio, vedo Quincy trasalire, ma faccio finta di essere talmente presa dal gioco da non udire Jessica.

Uno dei nostri si distanzia dal gruppo con il pallone e sfreccia verso la porta. I tifosi ruggiscono e io mi infervoro insieme a loro. «Vai, Daniel! Vai, vai, vai...»

«È questo che gli dici quando te lo scopi a una festa, troia?» Continuo ad ignorare le sue provocazioni. «Allora?!» urla.

Daniel tira in porta ma la manca, e la folla si calma.

Tuttavia, Jessica continua la sua tirata. «Ti ho fatto una domanda, puttana!» grida, e improvvisamente me la ritrovo a pochi centimetri dalla faccia. Posso sentire puzza di alcol nel suo alito. «È così che gridi quando ti *trombi mio marito* alle mie spalle? Non pensavi che lo sapessi, vero? Ma lui torna a casa con addosso la puzza di questi capelli!»

Succede così in fretta che non me ne accorgo, ma improvvisamente agguanta una manciata dei miei capelli. Sento qualcuno gridare, ma l'unica cosa su cui riesco a concentrarmi è toglierle le mani dai miei capelli. Li sta tirando così forte che posso sentirli venir via.

Le persone ci circondano e la mia testa rimbalza all'indietro quando Jessica mi dà un pugno alla bocca. Sento il sapore di sangue sulla lingua.

In pochi secondi, viene trascinata via da me. Dimena le gambe e grida all'uomo che la sta mantenendo di metterla giù. In mano stringe una ciocca dei miei capelli.

«Lasciami andare! È una stramaledetta puttana e non merita di essere qui. Lasciami andare, cazzo!»

Quincy è quasi subito al mio fianco. Mi cinge con un braccio e mi conduce verso la porta. «Andiamo via. Joe, portaci nella sala attrezzi. Sai dove si trova?»

«Sì, signora» dice il barista, uscendo in corridoio. Le mie mani sono sporche di sangue e la mia testa sembra essere stata bombardata da uno sparachiodi.

Camminiamo per un centinaio di metri prima che la sicurezza ci raggiunga e ci guidi attraverso un labirinto di corridoi. Alla fine, arriviamo in una stanza ben illuminata, dove stanno oziando tre o quattro uomini con addosso la divisa dello staff del Mutiny.

«Santo cielo!» esclama uno di loro quando entriamo, e tutti scattano in piedi.

«C'è un ufficio che possiamo usare? Un luogo più privato?» domanda Quincy. «La partita è quasi finita, e non voglio che i ragazzi la vedano così.»

«Sì, certo.» Un tizio basso dai capelli scuri con un berretto da baseball in testa ci conduce a una stanza sul retro. Prima di chiudersi la porta alle spalle, recupera un kit di pronto soccorso da sotto il bancone e lo mette sulla scrivania. «Se non doveste trovare tutto ciò che vi serve qui dentro, fatecelo sapere. E se ha bisogno di punti o altro, possiamo chiamare il medico di turno.» Ispeziona il danno sul mio viso. «Ma non penso che ne avrà bisogno. Sembra solo un brutto labbro spaccato.»

«Lo penso anch'io» risponde Quincy. «Le do una ripulita prima che Rowen la veda. Ha una maglia in più o qualcos'altro che può indossare?»

«Sì, certo. Torno subito.»

Quincy mi porge un asciugamano pulito. «Premilo sulle labbra mentre io do un'occhiata alla tua testa. Ti fa male da qualche altra parte oltre a questi due posti?»

Scuoto la testa. Dopo avermi fatta sedere su una sedia girevole, mi esamina. Sussulto quando tocca il punto dove senza dubbio ho una grossa chiazza calva.

«Sanguina un po', ma si fermerà.»

«È molto vistosa?» sussurro attraverso l'asciugamano.

«Non tanto. Manca sicuramente una ciocca, ma i tuoi capelli sono abbastanza lunghi e spessi da coprire il vuoto così che nessuno se ne accorgerà. Devi solo evitare di farti le trecce per un po' di tempo.»

Sentiamo bussare lievemente alla porta e, un attimo dopo, l'istruttore entra dentro, porgendo una maglia a Quincy. «Abbiamo solo una taglia media da uomo.»

«Va benissimo, grazie» dice Quincy. Lui annuisce e si gira per andarsene, ma lei lo ferma. «Le spiace far sapere a Rowen di raggiungerci qui quando l'incontro sarà finito? Però si assicuri che non debba rilasciare nessuna intervista. Non c'è ragione che i media scoprano dell'accaduto, giusto?»

L'uomo annuisce di nuovo. «La partita è già terminata, quindi probabilmente stanno andando negli spogliatoi adesso. Parlerò con Daniel e mi accerterò che Rowen sia libero.»

«Grazie, lo apprezzo molto» risponde Quincy, prima di voltarsi verso di me e sollevarmi il viso. «Fammi dare un'occhiata.» Mi toglie il panno dalla bocca e mi ispeziona il labbro.

«Non sono mai stata presa a pugni in faccia prima d'ora» dico, cercando di fare dello spirito, anche se in realtà ho voglia di piangere. Non per il dolore. Quello posso sopportarlo. Ma per l'umiliazione. E forse un pizzico di senso di colpa.

«Bé, hai incassato bene. Senti qualche dente muoversi?» Passo lentamente la lingua su tutti i denti, ma mi sembrano a posto, perciò scuoto la testa. «Ottimo. Ciò significa che avrai un labbro spaccato per alcuni giorni e un gran mal di testa. Ma a parte questo, starai bene.»

Mi tampona delicatamente la faccia, rimuovendo il sangue. Mi sento davvero vulnerabile in questo momento, ma Quincy non mi guarda in maniera diversa rispetto al solito. Lo apprezzo molto.

«Sai che non te lo meritavi, vero?»

Inspiro bruscamente.

«Non mi interessa se quello che dice Jessica sia vero o falso. Questo non le dà il diritto di saltarti addosso.»

Non c'è nulla che io possa dire. Nonostante apprezzi il sentimento dietro le sue parole, il suo parere è opinabile. Andare a letto con il marito di un'altra donna potrebbe effettivamente significare che me lo merito.

Quincy sospira. «Soprattutto dal momento che anche Jessica non è una santa ultimamente.» Inarco le sopracciglia con interesse, facendola ridere. «Non dirò altro sull'argomento. Ti dico solo di non prendere sul personale il suo atteggiamento da giudice e giuria. Lei è l'ultima persona che ha il diritto di essere arrabbiata.»

Apro la bocca per dirle che sono pienamente al corrente del passato di Jessica, ma la porta si spalanca prima che possa spiacciare una parola. Rowen è fermo sulla soglia, sudato e sporco, i capelli tutti scompigliati. «Che diavolo è successo?» chiede, precipitandosi verso di me e facendo risuonare i tacchetti sul pavimento. Mi prende il viso tra le mani e mi squadra con attenzione.

«È meno grave di quanto sembri» dico, toccandogli gli avambracci. «Esce un sacco di sangue da un semplice labbro spaccato.»

«Fai attenzione anche alla testa» dice Quincy quando Rowen fa per abbracciarmi. Lui si ritrae e mi osserva di nuovo, notando per la prima volta in che stato sono i miei capelli. «Le hanno strappato una bella ciocca sul retro. Ora ha smesso di sanguinare.»

«Cazzo!» sento esclamare e quando sollevo lo sguardo vedo Daniel che ci sta fissando. Lancia un'occhiata a Quincy e i due comunicano silenziosamente.

«Jessica» dice lei.

Lui sospira e si pizzica il ponte del naso. «Ok» dice semplicemente, prima di andare via.

«Jessica Funderling?» domanda Rowen a Quincy. Lei annuisce

e incrocia le braccia sul petto, abbassando lo sguardo sul pavimento. «Ti fa molto male?» mi chiede Rowen con espressione profondamente preoccupata.

Scrollo le spalle. «Un po', ma non quanto il mio orgoglio.» Cerco di sorridere, ma il movimento mi fa tendere le labbra, provocandomi dolore. «Ahi.»

«Meglio che non sorridi, tesoro. Devi aspettare almeno un paio di giorni che guarisca, in modo che non si riapra.»

«Vado a prendere del ghiaccio così da darvi anche un po' di privacy» dice Quincy, uscendo e chiudendosi la porta alle spalle.

Rowen si accovaccia davanti a me e mi prende le mani tra le sue. «Come ti senti davvero?»

Osservo le nostre mani unite. Le mie sono olivastre e pulite, le sue chiare e sporche di terreno. Il contrasto è impressionante.

«Imbarazzata.»

«Perché?»

«Jessica sapeva esattamente chi ero l'istante in cui ho messo piede nel box. Ha cominciato a sputare veleno su di me ancor prima che la partita iniziasse. Non le ho nemmeno dato corda. Ero seduta accanto a Quincy a spiegarle le diverse azioni di gioco e così via. Ma Jessica ha continuato a bere fino ad ubriacarsi. All'improvviso, me la sono ritrovata davanti a gridarmi in faccia che...» Mi interrompo. Non voglio dire a Rowen che cosa mi urlava contro.

Il suo viso si tinge di comprensione. «Non devi dirmelo. Posso immaginarlo.»

«Non faccio più quelle cose, Rowen. Adesso sto con te. Non mi importa quello che lei pensa di me. Non è una persona con cui voglio stringere amicizia, ma per quanto tempo ancora la gente mi rinfaccerà il mio passato? Questo rende tutto più difficile anche per te.»

«Perché dici così?»

«Le persone vedono solo quello che vogliono vedere, e quello che vedono quando mi guardano è una donna infedele al suo compagno.»

«Questo è un loro problema, no?» Si alza e si appoggia alla scrivania. «Ci vorrà un po' di tempo prima che la gente si abitui a vederci insieme. Ce lo aspettavamo, e va bene così. Ma questo... questo è oltrepassare il limite.»

«Lo so.»

«Davvero?»

Sa che non sono necessariamente d'accordo. «Sai cosa ho fatto con Nate.»

«Sì.»

«Jessica meritava di assestarmi un bel colpo.»

«Non farlo» dice, incrociando le braccia sul petto.

«Non fare cosa?»

«Non lasciare che la sua opinione su di te offuschi l'opinione che hai di te stessa.»

«Tuttavia, ha ragione. Sono andata a letto con suo marito. Più di una volta.» Rowen fa una smorfia. «È stato davvero stupido da parte mia. Non avrei dovuto farlo. Cioè, prima che si sposassero, non importava. Ma dopo...»

«Ok, hai fatto delle cose stupide» dice, interrompendomi. «Chi non le ha fatte? Ma quelle cose stupide ti hanno resa ciò che sei oggi. E mi *piace* come sei. Quindi non cominciare a perdere tutta la fiducia in te stessa solo perché una persona ti ritiene responsabile delle azioni di due individui. Non eri l'unica in quella stanza.»

«Lo so. E onestamente, se non l'avessi vista fare le stesse cose che ho fatto io, mi sentirei molto più in colpa. Voglio dire, probabilmente permetterei alla moglie di Santos di pestarmi a sangue.»

«Tiffany» mi ammonisce Rowen in tono burbero.

Scrollo le spalle con fare scherzoso. «Oh, suvvia. Se qualcuna venisse a letto con te mentre stiamo insieme, vorrei assestarle anch'io un bel pugno. Ma solo uno. Un colpo in più e sarei un'ipocrita.»

«D'accordo. Puoi dire che siete pari adesso.» Mi dà un bacio sulla testa. «Vado a farmi una doccia veloce e poi ti accompagno a casa. So che probabilmente stai bene, ma visto che hai mal di testa, mi sentirei più tranquillo se dormissi con te stasera. Ti va bene?»

«Più che bene.»

«Vedo che qualcuno ti ha portato una maglietta pulita. Posso lasciarti da sola per una quindicina di minuti?»

«Resterò qui finché non verrai a prendermi. Poi potremo organizzare la nostra fuga.»

«Ok. Ora rilassati. Se avessi bisogno di qualcosa, Pedro e Cody sono qui fuori. Sono due ottimi istruttori, quindi si prenderanno cura di te.»

Annuisco di nuovo e sorrido quando mi posa un bacio sulla fronte. Appena la porta si chiude, mi tolgo la maglietta imbrattata di sangue, facendo attenzione a non sporcarmi il viso. La maglia pulita è bianca, cosa che odio, e di circa tre taglie più grande, ma sarà meno appariscente che indossarne una ricoperta di sangue, quindi non posso lamentarmi.

Osservo la maglietta rovinata che ho in mano e mi rendo conto che è la primissima maglia del Mutiny che abbia mai posseduto. È la mia preferita, e adesso dovrò buttarla via.

Mi viene in mente che forse è una metafora calzante per la mia amicizia con la squadra. Non sono più la groupie che fa baldoria con loro. Sono una WAG a tutti gli effetti, che alla gente piaccia o no.

Forse, solo forse, è ora di buttare via la mia vecchia reputazione insieme a questa maglietta e indossarne una nuova.

CAPITOLO 21

ROWEN

TIFFANY STAVA BENE, sostanzialmente. Lo sapevo quando l'ho accompagnata a casa quella sera, ma sono rimasto scosso nel vederla insanguinata. Se fosse stato un uomo ad averle messo le mani addosso, lo avrei scovato e ripagato con la stessa moneta. Ma essendo stata una donna, l'unica cosa che ho potuto fare è stato prendermi cura di lei.

Prima, però, ho scambiato due parole con Nate. Si è incazzato parecchio quando ha scoperto che sua moglie si era ubriacata e aveva agito in quel modo. Tuttavia, questo non gli ha impedito di dirmi cazzate. Ha giurato di rendermi la vita un inferno se dovessi di nuovo prenderlo di petto, al che ho alzato gli occhi al cielo e me ne sono andato. Dirgli di tenere a bada sua moglie non costituisce certo oltrepassare il limite, specialmente quando qualcuno è stato ferito dalle sue azioni. Senza contare che ai proprietari non piace quando una persona vicina alla società reca danno all'immagine della squadra.

Dopo che Daniel ha scoperto cos'era accaduto, è andato dritto dal coach per avvertirlo prima che la notizia si diffondesse. A Jessica è stato immediatamente vietato di assistere ad altre partite. Se vuole comprarsi il biglietto coi propri soldi è la benvenuta, ma non usufruirà più di alcun vantaggio a spese della società.

Sono felice che non l'abbia passata liscia per ciò che ha fatto, ma anche dopo una settimana, continuo ad essere preoccupato per Tiffany. Il suo labbro è guarito in fretta, però Jessica è solo una delle tante donne furiose con lei. Adesso che una di loro ha gettato il guanto di sfida, ci sarà un effetto domino? Devo parlare di nuovo con Daniel e scoprire se sono state prese altre precauzioni. Ho bisogno di restare concentrato durante le partite, e non sono sicuro di poterlo fare se sono preoccupato che Tiffany venga aggredita nuovamente.

Sono ancora immerso nei miei pensieri quando oltrepasso la porta dello spogliatoio dopo l'allenamento. Sono sporco e sudato, e voglio solo fare una doccia e tornare a casa per un sonnellino. Noto a malapena le risatine intorno a me, finché non raggiungo il mio armadietto. Solo a quel punto le vedo.

Ci sono foto di Tiffany nuda attaccate dappertutto.

«Che cazzo significa?» dico sottovoce. Riesco a malapena a respirare mentre le strappo via.

«Qual è il problema, novellino? È solo una ragazza nuda.»

Mi guardo intorno e mi rendo conto che le foto sono ovunque. Di varie grandezze. Le stanno guardando tutti. Stanno guardando la mia ragazza nuda.

«Toglietele» ringhio.

«Perché? L'abbiamo già vista nuda tutti quanti» mi schernisce Shivel. «Diamine, abbiamo tutti infilato il cazzo in quella lì.»

Digrigno i denti. *Non lo prenderò a pugni. Non lo prenderò a pugni. Non lo prenderò a pugni. Sono ancora una recluta, e questo è il mio lavoro. Non lo prenderò a pugni.*

«Nemmeno le guardi le foto. Hai...» Scoppia a ridere in modo maniacale. «Non te la sei ancora sbattuta, vero?»

Rifiutandomi di rispondere, vado verso le foto più grandi e le strappo via. Sono incazzato con i miei compagni di squadra. Nessuno di loro mi sta aiutando. Restano a guardare, sorridendo e ridacchiando come se lo trovassero divertente. La mia ragazza è in bella mostra e questi coglioni si comportano come se non fosse un grosso problema.

«Bé, allora è un bene che abbia questa foto» continua Mack, sbattendomi in faccia il suo telefonino. Ha la foto sul suo fottuto cellulare. Faccio per afferrarlo, ma lui lo allontana da me. «Ha un neo accanto al capezzolo destro. È marrone scuro, quindi risalta all'occhio. Lo vedi? È proprio qui. E dovresti vedere il modo in cui i suoi occhi roteano all'indietro quando viene» dice con un ghigno. «È davvero sexy, e non si imbarazza dei gemiti rumorosi che fa.»

Sono a *tanto così* dallo spaccargli la faccia. Sono furioso, imbarazzato e umiliato... per Tiffany. Non si merita questo. Ha commesso degli errori, e anche parecchi, ma è una brava ragazza. Non ho idea se sappia che Shivel ha questa foto, però so che non la vorrebbe spiaccicata per tutto lo spogliatoio.

«Oh, e guarda qui.» Zooma la foto, ma mi rifiuto di guardare. «Guarda come un labbro della sua fica è leggermente più grande dell'altro, come se non fosse perfettamente simmetrica.»

Questa è la goccia che fa traboccare il vaso. Perdo il controllo e lo attacco. Sono a malapena consapevole del pugno che gli tiro finché non colpisco la sua mascella con un crac. Gli assesto un altro pugno, stavolta allo stomaco. Lui si piega in due e, prima che me ne renda conto, mi ritrovo a terra sopra di lui a picchiarlo più forte che posso. Shivel comincia a contrattaccare, ma prima che possa assestarmi un colpo, vengo strappato via da lui e sbattuto contro il muro.

Il sangue mi ruggisce nelle orecchie. Lentamente, la mia vista si schiarisce e mi rendo conto che Christian ha un avambraccio premuto contro la mia gola. Lui e Daniel stanno cercando di calmarmi mentre Shivel si pulisce la faccia con un asciugamano.

«Psicopatico del cazzo!» grida, sputando sangue sul pavimento. «Non abbiamo bisogno di uno come lui nella squadra.»

«Chiudi quel fottuto becco, Mack» dice Daniel.

«Ti prego» sussurro a Christian, continuando a dibattermi. «Ti prego, togli le foto. L'intera squadra la sta guardando, amico. È la mia ragazza. Ti prego.»

Lui si guarda intorno come se si accorgesse solo ora delle foto attaccate ovunque. «Oh, merda.» Non mi lascia ancora andare. «Daniel, quelle foto devono essere rimosse subito.»

Daniel si guarda intorno con la stessa espressione che aveva Christian pochi secondi fa. Mi viene da piangere, quasi fossi stato violato, però mi rifiuto di mostrarmi debole davanti a questi stronzi.

«Togliete quelle foto» ordina Daniel alla squadra. «Adesso!»

Con riluttanza, iniziano a staccare le foto, ma non le gettano subito via. Più di uno fissa l'immagine un po' troppo a lungo. «Questi bastardi la stanno guardando, amico» dico a Christian, praticamente supplicandolo di aiutarmi.

«Sbrigatevi, coglioni!» urla Daniel. «E se becco uno di voi a fissarla, ne risponderete a me.»

«Non vedo quale sia il problema» dice Mack. «È solo una fottuta groupie.»

Vedo rosso e faccio per balzargli addosso, ma Christian mi trattiene con più forza. Chiudo gli occhi, costringendomi a calmarmi. Vorrei che fosse solo un terribile incubo.

«È la sua donna» dice Daniel con veemenza. «Non me ne frega un cazzo se sia stata una groupie, una spogliarellista o una fottuta porno star. È la *sua* donna. Questo la rende off-limits.»

Si sentono risatine e borbottii contrariati da parte dei miei compagni di squadra.

«Che c'è, non vi sta bene?» dice Daniel. «Ehi, Mumbo, ho trovato una foto della tua ragazza nuda sul mio cellulare. Vuoi che la mandi all'intera squadra?»

«Vaffanculo, amico» ribatte Mumbo.

«Cachiery, ho trovato una vecchia foto di tua moglie mentre succhia l'uccello di Donaldson prima che vi sposaste. Vuoi che la condivida?»

«Stai oltrepassando il limite» risponde Cachiery in tono d'avvertimento.

«No, invece» replica Daniel. «Sto cercando di dimostrare qualcosa. Voi coglioni dovete riflettere sul vostro comportamento.

Flanigan è un nostro compagno di squadra. Come cazzo pensate di vincere se mancate di rispetto a uno di noi in questo modo?»

Mack ridacchia. «È solo una fottuta recluta, Daniel. Oltre ad essere la mia riserva.»

«No. Non se ti fa il culo così» dice Daniel, raccogliendo il cellulare di Mack da terra. Abbassa lo sguardo quando lo schermo si illumina. «Che cazzo significa?» sbotta, quando si rende conto di cosa sta guardando. «Sei stato tu?»

«Che c'è?» ribatte Mack. «Se non voleva che le persone la vedessero in quel modo, non avrebbe dovuto inviarmi la foto.» Sento il suono di qualcosa che si rompe, seguito dal grido di protesta di Shivel. «Che cazzo fai, amico? Quello è il mio telefono!»

«Oh, scusa» dice Daniel in tono sarcastico. «Credo di averlo rotto.»

«Devi andartene» mi sussurra Christian all'orecchio. Rimuove il braccio dalla mia gola e mi spinge con fermezza fuori dallo spogliatoio. Poggio la testa contro il muro e tiro dei respiri profondi. Devo fare appello a tutto il mio autocontrollo per non rientrare in quella stanza e aggredire di nuovo Shivel.

Prima che perda la calma, Christian ritorna e mi lancia le chiavi della mia auto. Mi guida lungo il corridoio, assicurandosi che non faccia dietrofront. La luce intensa del sole mi acceca momentaneamente appena usciamo fuori.

«Fatti un giro. Vai in un bar. Prendi a pugni un muro» dice Christian quando raggiungiamo la mia macchina. «Non mi interessa dove vai o come hai intenzione di gestire questa cosa, assicurati solo di capire come tornare domani senza scatenare l'inferno.» Mi toglie le chiavi di mano e apre la portiera. «Daniel si sta occupando della squadra in questo momento, perciò questa merda non si ripeterà più. Ma sta' sicuro che Shivel farà delle battutine maligne, perché è uno stronzo. Sii pronto.»

Annuisco e salgo in macchina. Christian sbatte lo sportello alle mie spalle non appena sono seduto e attende finché non mi allontano prima di ritornare dentro.

Sono ancora terribilmente arrabbiato e umiliato. Non soltanto per Tiffany, anche per me. Non sono sicuro di come affrontare questa situazione, ma c'è solo un posto in cui voglio essere. Schiaccio il piede sull'acceleratore e mi dirigo in quella direzione.

CAPITOLO 22

TIFFANY

ROWEN CAMMINA AVANTI e indietro per la stanza, ancora sporco e sudato dopo gli allenamenti. Continua a passarsi le mani tra i capelli, prima di congiungerle e portarsele sulla testa.

«Hai la vaga idea di come mi sia sentito?» dice infine. «Nel bel mezzo dello spogliatoio, circondato dai miei compagni di squadra? Compagni che si sono scopati la mia ragazza?»

Sussulto come se mi avesse schiaffeggiata. Avevo intuito che era sconvolto quando l'ho fatto accomodare dentro. Il fatto che indossasse ancora la tuta da allenamento era un chiaro segno che, per qualche ragione, se n'era andato via prima. Ma non avrei mai immaginato che avesse qualcosa a che fare con me. E mai e poi mai avrei creduto che questo argomento sarebbe di nuovo saltato fuori. È stato il primo a dire che il mio passato non aveva importanza. Ha detto che mi rendeva ciò che sono, e che gli piaceva come sono. A quanto pare, ha mentito.

«Tutti hanno visto il neo che hai vicino al capezzolo. Conoscono tutti il tuo odore e il tuo sapore, e l'espressione che fai quando vieni.»

Ho il viso in fiamme. Stavo finalmente iniziando a credere che non si vergognasse di me, che non fosse imbarazzato dal mio passato. Adesso sono arrabbiata, triste e umiliata. Tutto per colpa dell'uomo che ha affermato che non merito di essere trattata come un oggetto.

«Perché diavolo stavi parlando di quelle cose con i tuoi compagni di squadra, Rowen?» chiedo. Lui si rifiuta di guardarmi negli occhi. Continua a camminare avanti e indietro, come un animale in gabbia. Come se quello che i suoi compagni pensano di me sia più importante di quello che lui pensa di me. Di quello che *io* penso di me stessa. «Perché sono argomento di conversazione nello spogliatoio?»

Rowen si gira così velocemente da farmi letteralmente arretrare di un passo. Non l'ho mai visto così furioso prima d'ora. «Perché hanno una fottuta foto, Tiffany. Una foto di te nuda. Della mia ragazza, cazzo.»

Mi si serra il petto. Come fanno ad avere una foto di me nuda? Abbiamo fatto parecchie cose folli insieme, ma la regola era sempre la stessa: niente fotografie. Mai. Sono atleti di spicco, sarebbe un incubo per la loro immagine.

«Shivel dice che gliel'hai mandata tu. Hai fatto sexting con lui?»

«Cosa!? No!» Questa conversazione mi ha presa in contropiede. Perché Mack ha detto una cosa simile? La regola di non fare foto è stata una sua idea. Sono sbalordita di scoprire che, non solo è in possesso di questa foto, ma la sta passando in giro come se niente fosse. Come se *io* non valessi nulla. Da quando gli amici si trattano in questo modo?

«Ho fatto a botte con Shivel per questo motivo. Potrei essere retrocesso nella squadra riserve a causa di ciò.»

Sto cercando di stare dietro alle diverse emozioni contrastanti che provo, ma Rowen sembra non accorgersene. Continua a farneticare.

«Hai idea di come mi senta quando i miei compagni di squadra, i miei colleghi di lavoro, mi sbandierano in faccia dettagli privati su di te? Dettagli privati che io nemmeno conosco?»

Per quanto mi piacerebbe dirgli che sapeva in cosa si stava cacciando quando mi ha trascinata via da quella festa e mi ha implorato di essere la sua ragazza, non lo faccio. Sono ancora troppo sconvolta per sapere cosa dire. Non riesco a trovare le parole per formulare frasi coerenti.

«Come hai potuto fare quelle cose con loro, Tiffany?» Continua a camminare avanti e indietro e a tirarsi i capelli come fa quando è stanco. O agitato, suppongo. «Quella foto...» Solleva gli occhi al cielo, come se stesse cercando lì le risposte sul perché mi sia comportata in modo così peccaminoso. «Tutti quanti ti hanno vista nuda, Tiffany» sussurra.

D'un tratto, è di fronte a me, il viso a pochi centimetri dal mio. Parla in tono calmo, e non riesco più a capire se sia ferito o se abbia una missione in mente. «Hanno udito i suoni e visto le espressioni che fai quando ti davano piacere. Com'è possibile che loro lo sappiano e io no?»

Improvvisamente, le sue labbra sono sulle mie, ma c'è qualcosa di sbagliato. Non sembra un bacio pieno di passione, rispetto e amore. Sembra... una conquista.

Il mio cuore si spezza. Va in frantumi.

Tutto ciò che mi ha detto negli ultimi mesi era una bugia. Quando mi ha detto che valgo più di quello che ho da offrire tra le gambe, che mi vuole per come sono dentro e al diavolo il sesso, quando mi ha detto che sono abbastanza speciale da voler aspettare il momento giusto... alla fine, si è rivelato tutto una bugia. Quando le cose si fanno difficili, tutto ciò che sono per lui è quello che apparentemente sono per tutti gli altri: una conquista.

Mi sento stupida e delusa. Come se non valessi niente. Come se fossi buona solo per questo. Perciò non lo fermo. Gli permetto di usarmi, di usare il mio corpo, come tanti altri hanno già fatto.

Il suo bacio diventa più frenetico, e io ricambio. Ma stavolta non è la naturale risposta di quando sono eccitata. Agisco in maniera meccanica, facendo le cose che so fanno infervorare qualsiasi uomo. Faccio scivolare le mani nei suoi capelli, tirandogli qualche ciocca fino a farlo gemere di piacere. Funziona. Prima che possa tirare un altro respiro, mi sfila la maglietta e mi sgancia il reggiseno.

«Oddio» esclama, abbassando la testa verso il mio seno. «Quel neo è la cosa più sexy che abbia mai visto in tutta la mia vita.» Chiude le labbra intorno al capezzolo e succhia con fervore, facendomi fremere. Gemo rumorosamente e stringo maggiormente i suoi capelli mentre la mia testa sbatte contro la parete alle mie spalle. Continua a disegnare cerchi con la lingua intorno al capezzolo mentre mi abbassa i pantaloni da ginnastica lungo i fianchi. Appena toccano il pavimento, me li sfilo dai piedi e li scalcio da parte. Rowen è troppo occupato a osservare il mio corpo per guardarmi negli occhi.

Avvolge una delle mie gambe intorno al suo fianco e fa scivolare una mano nelle mie mutandine. «Oh, cazzo» dice, riportando le labbra sulle mie. «Sei così fottutamente bagnata. Hai un buon sapore come sembra?»

Gli lascio esplorare le mie parti più intime. Non gli nascondo nulla. Infila due dita dentro di me e gemiamo entrambi. «Porca vacca» grugnisce, muovendo le dita avanti e indietro. Il mio respiro accelera mentre cavalco la sua mano. I suoi occhi verdi assimilano ogni cosa mentre mi guarda inseguire l'orgasmo. Non c'è bisogno che lo dica, so che è una delle cose più sexy che abbia mai visto. Posso leggerlo nei suoi occhi... la devozione che pensa di star sentendo.

Non ci vuole molto prima che le familiari sensazioni dell'orgasmo mi travolgano. Grido quando vengo, mentre Rowen continua a muovere le dita, prolungando il mio piacere. Mi bacia le labbra e il collo, e mi mordicchia il punto sensibile dietro l'orecchio mentre mi riprendo dall'ondata di eccitazione. Quando sono in grado di reggermi in piedi da sola, apro gli occhi e lo guardo. Guardo l'uomo affascinante a cui, erroneamente, pensavo di piacere per quello che sono e non per quello che posso fare per lui. L'uomo di cui mi sono innamorata, solo per farmi spezzare il cuore.

«È stata la cosa più fantastica che abbia mai visto in vita mia» dice, portandosi le dita alla bocca e succhiando i miei umori. «E hai un sapore assolutamente squisito, proprio come pensavo.»

Si piega in avanti per baciarmi di nuovo, ma io giro la testa di lato, posandogli le mani sul petto per fermarlo.

«Che c'è?» chiede.

«Puoi andartene adesso» dico.

«Cosa? Perché?»

È confuso, però cerco disperatamente di spegnere ogni emozione che provo per lui. «Hai visto il mio neo. Hai visto la mia faccia durante un orgasmo. Mi hai assaggiata» dico, staccandomi da lui e avviandomi verso la mia camera da letto. «Sai tutto quello che sanno i tuoi amici, quindi ora siete alla pari, giusto?» Mi allontano, senza nemmeno guardarmi alle spalle quando aggiungo: «Chiudi bene la porta mentre esci, per favore. Devo prepararmi per andare al lavoro.»

Gli sbatto la porta in faccia e vado in bagno, dove apro al massimo il rubinetto dell'acqua calda della doccia in modo da lavare via il sudiciume rappresentato dal biasimo di Rowen.

CAPITOLO 23

ROWEN

HO FATTO UNA CAZZATA.

Un'enorme cazzata.

L'ho trattata come una puttana, e mi odio per questo.

«Cosa ci fai ancora qui, novellino?»

Daniel e Christian vengono nella mia direzione. Tutti tranne me sono andati direttamente negli spogliatoi dopo l'allenamento. Io invece ho deciso di restare e fare alcuni esercizi per migliorare i miei cross. Non sono male, ma la palla non sempre atterra nel punto dove dovrebbe. Inoltre, non riesco a smettere di pensare al casino che ho combinato con Tiffany, quindi ho bisogno di bruciare parecchia energia in questo momento. E di sicuro non voglio stare a stretto contatto con Shivel.

«Faccio qualche allenamento extra» rispondo, mentre sollevo il pallone con la punta del piede e lo afferro.

«Tre ore di esercitazioni e una partitella non ti sono bastate?»

«Sono ancora carico. Tanto vale che ne approfitti.»

Daniel socchiude gli occhi, come se mi stesse scrutando. «Vuoi una mano?» chiede infine.

«Certo, perché no.» Lancio il pallone nella sua direzione, lui lo ferma di petto e poi tutti e tre lottiamo per il controllo palla. Christian si stacca con un dribbling e comincia a correre lungo il campo. Impiego qualche secondo, ma la mia frustrazione mi dà la spinta per raggiungerlo. Quando ci riesco, allungo il piede e gli faccio lo sgambetto. Lui cade subito a terra ma si rialza altrettanto velocemente.

«Che cazzo fai, amico?» mi grida in faccia. «Siamo qui per divertirci un po', non per fare delle azioni di merda. Avresti potuto spezzarmi la caviglia.»

«Bé, forse dovresti correre più veloce, nonnetto» sbotto. «Non è colpa mia se stai perdendo il tuo tocco.»

«Piccolo stronzetto di merda, quale diavolo è il tuo problema?»

«Sei tu il mio problema! Tu e tutti gli altri.»

«Ehi, ehi» dice Daniel, mettendosi tra di noi e poggiando le mani sul nostro petto per dividerci. «Non so cosa ti prenda, ma devi darti una cazzo di calmata, novellino.»

«L'hai scopata?» grido contro Daniel.

«Cosa?» Guarda Christian, poi di nuovo me. «Chi intendi? Quincy? Di cosa stai parlando?»

«Ti sei scopato Tiffany?»

Abbassa le braccia e scuote la testa. «Mi stai prendendo in giro? È per questo che ti comporti così? Per colpa di una ragazza?»

«Non hai risposto alla mia domanda» dico. «L'hai scopata?»

«No» risponde senza esitazione. L'avevo immaginato, in base alle conversazioni precedenti, ma dovevo esserne sicuro. Adesso che lo sono, mi rilasso.

«E tu?» dico, rivolgendomi a Christian. Lui non replica immediatamente, e la sua esitazione è una risposta più che sufficiente. «Cazzo» impreco, allontanandomi. Faccio solo cinque passi prima di voltarmi di nuovo. «Come diavolo posso affrontare tutto questo sapendo che ogni volta che ti vedo, ogni volta che ti sto vicino, sono con uno degli uomini che è stato con lei? Come posso far finta di niente? Sai quanto vorrei spaccarti il culo in questo momento?»

«Provaci e ti metto al tappeto, novellino.»

Cammino avanti e indietro, agitato. «Ieri sono andato a casa sua. Ero così incazzato dopo aver visto quella foto attaccata per tutto lo spogliatoio.» Mi interrompo e serro i pugni, cercando di mantenere la calma. Mi ribolle il sangue nelle vene solo a pensarci. «Sono andato a casa sua e ho combinato un gran casino. L'ho trattata come una puttana, cazzo. Lei mi ha sbattuto fuori dopo che... dopo che l'ho trattata come una fottuta puttana.»

«Ci siamo passati tutti» dice Christian. «La gente fa sesso selvaggio di continuo. Non è un grosso problema. Farete pace.»

«Non abbiamo fatto sesso» ribatto sommessamente. «Non l'abbiamo mai fatto.» So che il mio viso sta diventando rosso come un peperone. Tutti danno per scontato che i tipi come me, ovvero atleti professionisti, facciano sesso regolarmente. Diamine, è abituale argomento di conversazione negli spogliatoi.

«Non fai sesso con la tua ragazza?» domanda Christian infine.

«No, idiota, non faccio sesso con la mia ragazza. Non faccio sesso e basta. Non l'ho mai fatto.» Entrambi si pietrificano per l'incredulità. Poi Christian ridacchia. «Non dire una parola, stronzo» lo avverto, puntandogli un dito in faccia. «Non è per mancanza di opportunità. È una scelta che ho preso tanto tempo fa, e richiede più autocontrollo di quanto tu ne abbia nel tuo mignolo.»

Lui solleva le mani in segno di difesa. «Non ti sto giudicando, amico. Sono affari tuoi. Semplicemente, non credo di avere molti amici vergini. In effetti, penso che tu sia l'unico.»

«Sì, beh...» Indietreggio, portandomi le mani sui fianchi. «Non è qualcosa che sbandiero ai quattro venti. Preferisco aspettare di essere sposato. A questo punto, ho già aspettato parecchio, quindi tanto vale che faccia le cose per bene.»

«Allora in che modo hai trattato Tiffany come una puttana?» chiede Daniel, facendomi arrossire di nuovo. Stavolta per la vergogna e il rammarico.

Mi asciugo il sudore dalla faccia mentre cerco di trovare le parole giuste per spiegare quello che è successo. Una parte di me vuole tenerlo privato. L'altra parte sta ancora cercando di sbollire la rabbia. È quest'ultima a vincere.

«Le ho riportato tutte quelle cose che ha detto Shivel. E le ho gridato quanto detesti sapere che tutti i miei compagni di squadra sanno... Cioè, avete sentito quello che ha blaterato Shivel.» Annuiscono entrambi. «In qualche modo, lei si è ritrovata nuda contro il muro e io ho scoperto da me alcune di quelle cose.»

«Quindi sei turbato perché non hai avuto maggiore autocontrollo?» domanda Daniel.

«No, non si tratta di questo. In quel momento, ero così determinato a non essere l'unico a non aver visto il suo viso quando... cioè... Dio, questa conversazione è imbarazzante.» Tiro un respiro profondo. «Sono stato irrispettoso nei suoi confronti. Mi ha permesso di farle quelle cose mentre ero arrabbiato e le dicevo cose orribili. Me l'ha permesso senza reagire. Quando tutto è finito, mi ha detto che adesso ero alla pari con i miei compagni e che potevo andare a riferirglielo.»

«Ooooh» esclamano all'unisono. Speravo che avrebbero detto che non era nulla di serio. Che la stavo facendo più grave di quello che era. Invece, hanno confermato i miei timori.

«Questo sì che è un casino» conferma Daniel. «Ma capisco perché sei andato fuori di testa ieri. La ami. Scleriamo un po' tutti quando scopriamo di essere innamorati. Guarda me e Quincy. L'ho mollata e ho usato Chance come scusa. Noi uomini impieghiamo qualche minuto a raccapezzarcene.»

«Hai ragione» dico, riprendendo a camminare avanti e indietro quando mi si accende la lampadina. «Hai ragione, la amo. *La amo.* Ma non è questa la parte difficile. Io... non so se posso gestire tutto il resto.»

«Ascolta, capisco perché tu sia incazzato, ok?» dice Christian. «Innamorarti di una groupie è stata probabilmente la cosa più stupida che tu abbia mai fatto nella vita.»

Sbuffo una risata sarcastica. «Già, perché l'ho programmato.»

«Non ho detto questo. Ma il punto è che non sono andato a letto con la tua ragazza.»

Lo guardo con aria interrogativa. «Hai appena detto di sì.»

«Ho scopato Tiffany la Sgualdrina.»

Sentendo quel soprannome, la mia pressione sanguigna

schizza alle stelle e gli sono subito addosso. «Non osare più chiamarla in quel modo.»

Lui alza le mani. «Rilassati, novellino. Sto cercando di dimostrare qualcosa.»

Faccio un passo indietro. «Fai in fretta, allora.»

«Seguimi per un minuto, ok?» Annuisco, e lui continua. «Tutte quelle cose di cui parlava Shivel, ovvero il neo, i gemiti e le espressioni che fa...» Faccio una smorfia ma continuo ad ascoltare. «Non conoscevo nessuna di quelle cose. Proprio come lei non conosce nessuna di quelle cose su di me. L'unica cosa che rappresentava in quelle situazioni era un corpo caldo. Una sveltina e basta.»

«Non sei d'aiuto.»

«Lascialo finire» dice Daniel.

«Tiffany, la tua ragazza Tiffany» prosegue Christian. «Sapevo che era una produttrice sportiva grazie a Daniel. Ma tutto qui. Non sapevo che fosse stata accettata alla Columbia per prendere il master in giornalismo sportivo. Non sapevo che fosse una grande appassionata di ogni tipo di sport, o che lei e sua madre avessero assistito al reclutamento di Jason Hart.»

Abbasso lo sguardo a terra e incrocio le braccia.

«La tua ragazza Tiffany è una tipa in gamba. Sei fortunato ad averla» dice. «Per quanto riguarda Tiffany la Sgualdrina, quella ragazza è ormai storia vecchia. Gli unici ricordi che ho di lei sono vaghi e qualcosa a cui non penso affatto.»

Mi si avvicina e mi posa una mano sulla spalla. «Questo vale per tutti gli uomini che hanno interagito con le groupie. Nessuno la guarda e pensa, "Me la sono fatta". Pensano piuttosto, "Rowen ha trovato una ragazza fantastica".

«Shivel non la pensa così.»

«Shivel sta cercando di esasperarti perché è l'unico modo che ha per sabotare la tua capacità di concentrazione in campo. Sa che sei la minaccia più grande per la sua carriera.»

Rifletto sulle sue parole. Ha ragione. Tiffany non è la stessa ragazza che ho incontrato in quella stanza tanti mesi fa. È più risoluta. Più sicura di sé. Ha più rispetto per se stessa.

O perlomeno l'aveva, finché non l'ho umiliata di nuovo.

«Ho combinato un vero casino, amico.»

«Eh già» conferma Daniel.

«Come posso rimettere le cose a posto?»

«Non possiamo rispondere a questa domanda. È qualcosa che devi capire da solo. È una sorta di rito di passaggio che bisogna superare quando si inizia una relazione.»

Cazzo. Sono fregato.

CAPITOLO 24

TIFFANY

IL RITMO dei tamburi è quasi assordante, e ci sono più trombette del solito. Normalmente, i suoni, gli odori e i colori dello stadio mi rinvigoriscono. Il mare di maglie rosse mi eccita. Mi infonde energia. Oggi, tuttavia, non mi suscita nulla, il che mi fa davvero incazzare, perché venire a vedere il Mutiny giocare è stato il mio passatempo preferito per anni. Ma Rowen ha rovinato tutto quando ha usato il mio corpo come se fosse una pedina di un gioco da tavola a cui giocano tutti i suoi amici.

Non parlo con lui da cinque giorni, nonostante le ripetute chiamate e gli infiniti messaggi che mi ha mandato. So che è dispiaciuto per come si è comportato. L'ho visto sul suo viso quando gli ho detto di andare via. Nella foga del momento, non aveva idea che si stesse comportando da stronzo, ma ciò non mi fa stare meglio. Non cambia il modo in cui mi ha fatta sentire. E come mi ha fatta sentire non va bene. Ho preso una decisione molto tempo fa: il mio corpo è mio e ne faccio ciò che voglio, ma anche i miei sentimenti contano qualcosa. Ed è ciò che sto proteggendo ora.

Tuttavia, questo non significa che non mi manchi disperatamente, cosa che mi fa incavolare ancora di più. Mi sono innamorata di Rowen Flanigan e questo rende tutto più difficile. Per quanto voglia essere arrabbiata con lui, non lo sono. Mi sento soltanto ferita, umiliata e molto, molto usata. L'ironia è che Rowen mi ha sempre detto che i suoi compagni di squadra mi stavano solo usando, eppure non sono stati loro a farmi sentire così.

«Oh, guarda chi c'è, la zoccola.» Quincy e Geni si siedono nei posti vuoti accanto a me.

«Come va, faccia da ebete?» dico, ribattendo alla frecciatina di Geni. Non so bene quando abbiamo cominciato a scambiarci insulti, ma sembra che i nomignoli che le affibbio la divertano, perciò continuo a usarli. Per qualche strana ragione, questa cosa ha colmato il divario tra di noi.

«Ooh! Faccia da ebete» ripete. «Mi piace. Hai trovato una lista di insulti su internet?»

Fisso con sguardo assente il campo. «In verità, mi è venuto in mente al momento. So che per una persona bigotta come te è difficile credere che io possa essere sia bella che intelligente.»

«Perché non provate ad essere gentili l'una con l'altra?» domanda Quincy, sedendosi tra di noi. Fino a poco tempo fa, restava fuori dai nostri battibecchi, ma ultimamente cerca di fare da mediatrice. Non capisco perché sia così importante per lei, però smetto di parlare. Non sono dell'umore giusto per essere gentile, comunque.

Prendo il cellulare quando vibra, segnalandomi che ho ricevuto un messaggio.

Non posso venire alla partita di oggi. Devo lavorare. :-(

Tiro un sospiro di sollievo nel sapere che Sasha non verrà. Per quanto solitamente mi piaccia la sua compagnia, oggi non sopporterei di ascoltarla blaterare di trucco e pettegolezzi sulle celebrità. Preferisco stare da sola.

Il Mutiny scende in campo per il riscaldamento e il mio sguardo gravita immediatamente verso la chioma rossa di Rowen. Il mio cuore salta un battito quando lo vedo lanciare un'occhiata nella mia direzione, ma non sono sicura che stesse effettivamente guardando me. Come sempre, è davvero affascinante in campo, però non posso fare a meno di pensare che sia deconcentrato. La sua mira è di qualche centimetro troppo a sinistra, il suo tiro troppo potente e le sue mosse difensive troppo aggressive.

«Tiffany.» La voce di Quincy mi strappa ai miei pensieri, facendomi voltare verso di lei. «Geni sta andando a prendere da bere. Vuoi qualcosa?»

«No, grazie.» Sono senza parole. Geni non si è mai offerta di portarmi qualcosa finora.

«Ok» dice Geni, balzando su dalla sedia. «Torno subito. Non scopatevi nessuno che io non scoperei mentre sono via.» So che il suo commento è diretto a me, ma è Quincy a rispondere con un'alzata di occhi al cielo.

«No, non lo faremo.»

Torno a guardare le squadre che fanno riscaldamento, sperando che Rowen guardi di nuovo verso di me. Non lo fa, il che mi manda in bestia. E sono arrabbiata di essere arrabbiata, perché vorrei fregarmene, ma non ci riesco. Non sarei dovuta venire. Per la prima volta nella mia vita, non provo gioia nel guardare il mio sport preferito.

«Come va la testa?» mi chiede Quincy.

«Bene. È fastidioso lavarmi e pettinarmi i capelli, ma va molto meglio.»

«Il tuo labbro sembra a posto.»

«È guarito piuttosto in fretta» rispondo, non proprio dell'umore giusto per fare due chiacchiere.

«Stai bene?» mi domanda.

«Sì. Perché?»

«Di solito sei in piedi a tifare per i ragazzi anche durante il riscaldamento. Invece oggi te ne stai seduta qui, come se preferiresti essere altrove.»

Mi muovo a disagio sulla sedia e mi schiarisco la gola. «Ho solo un sacco di cose per la testa.» Restiamo in silenzio a guardare i venditori che cercano di vendere popcorn e altri snack alle persone intorno a noi.

«Daniel ha parlato con Rowen di te.»

Giro la testa di scatto, desiderando di non essere così interessata a ciò che Rowen ha detto su di me.

«Non ero presente durante la conversazione, quindi non so cosa sia successo esattamente» dice. «Ma, a quanto pare, ha cercato di fare a botte con Christian.»

«Cos'ha fatto!?» Rowen che attacca briga con i suoi compagni di squadra è una delle cose più assurde che abbia mai sentito, perché è la persona più gentile ed equilibrata che conosca. Eppure, è successo due volte in una settimana. «Perché?»

«Da quello che ho capito, aveva qualcosa a che fare col difendere il tuo onore.»

«Oh, cavolo» dico abbassando la testa, avvilita.

«Puoi biasimarlo? Quello che è successo nello spogliatoio l'ha davvero scosso.»

Faccio una smorfia. «Sai anche questo?» Lei annuisce. «C'è qualcosa che Daniel non ti dice?»

Quincy scrolla le spalle. «È il capitano della squadra, ciò comporta parecchie responsabilità. Mi racconta un sacco di cose, soprattutto quando è preoccupato per uno dei suoi compagni.»

«E pensi che sia preoccupato per Rowen?»

«Molto. Da quello che dice Daniel, sono giorni che Rowen è distratto. Ha un atteggiamento più aggressivo del solito ed è spesso... deconcentrato. È davvero turbato per il modo in cui ti ha trattata.»

Gemo. «Oh mio Dio, perché lo sta andando a raccontare in giro?»

«Non penso che lo stia raccontando a chiunque. Daniel lo ha colto in un momento di debolezza, e alla fine Rowen ha confessato di sentirsi terribilmente in colpa.»

«Ben gli sta. Si è comportato da vero stronzo con me. Chiamami come vuoi, ma non dirmi quanto importante o speciale io sia, o che il mio passato non ti crea problemi, se poi fai dietrofront e mi tratti come una puttana. Nessun altro della squadra mi ha mai fatta sentire in quel modo.» Arrossisco. Non mi sarei mai aspettata di avere questa conversazione con Quincy, né con nessun altro, ma ora che mi trovo a parlarne, sembra che io non riesca a tenere la bocca chiusa. «Ha dato in escandescenza per una stupida foto. Sì, è uno schifo che sia successo. Sì, è fottutamente umiliante che qualcuno che consideravo un amico mi abbia tradita in quel modo. Ma Rowen ha perso completamente il controllo.»

«Puoi biasimarlo?» chiede Quincy, interrompendo il mio sproloquio. «Pensaci. L'ultima volta che sei venuta qui, sei stata attaccata dalla moglie di un suo compagno di squadra. Poi, qualche giorno dopo, lui entra nello spogliatoio e vede foto di te nuda appiccicate su tutti i muri mentre Mack parla male di te. E non è la prima volta che ti denigra davanti a Rowen. Usa il tuo passato contro di lui continuamente. Tiffany» dice, voltandosi verso di me, «Rowen ti ama. Ti ama *davvero*. Vuole proteggerti e difenderti perché sei preziosa per lui. Invece, deve fare i conti con situazioni molto difficili a causa delle scelte che hai fatto. Non sto dicendo che quelle scelte siano giuste o sbagliate, è semplicemente la realtà di quello che Rowen sta affrontando.»

«Non è una scusante» ribatto. «Conosceva il mio passato quando ci siamo conosciuti, ma mi ha chiesto di uscire insieme comunque. Se non gli stava bene, non avrebbe dovuto farmi il filo. Non è certo il primo ragazzo ad uscire con una donna che ha dei trascorsi sessuali.»

«Vero, ma alla maggior parte dei ragazzi quei trascorsi non vengono spiaccicati in faccia ogni singola volta che vanno al lavoro. E per Rowen è mille volte peggio perché è vergine e il sesso è molto importante per lui.»

«Non si sa tenere nemmeno un cece in bocca?» dico esasperata, gettando le mani in aria.

Quincy sorride. «Bé, non si vergogna della sua verginità. Penso che sia davvero carino che voglia conservarsi per sua moglie.»

«Ad ogni modo, non importa. Potrò anche essere più attiva delle altre, ma non merito di essere trattata come una puttana.»

«Sono d'accordo» dice. «E lo è anche Rowen. Sta malissimo, Tiffany. E si sente perso senza di te. Ha parecchie cose di cui scusarsi. Spero che gli darai la possibilità di farsi perdonare prima di lasciarlo. Siete entrambi in una posizione difficile, dico solo questo.»

Resto in silenzio per alcuni minuti, riflettendo su quello che ha detto Quincy. Scoprire che Mack mi ha usata contro di lui al solo scopo di farlo incazzare... Rowen non mi ha mai detto quanto fosse grave la situazione. Le sue reazioni hanno molto più senso adesso. Questo non lo giustifica dallo scaricare la sua rabbia su di me, ma è più comprensibile.

«Quante persone sono al corrente di quello che è successo tra me e Rowen nel mio appartamento?» chiedo a Quincy, mentre la squadra torna negli spogliatoi per prepararsi alla partita.

«Per quanto ne so, solo io, Daniel e Christian.»

«Non l'hai detto a Geni?»

«Non spetta a me raccontare questa storia, Tiffany. E non userei mai una cosa simile solo per divertimento.»

«Grazie» dico infine. Lei mi sorride e annuisce.

CAPITOLO 25

ROWEN

IL RUGGITO della folla dovrebbe essere rinvigorente. È la mia prima partita da titolare.

Quando siamo arrivati qui, sono stato chiamato nell'ufficio del coach e mi è stata data la notizia. Shivel è fuori e io sono dentro. È stato ceduto a una squadra della Florida per un paio di ragazzi del vivaio che arriveranno la settimana prossima. Sono piuttosto sicuro che la maggior parte dei miei compagni concordi sul fatto che l'affare migliore l'abbiamo fatto noi.

Quindi dovrei essere eccitato, invece la mia mente è ovunque tranne che sulla partita. In realtà, non è vero. La mia mente è su una certa brunetta che spero di vedere sugli spalti oggi.

Tiffany ha ignorato le mie chiamate e i miei messaggi per tutta la settimana. Non posso dire di essere sorpreso. Al suo posto, neppure io risponderei alle mie telefonate. Ma le ho inviato un messaggio per farle sapere che ho lasciato dei biglietti per lei al botteghino.

«Ci sarà» dice Christian, dandomi una pacca sulla spalla.

Siamo nel tunnel ad aspettare che i nostri nomi vengano chiamati mentre gli altri membri della squadra corrono in campo uno ad uno. Annuisco in segno di risposta, ma le sue parole non alleviano la mia ansia. Ancora non so come farò a dimostrarle che non sono quel tipo di ragazzo. Che non intendevo farla sentire sporca e insignificante. Se potessi tornare indietro a quel momento, la farei sentire amata e adorata.

«Ci siamo!» grida Daniel, saltellando su e giù mentre la sua adrenalina sale alle stelle. La musica risuona a tutto volume dagli altoparlanti, e riesco a malapena a distinguere l'immagine di Christian mentre quest'ultimo si fionda in campo.

«Preparati, novellino. Sei il prossimo.»

Manco a farlo apposta, la mia foto compare sul grande schermo e corro fuori dal tunnel. Questo è il mio grande momento. Seguo l'esempio di Christian e faccio un giro intorno al campo, fingendo di stare nel mio mondo quando in verità mi sembra di essere fuori dal mio corpo.

Non appena l'intera squadra è in campo, posso sentire l'adrenalina percorrere lo stadio. Ci stringiamo in cerchio per ricevere da Daniel e dal coach le istruzioni dell'ultimo minuto e siamo pronti.

Daniel mi dà una pacca sulla testa. «Pensa a giocare, novellino. Quincy è con lei, quindi sta bene. Concentrati sul tuo lavoro.»

Annuisco e mi metto in posizione.

Verso la fine del primo tempo, siamo uno a uno. La squadra non è omogenea, siamo tutti deconcentrati e non posso dare la colpa a nessuno tranne che a me stesso. Non riesco ad ingranare.

Riprendiamo posizione, con i centrocampisti al centro dell'azione. Io resto nella retroguardia, facendo rapidi passaggi e un veloce gioco di gambe. Dopo alcuni minuti, o forse solo pochi secondi, di tira e molla fra le due squadre, diventa chiaro che la nostra non è sulla stessa lunghezza d'onda.

Mi metto in posizione, consapevole di dover fare una giocata valida per sbaragliare i difensori del Dinasty e permettere a Daniel di tirare in porta. Quest'ultimo è proprio dove ho bisogno che sia, perciò gli passo il pallone. Lui corre verso la porta ma perde il possesso palla.

Lo riprendo facendo pressione sull'attaccante avversario con la maglia numero dodici, ma è veloce di gambe e viene raggiunto dal loro fottuto difensore. Combattiamo tutti e tre per il possesso della palla.

Quando non riesco ad ottenerlo, schiaccio il piede del numero dodici con il tacco della scarpa. Lui inciampa e cade.

Sfortunatamente, l'arbitro non è cieco e soffia il fischietto. Poi mi mostra il maledetto cartellino giallo e concede il calcio di punizione agli avversari.

Merda.

«È stata una mossa da coglione, Flanigan» dice il numero dodici mentre ci mettiamo in posizione.

«Tu sei un coglione in generale» rispondo.

«Non è quello che ha detto la tua donna ieri sera.»

Ignoro la frecciatina e mi preparo al tiro, cercando di concentrarmi sul gioco. I nostri difensori formano un muro a tre, pronti a bloccare il calcio di punizione.

«Datti una calmata, cazzo» mi dice Christian. «Sta solo cercando di distrarti. Non permetterglielo.»

Tengo gli occhi fissi sulla palla mentre Santos, il nostro portiere, saltella tra i pali. Il calciatore che deve effettuare il tiro studia la nostra porta, fa cinque passi indietro e tre passi lunghi in avanti. Calcia il pallone, spedendolo sopra le nostre teste. Troppo alto.

Il suono del cuoio che sbatte contro l'acciaio quando la palla colpisce la traversa riecheggia per lo stadio e il gioco ricomincia immediatamente.

Susseguono altri scontri, altri insulti e altri momenti carichi di tensione.

Ancora una volta, il loro attaccante mi supera, e stavolta il nostro portiere cerca di tenere in gioco la palla e la rilancia coi piedi, facendola finire poco lontano dalla porta. La mossa quasi ci costa un goal, ma per fortuna riesco a intercettarla all'ultimo secondo e salvare il punteggio. Ciò non giustifica il fatto che continuino ad eludermi, e questo mi fa incazzare.

Il numero diciotto cerca di smarcarsi e, ancora una volta,

arrivo troppo tardi, il che gli permette di arrivare nell'area di rigore e mandare la palla in rete.

«Cazzo!» grido, mentre i giocatori della squadra avversaria esultano e si congratulano a vicenda.

«Che cazzo fai, novellino?» sbraita Funderling. «Muovi il culo! Te la stanno facendo sotto il naso.»

Per quanto voglia dirgli di chiudere il becco, ha ragione. E questo mi fa incavolare ancora di più.

Christian corre verso il centro del campo, rimane incastrato in un groviglio di gambe e finisce col perdere la palla.

Quando il pallone viene nella mia direzione, e il numero dodici lo intercetta, faccio la mia mossa. Aggancio la gamba intorno al suo polpaccio e lo faccio cadere per l'ennesima volta in questa partita.

Lui scatta subito in piedi e mi dà addosso. «Che cazzo fai, idiota?» grida, il suo viso così vicino al mio che posso sentire il suo alito fetido. «Quale diavolo è il tuo problema?»

«Perché fai la femminuccia?» grido di rimando. «Sei caduto, e allora? Succede.»

«È dall'inizio della partita che mi rompi i coglioni. Sei incazzato perché mi sono scopato la tua donna?» dice con un ghigno.

«No. Sono incazzato perché non possiamo giocare a calcio dato che frigni ogni volta che qualcuno ti sfiora.»

Stiamo urlando così forte, con la saliva che schizza dappertutto, che non sento neppure il fischio dell'arbitro.

«Stronzate. Questo non ha nulla a che fare con la partita, testa di culo. A proposito di culi, hai assaggiato l'altra sua ciliegina? Oh, aspetta. Non puoi! Perché l'ho già fatto io!»

Questa è la goccia che fa traboccare il vaso. La rabbia che mi scorre nelle vene in questo momento è diversa da qualsiasi cosa abbia mai provato finora. Prima che possa reagire, uno dei miei compagni di squadra mi allontana da lui.

«Fatti sotto, figlio di puttana!» Mi dibatto, nel tentativo di avventarmi sul numero dodici. Il mio unico obbiettivo è strappargli la lingua così che non possa mai più parlare della mia donna.

Improvvisamente, l'arbitro è di fronte a me. «Devi calmarti, ragazzo.» Mi mette le mani sul petto mentre qualcuno cerca di trattenermi da dietro. Penso sia Shahriary, ma non riesco a concentrarmi abbastanza da esserne certo.

«Vaffanculo!» grido all'arbitro. «Quello stronzo deve tenere la bocca chiusa.»

«Come ho detto, devi calmarti. Ti osservo dall'inizio dell'incontro, e stai giocando al limite della correttezza. Datti una regolata.»

«È soltanto incazzato perché ci siamo sbattuti tutti la sua groupie puttana» grida il numero dodici a pochi passi di distanza, e perdo di nuovo la testa. Mi libero dalla presa di Shahriary e corro verso il bastardo. Lui comincia a voltarsi e il mio pugno si abbatte sulla sua guancia, facendolo cadere di nuovo a terra. «Ti faccio vedere io chi è la puttana, brutto stronzo!»

Vengo placcato di nuovo da Shahriary e un attimo dopo l'arbitro solleva il cartellino rosso. Tra il pugno, il placcaggio e l'espulsione, la mia rabbia comincia finalmente a sbollire.

Quando mi rendo conto di essere stato appena espulso, mi scrollo Shahriary di dosso e mi alzo in piedi. «Levati dalle palle, amico.»

«Stai bene?» chiede, afferrandomi per una spalla ma senza trattenermi oltre. Nessun altro della squadra mi si avvicina. Sanno tutti che è meglio non farlo.

Annuisco e mi avvio verso il tunnel. Quando lancio un'occhiata di lato e vedo Tiffany in tribuna con le mani sopra la bocca per l'incredulità, cambio direzione e corro verso di lei.

Sento a malapena i fischi dei tifosi e il mio coach che urla in sottofondo. Sono concentrato unicamente su Tiffany.

Supero con un salto la ringhiera e in due passi è tra le mie braccia. Sono sudato, puzzo e sono appena stato espulso dalla partita, ma l'istante in cui le sue braccia si avvolgono intorno a me, non mi importa più.

«Mi dispiace. Mi dispiace tanto» dico in tono implorante. «Ero arrabbiatissimo, e invece di prendermela con le persone che mi stavano facendo incazzare, me la sono presa con te.»

Lei mi abbraccia più forte.

«Il mio compito è prendermi cura di te. Difendere il tuo onore. Invece ho fatto quello da cui avevo giurato di proteggerti. Non so se riesco a perdonarmi.»

«Rowen, ti ho già perdonato» mormora. «Avevo solo bisogno di tempo per fare ordine nei miei sentimenti.»

Mi ritraggo e poggio la fronte sulla sua, respirando bene per la prima volta da giorni. «Non so quando sia successo, Tiffany, ma sono profondamente innamorato di te. Ti giuro che non ti tratterò mai più in quel modo. La prossima volta che ti tocco, sarà nel modo in cui meriti.»

Apro gli occhi e vedo l'emozione sul suo viso. Le sue dita sono nei miei capelli, e so che mi resta poco tempo prima che la sicurezza perda la pazienza. «Anch'io ti amo, Rowen» dice Tiffany. «Smettila di preoccuparti di difendere il mio onore e il mio passato. Non possiamo farci niente. Concentrati sul nostro futuro, ok?»

Sorrido e annuisco. «Ok.» Le do un rapido bacio sulle labbra. «Ci vediamo dopo la partita?»

«Vieni a casa mia. Niente feste. Niente caos. Solo io e te.»

«Mi sembra perfetto.» La bacio di nuovo e balzo oltre la ringhiera, ritornando in campo. Tiffany ha un enorme sorriso sul viso e si sta asciugando qualche lacrima dalle guance.

Sono in un mucchio di guai, ma ne è valsa assolutamente la pena.

———

Sono seduto sulla sedia rossa di fronte all'allenatore, con i gomiti sulle ginocchia e le mani congiunte. Benché non cambierei nulla di ciò che ho fatto, non sono mai stato il tipo da mettere il dovere in secondo piano. Soprattutto quando siamo nel bel mezzo di una partita. Sono pervaso dalla vergogna, anche se so che lo rifarei.

Il coach resta in silenzio per quelle che sembrano ore. Dondola avanti e indietro sulla sedia, le dita unite e appoggiate sulle labbra. Mi guarda come se stesse cercando di riordinare i pensieri prima di darmi addosso. Preferirei che urlasse.

«Cos'è più importante per te, la ragazza o la squadra?»

Mi aspettavo parole dure, quindi la sua domanda mi coglie impreparato. «C-cosa?» balbetto.

Lui mi liquida come se la risposta fosse semplice. «Se dovessi sceglierne una e perdere l'altra, qual è più importante?»

Scuoto la testa. «Non... non so come rispondere.»

«Non ti ho chiesto se sai come rispondere. Voglio solo che tu mi dia una risposta.»

«Ma...»

«Niente ma. Datti una mossa, Rowen. Le lancette scorrono. La ragazza o la squadra?»

«Io non...»

«Ragazza o squadra, Rowen? Devi scegliere.»

«Non è giusto...»

«Ragazza o squadra. Ora o mai più.»

«D'accordo! La ragazza» grido, abbastanza agitato e un tantino spaventato di aver appena buttato via la mia intera carriera.

«Bene» risponde l'allenatore, rilassandosi contro lo schienale. «Non ho perso il mio miglior centrocampista per le prossime due partite a causa di una ragazza che è solo un passatempo per lui.»

«Eh?»

Lui sospira. «Non sono all'oscuro delle cose che succedono intorno a me, Rowen. Ho visto le foto sui muri dello spogliatoio.» Accascio le spalle a quel pensiero. «Ho saputo delle scaramucce avvenute quando pensavi che le stessero mancando di rispetto.»

«Le hanno mancato davvero di rispetto.»

«Non ne dubito. Il fatto che tu difenda la donna di cui sei innamorato non mi sorprende affatto.»

Sono innamorato di Tiffany, ecco perché la prendo così sul

personale. Ecco perché voglio difendere il suo onore e trascinarla via da quelle feste. Ecco perché il pensiero che un altro uomo la tocchi mi fa venir voglia di pestarlo a sangue.

«Quello che mi sorprende è che hai dimenticato un aspetto importante del gioco.»

«Ovvero?»

«La guerra psicologica.»

Incrocio le braccia sul petto, rendendomi conto che ha ragione. Una grande parte del gioco del calcio consiste nel mettere in cattiva luce l'avversario. Far credere all'arbitro che è stato commesso un fallo. Ecco perché i calciatori tendono a fare le sceneggiate. Non importa se sia vero o no. Il risultato è tutto ciò che conta.

È quello che ha fatto Shivel con me per mesi. Ha fatto leva sulle mie emozioni, facendomi innervosire, approfittando di un piccolo incidente e trasformandolo in un fallo per farmi fare una cazzata di proporzioni enormi.

E ha funzionato.

«Merda.» Mi gratto la testa per la frustrazione.

«Ascolta, capisco perché tu sia frustrato e turbato. Ma voglio dirti una cosa» continua il coach, sollevando un piede sulla scrivania. «I tuoi avversari scoveranno i tuoi punti deboli e ne approfitteranno ripetutamente. Tu conosci le tue lacune e trascorri ore a correggerle così che nessuno possa usarle contro di te in campo. Ecco perché useranno le tue debolezze emotive per farti innervosire. E quella ragazza è la tua debolezza.»

Ha ragione. Ha ragione al cento per cento. Chissà se quello che dicono le persone sia pure vero. Ci ho creduto per via delle poche cose che ho visto. Ma questo non rende tutto vero. Ancora più importante, non conta.

«Devi imparare a gestire le emozioni, perché le cose peggioreranno soltanto. Aspetta di avere dei figli. Cominceranno a sparlare della tua figlia adolescente.» Sgrano gli occhi. «Ho visto un paio di giocatori venire espulsi per sei o sette partite per bastardate simili.»

«Bé, sì. Questo è oltrepassare il limite.»

Il coach si stringe nelle spalle. «Fa parte del gioco. Questi ragazzi non sono diventati professionisti lanciando rose e fiori.»

Sorrido.

«Adesso che abbiamo chiarito tutto, ecco cosa succederà.» Abbassa il piede sul pavimento e si sporge in avanti, riordinando i documenti sulla scrivania. «Non conosco ancora tutti i dettagli, ma credo che sarai sospeso per le prossime due partite e che dovrai pagare una multa di cinquemila dollari.»

Sussulto. Me l'aspettavo, ma è una grossa somma per un esordiente, quindi sarà una batosta.

«Durante la tua sospensione, verrai qui di mattina presto per aiutare gli addetti all'attrezzatura. Farai più esercitazioni e giri intorno al campo degli altri membri della squadra. Ti tratterrai più a lungo per dare una mano con il bucato.» Faccio una smorfia e gemo. Lui sorride. «Vedo che è passato parecchio tempo dall'ultima volta che hai dovuto smistare gli indumenti per gli allenamenti. Ottimo. Credo che questo basti.»

«Sì, lo credo anch'io.»

«Bé, sono contento che abbiamo fatto questa chiacchierata. Smettila di farti condizionare dalle loro frecciatine. Sei più in gamba di così.»

«Sì, signore» rispondo, prima di dirigermi verso la porta.

«Flanigan.»

«Sì?» Mi volto rispettosamente verso di lui quando riconosco quel tono di voce. Ha smesso di essere comprensivo nei miei confronti.

«Non mi importa chi sia tuo padre o quali favori possa ottenere» dice, puntando una penna contro di me. «Se fai un'altra bravata simile, ti rispedisco nella squadra riserve talmente in fretta che i tuoi tacchetti prenderanno fuoco. Sono stato chiaro?»

«Sì, signore.»

«Bene. Ora va' negli spogliatoi. Hai del bucato da fare.»

CAPITOLO 26

TIFFANY

SPALANCO LA PORTA quando Rowen bussa. Per quanto sia stata male negli ultimi giorni, la sua pubblica dichiarazione d'amore ha lenito gran parte di quel dolore. Abbiamo ancora alcune cose di cui discutere, ma il fatto che abbia rischiato il suo nuovo ruolo da titolare per chiedermi scusa mi fa capire quanto faccia sul serio con me.

«Che cosa... che cosa ci fai con quelli?» chiedo, trovandomelo di fronte con in mano un mazzo di fiori, dei palloncini colorati, un bigliettino e un'enorme scatola di cioccolatini. «Sai che non è il mio compleanno, vero?»

Rowen mi rivolge un sorriso imbarazzato. «Non sapevo bene come scusarmi con te, quindi può darsi che abbia un po' esagerato.»

«Tu dici?»

«Non volevo lasciare nulla al caso.»

Lo attiro verso di me. «Vieni dentro» dico, chiudendo la porta dietro di noi e togliendogli i fiori di mano. Lui mi segue in cucina, dove tiro fuori l'unico vaso che possiedo. «Per quante partite sei stato sospeso?»

«Solo due» risponde, posando gli altri regali sul bancone. «E mi sono beccato anche una multa di cinquemila dollari.»

Faccio una smorfia. «Ahia.»

«Ma non è questo il peggio. Per l'intera durata della sospensione, devo restare fino a tardi ogni giorno per aiutare con il bucato.»

Scoppio a ridere. «È terribile.»

«Lo so. Me lo merito, però avrei preferito avere una multa più salata.»

Poso il vaso di fiori sul bancone e mi piego in avanti sui gomiti. «Cos'è successo in campo, Rowen? Sei sempre così concentrato mentre giochi. È uno spettacolo guardarti, ma stasera hai perso il controllo.»

Lui si infila le mani nelle tasche anteriori dei jeans e abbassa lo sguardo sul pavimento. «Mi sono lasciato condizionare dalle provocazioni. Gli ho permesso di mandarmi in bestia.»

«Questa non è la prima volta che ti stuzzicano. Sai che devi ignorarli.»

«Lo so, e finora non mi ha mai dato fastidio.»

«Cos'è cambiato?»

Rowen sospira. «Gli insulti riguardavano te.»

Mi stacco dal bancone e lo prendo per mano. «Sediamoci.»

Ci accomodiamo l'uno accanto all'altra sul divano. Rowen si porta immediatamente la mia mano in grembo.

«Quello che mi ha fatto soffrire di più l'altra sera non ha niente a che fare con quello che mi hai detto» dico.

«Davvero?»

«Non ho mai messo in discussione le cose che ho fatto in passato.» Osservo i palloncini che fluttuano nell'aria. «Ma poi sei arrivato tu, e mi sono resa conto che le persone stavano soffrendo a causa delle mie azioni.»

«In che senso?»

«Andare a letto con un uomo sposato fa star male sua moglie. Sarò anche stata solo un corpo caldo in quella circostanza, ma ho preso parte all'azione che l'ha ferita. Ciò potrebbe far soffrire anche i loro figli. Stavo cercando di venire a patti con quella consapevolezza quando improvvisamente sei venuto da me in preda alla rabbia e ho scoperto che Mack non è l'amico che credevo che fosse.» Scuoto la testa disgustata.

«Mi dispiace tanto, Tiffany. Non avrei mai dovuto dirti quello che è successo.»

«Sono contenta che tu l'abbia fatto. In qualche modo, ha consolidato le cose su cui mi stavo interrogando.»

«Vale a dire?»

«Ho commesso degli errori stupidi con le persone sbagliate. Cioè, se avessi fatto le stesse cose con Christian, o persino Daniel quand'era single, sarebbe stato differente. Perché loro non mi avrebbero usata per tradire qualcun'altra, né avrebbero usato questo fatto contro il mio ragazzo in seguito, il che è completamente diverso da quello che è successo.» Inarco un sopracciglio. «Avevo anche bisogno di sapere in che misura mi stessero usando contro di te in campo, cosa che tu non mi hai mai menzionato. Ha dovuto dirmelo Quincy.»

Rowen si muove a disagio. «Non volevo che sapessi quello che dicevano su di te. Sapevo che ti avrebbe ferita, e stavo cercando di proteggerti.»

«Ma non ha funzionato. Ha soltanto peggiorato le conseguenze.» Lui annuisce. «Sono abituata ad essere chiamata puttana, rovinafamiglie e così via. Non mi turba affatto. Penso che dia più fastidio a te che a me.»

«Perché non meriti di essere chiamata in quel modo.»

«Non è questo il punto. Il punto è che le parole hanno potere solo se glielo permetti. Con il lavoro che faccio, lo so meglio di chiunque altro. Oggi hai lasciato che quelle parole avessero potere su di te in campo, è questo ti ha fatto ottenere una grossa penalità, incluso lavare i panni sporchi. Io invece ho lasciato che le parole avessero potere quando sei venuto qui l'ultima volta, e mi sono ritrovata con il cuore spezzato.»

Lui sussulta.

«Non fraintendermi. Sono molto, molto arrabbiata con Mack. Scattarmi una foto senza dirmelo e passarla in giro, usarla per divertimento e per farti irritare... questo è oltrepassare il limite, oltre che umiliante. Ma non vale la pena infuriarsi per delle volgarità abbellite dette da ragazzi che erano così ubriachi che dubito i loro ricordi siano accurati.»

«Quella foto... è stata la prima volta che ti ho vista nuda» sussurra. «Detesto che ci abbia rovinato quel momento.»

«Non l'ha fatto» gli assicuro. «Quando quel momento arriverà, sarà completamente diverso da quella foto. Perché non sarà soltanto sesso. Sarà un momento in cui esprimerò il mio amore per te.»

Faccio scorrere la punta delle dita lungo la barba sulle sue guance.

«Mi dispiace tanto di essere stato un coglione» dice.

«Sei un ragazzo. Capita.»

Sorride. «Non succederà più. Non sarò più geloso di ciò che non ho avuto. Mi concentrerò esclusivamente su quello che *ho*. Perché ti amo.»

«Ti amo anch'io.»

Poi mi bacia. Non è un bacio gentile. È intenso, appassionato e intriso di sollievo. È un bacio riappacificatore. Uno che potrebbe condurre a del sesso riparatore, ma non accadrà.

Mi ritrovo distesa di schiena con Rowen sopra di me che mi bacia lungo il collo. «Devo mandarti a casa per una doccia fredda?» chiedo.

«No.» Sento il suo respiro sul collo, e mi viene la pelle d'oca. «Non vado da nessuna parte stasera. Trascorrerò la notte nel tuo letto, con le braccia avvolte intorno a te mentre ti sussurro all'infinito quanto ti amo, finché non ti addormenterai tra le mie braccia.»

«Mi sembra fantastico.»

Ed è esattamente quello che facciamo.

CAPITOLO 27

ROWEN

LA SENSAZIONE di qualcuno che si muove contro di me mi sveglia. Impiego un secondo a ricordare dove sono, ma quando sento il suo corpo caldo rannicchiato accanto al mio e inspiro l'odore dei suoi capelli, mi ritorna tutto in mente. Sorrido.

«Perché stai sfregando il culo contro il mio uccello?» dico tra i suoi capelli, rifiutandomi di muovermi.

«Perché stai sfregando l'uccello contro il mio culo?» replica lei.

«Non lo stavo facendo. Mi sono svegliato perché mi stai eccitando.»

Percepisco, più che vedere, il suo sorriso. «In mia difesa, quando mi sono svegliata, la tua erezione mattutina mi stava pungolando il sedere. Era davvero sexy.»

Ridacchio, poi sospiro. «Che ore sono?»

Tiffany solleva la testa per guardare l'orologio. «Le sei e mezza.»

«Non riesco a credere che ci siamo addormentati così presto ieri sera»

«Io sì. Non ho dormito molto bene nell'ultima settimana. Ero molto stanca.»

La stringo maggiormente a me. «Mi dispiace tanto, tesoro.»

«Smettila di scusarti, Rowen. È acqua passata. Voglio andare avanti.»

«Ok. A che ora devi essere al lavoro?»

«Non prima dell'una e mezza. Tu?»

«Alle otto.»

Lei alza la testa e si gira a guardarmi. «Eh? Perché così presto?»

«Devo preparare l'attrezzatura prima che inizino gli allenamenti. Fa parte della mia punizione.»

«Ugh. Che disdetta.»

«Che ci vuoi fare.»

«No, il bucato e tutto il resto te lo meriti. Ma dal momento che sei già sull'attenti, speravo di divertirci un po'. Se abbiamo tempo.» Allunga la mano all'indietro tra di noi, afferrandomi il membro e strizzandolo.

Inspiro bruscamente. «Porca miseria, Tiffany. È bellissimo.» Mi accarezza attraverso i pantaloni, e automaticamente inizio a muovermi contro la sua mano. «Voltati. Ho bisogno di baciarti.»

Lei si blocca. «Aspetta.» Getta via le coperte e balza giù dal letto, correndo verso il bagno. Qualche secondo dopo, torna con una bottiglia di collutorio e un bicchiere di plastica in mano. «Sciacquati la bocca» mi ordina.

Sorrido e prendo un sorso di collutorio, facendolo roteare nella bocca mentre lei fa lo stesso. Dopo che sputa nel bicchiere, lo porge a me. «Sputa. Adesso l'alito mattutino è sparito.» Sputo e a malapena riesco a posare il bicchiere sul comodino prima che Tiffany si metta a cavalcioni su di me e mi divori con le sue labbra.

Santa madre di Dio, questo sì che è sexy. Sono disteso di schiena, con Tiffany sopra di me che mi stringe il viso tra le mani mentre ci baciamo. Le nostre lingue si intrecciano appassionatamente e i nostri respiri vengono fuori ansanti mentre respiriamo con il naso per non interrompere il contatto delle nostre bocche.

Faccio scivolare le mani sotto la sua camicia da notte. Sapevo che non indossava il reggiseno, ma sentire la morbida pelle della sua schiena nuda mi fa quasi perdere il controllo. Le sfioro i lati del seno coi pollici, desiderando di spingermi un pochino oltre, ma non voglio farle pressioni. Soprattutto dopo quello che è successo negli ultimi giorni.

«Va tutto bene» sussurra contro la mia bocca. «Puoi toccarmi.»

Faccio scorrere le mani sui suoi seni e le sfrego leggermente i capezzoli coi pollici. Si induriscono all'istante e il mio uccello si contrae in risposta. Sollevo l'orlo della sua camicetta ma prima di sfilargliela, le domando: «Posso?»

Non farò nulla senza chiederle il permesso, specialmente ora. Voglio darle la possibilità di scegliere e non dare per scontato che lei sia d'accordo con tutto.

Quando annuisce, le sfilo la camicia dalla testa, svelando la visione più bella che abbia mai visto. Osservo i suoi seni nudi solo per pochi secondi, perché ho bisogno di starle più vicino. Mi metto seduto sul letto, con lei ancora sul mio grembo, e comincio a tracciare una scia di baci lungo il suo collo, il suo petto, i suoi seni, soffermandomi su di essi solo per succhiare e mordicchiare delicatamente i capezzoli, rendendoli ancora più duri. Mentre la faccio rotolare sulla schiena, la bacio lungo l'addome, fin sotto l'ombelico. Infilo le dita sotto l'elastico delle sue mutandine nere di seta, ma poi mi fermo e la guardo, in attesa del suo permesso.

«Cosa stai facendo?» domanda, ritraendosi da me. D'un tratto sembra timida, riservata e insicura.

«Voglio guardarti» dico a bassa voce. «Voglio assaggiarti. Posso?»

Tiffany si morde il labbro inferiore e serra le gambe. Non so se stia cercando di trovare un po' di sollievo o se sia nervosa.

Si schiarisce la gola. «Non lo so.» La guardo con espressione interrogativa. «Cioè, va bene. È solo che... nessuno mi ha mai fatto questo prima d'ora.»

Tutto il mio corpo si immobilizza, tranne che per le sopracciglia, che scattano verso l'alto. «Nessuno ti ha mai baciata lì?» Lei scuote il capo. «Mai?» Poso la testa sulla sua pancia, incredulo.

«A cosa stai pensando?»

Riporto lo sguardo su di lei. «Sto pensando a quanto mi ecciti questo fatto. Sarò il primo a farlo.» Un ampio sorriso spunta sul suo viso. La faccio distendere sul letto. «Mettiti comoda, piccola.»

Le abbasso le mutandine e le faccio scivolare lungo le sue lunghe gambe, poi le divarico le cosce e mi sistemo tra di esse. Le sue bellissime labbra rosa sono già bagnate, e odora in maniera divina, cazzo. Tiffany mi guarda con le palpebre abbassate, il petto ansante per la trepidazione. Senza staccare gli occhi dai suoi, abbasso la testa e le lambisco il clitoride con la lingua. I suoi fianchi scattano verso l'alto.

«Rowen!» grida, infilandomi le mani nei capelli. Io sorrido e passo la lingua lungo la sua fessura, ascoltandola gemere di piacere. «Porca vacca, non pensavo che fosse così» mugola.

«E com'è?» La lecco e bacio dappertutto, gustandomi il suo sapore muschiato. Il suo clitoride è roseo e turgido. Adoro tutto della sua figa. È perfetta.

«È una sensazione morbida e calda» dice, chiudendo gli occhi e roteando il bacino contro di me. «Sembra quasi...» Sussulta quando infilo la lingua dentro di lei. «Sembra quasi... non lo so, non riesco a pensare.»

Ridacchio contro il suo sesso, facendola gemere di nuovo. «Bene. Non pensare.»

Trascorro i successivi minuti a baciarla, leccarla e penetrarla con la lingua. Cambio ritmo più volte, aiutandola ad avvicinarsi all'orgasmo ma senza mai portarla lì. Quando è così vicina da cominciare a sfregarsi contro la mia bocca, affondo la lingua con forza. Una, due, tre volte, poi la ritraggo e le catturo il clitoride tra le labbra.

Tiffany solleva di scatto i fianchi e grida quando viene sopraffatta dall'orgasmo. Continuo a succhiare e a lambire il suo clitoride con la lingua finché non è passata l'ultima ondata di piacere.

Quando infine si accascia sul letto, immobile eccetto che per il movimento ansante del suo petto, scivolo lungo il suo corpo, baciandola mentre lo faccio. Mi accoccolo dietro di lei, la attiro contro il mio petto e seppellisco il viso tra i suoi capelli.

«Accidenti» mormora. «È stato... incredibile. E l'hai fatto senza... cioè, hai fatto tutto quello usando solo la lingua.»

«Apparentemente, la lingua è il muscolo più forte del corpo. Non dovresti essere così sorpresa dalle mie capacità.»

Tiffany mi massaggia un braccio in maniera distratta. «Non credevo che potesse essere così.»

«Nemmeno io.»

Rimaniamo in silenzio per alcuni minuti, crogiolandoci nella reciproca compagnia.

«Vuoi il collutorio?» mi chiede dopo un po'.

«Perché?»

«Sono sicura che non dovevo avere un gran sapore.»

«Tieni quel collutorio lontano da me» dico. «Voglio sentire il tuo sapore sulle mie labbra finché non devo andare al lavoro. Sei meravigliosamente deliziosa.»

Lei ride di cuore alle mie parole. «Non vuoi sentire il mio sapore anche mentre sei al lavoro?»

«Oh, lo vorrei» dico. «Ma che io sia dannato se lascerò che uno di quegli stronzi senta il tuo odore addosso a me. Quello appartiene solo a noi due.»

Tiffany mi bacia il palmo della mano. «Mi piace come suona.» Si rannicchia contro di me e ci appisoliamo finché la sveglia non ci desta di nuovo, costringendoci a uscire dalla nostra bolla d'amore e ritornare nel mondo reale.

CAPITOLO 28

TIFFANY

«BUONGIORNO, CALEB» dico con un sorriso rilassato sul viso. Sarà anche successo qualche ora fa, ma fare sesso orale di prima mattina è un ottimo modo per cominciare bene la giornata.

«Ehi, Tiffany. Ti sei divertita alla partita di ieri sera?» Mi guarda con espressione maliziosa mentre prendo la posta dalla mia cassetta delle lettere.

«Immagino tu abbia visto la clip?»

«L'hanno vista tutti. La stanno trasmettendo su ESPN da diciotto ore.»

«Suppongo che sia un modo buono come un altro per farmi notare da loro.»

«Presumo che quel grosso sorriso che hai sulla faccia si debba a quello che è successo dopo la partita?»

«Caleb» dico in tono di avvertimento. «Non sono affari tuoi.»

«Oh, suvvia. Non sapevo nemmeno che stessi uscendo con quel calciatore, e improvvisamente lui salta sugli spalti per pomiciare con te nel bel mezzo della partita?» Il suo istinto di giornalista sta venendo fuori, ma per adesso ho intenzione di tenere la bocca chiusa.

«Lascia perdere, Caleb.»

«Non posso, Tiffany.»

«Puoi eccome, invece. Altrimenti...»

«Altrimenti cosa?»

Mi volto per guardarlo dritto negli occhi. «Altrimenti getterò il malocchio su di te e sui tuoi scanner radio.»

«Non lo faresti mai.»

«Sì, invece.»

Caleb corruga le labbra. «D'accordo, ma mi aspetto un resoconto dettagliato quando sarai pronta. Devo assicurarmi che questo ragazzo sia alla tua altezza.»

Raccolgo le mie cose per andare al piano di sopra. «Affare fatto. Voglio un po' più di tempo per godermi questa storia senza intrusioni.»

«Da quanto tempo vi frequentate?»

«Da qualche mese» rispondo mentre salgo le scale.

«Qualche mese?» grida alle mie spalle. «Sei brava a mantenere i segreti, eh?»

«Oh, Caleb» gli grido di rimando. «Sai che non sono una rana dalla bocca larga.»

Lo sento borbottare, ma non riesco a capire cosa dice. Credo che abbia qualcosa a che fare con il sorriso sul mio viso, ma sono pronta a mettermi al lavoro, quindi lo lascio perdere.

Eseguo la mia solita routine: avvio i computer, accendo i monitor, controllo le email.

«Penso che sia ora di fare quell'intervista esclusiva» dice Steve alle mie spalle. Me l'aspettavo. Mi volto a guardarlo. «Rowen è sul radar di ogni singola stazione televisiva. Se non hanno ancora capito chi è suo padre, lo faranno presto, e tu mi hai promesso uno scoop.»

«Ci sto pensando da stamattina» ammetto, mentre lui si dirige verso il suo ufficio. «Per quanto mi piaccia stare nel bozzolo che ho creato con Rowen, hai ragione.»

Dopo aver posato le sue cose sulla scrivania, Steve ritorna da me e prende posto davanti al computer accanto al mio. «Voglio un servizio completo. Scova qualche video delle partite di suo padre e vedi se riesci a trovare delle foto di quand'era bambino. Sai cosa fare. Ma voglio che tu ne resti fuori. Completamente.»

«Perché? Ho in mano questa storia da mesi. Dovrei essere io a scriverla» obietto.

«E non l'hai mai pubblicata perché tieni a quel ragazzo e ai suoi sentimenti. Non perché stessi aspettando di scovare altre informazioni. Ti ho concesso del tempo perché ci tengo a te. Ma adesso sei troppo coinvolta da questa storia. Forse ne fai addirittura parte.» Punta la penna verso di me. «Prepara le interviste, fai le ricerche e passa tutto a Mannie.»

Sbuffo. «Va bene. Ma se dovesse chiamare la ESPN, sono io quella che ha trovato lo scoop mesi fa.»

Steve sorride. «Tesoro, se la ESPN dovesse chiamare, mi prenderò io il merito. Sono pronto per un avanzamento di carriera, e ho già raggiunto la vetta massima qui a Houston.»

«Basta che tu metta una buona parola per me affinché io prenda il tuo posto.»

«È tuo. Vedrai che fra dieci anni tu ed io saremo una forza da non sottovalutare nell'ambito del giornalismo sportivo.»

«Io dico cinque anni» rispondo mentre recupero il numero del dipartimento di Pubbliche Relazioni del Mutiny. Avvio la telefonata e trascorro i successivi dieci minuti a pianificare interviste.

Tuttavia, la ricerca di materiale per l'articolo si rivela più difficile del previsto.

Ci sono varie clip delle partite di vent'anni fa, ma la qualità video è piuttosto scarsa. Se non fosse per i capelli e il talento di Flanigan, sarebbe davvero difficile distinguerlo dagli altri giocatori. E c'è solo una foto di Rowen con suo padre di quel periodo.

Tamburello la penna sulla scrivania, pensando. Probabilmente, potrei chiedere a Rowen qualche fotografia di quand'era bambino, ma avrei la sensazione di approfittarmi di lui. Dato che devo comunque cedere le informazioni a qualcun altro, non vale la pena mettere Rowen in imbarazzo.

Il mio telefono squilla. Parli del diavolo... «Ehi, bellissimo.

Com'è andata con il bucato?» Mi rilasso contro lo schienale della sedia e distendo le gambe, sorridendo.

«Ti amo, Tiffany, ma non salterò mai più sugli spalti per baciarti» dice con una risatina. «Solo la puzza dei calzini basta a farmi passare la voglia.»

«Se avessi saputo le tue intenzioni, te l'avrei detto che non ne valeva la pena» rispondo scoppiando a ridere. «Non voglio nemmeno sapere delle mutande sporche.»

Lui geme. «Basta. Ero finalmente riuscito a lasciarmi alle spalle quell'incubo. Ricordami di comprare dei guanti industriali prima di domani.»

«Com'è andato l'allenamento, a parte questo?»

«È stato sfiancante. Il coach mi aveva avvertito che avrei fatto più esercizi e giri intorno al campo di chiunque altro, ma non mi aveva detto che sarebbero stati quasi il doppio.»

«Oh, povero piccolo. Vuoi che ti faccia un massaggio completo quando torno a casa stasera?»

«Ci sono io qui!» grida Steve. «Niente sesso telefonico mentre sono in ufficio.»

Gli mostro il dito medio.

«Chi era?» chiede Rowen.

«Steve, il mio capo. Ignoralo. Possiamo fare sesso telefonico se vogliamo.» Steve emette un gemito lamentoso e io gli faccio la linguaccia.

«Sarebbe un po' imbarazzante, piccola. Persino per te.»

«Ah ah» dico, facendo dell'umorismo. «Come mai mi chiami mentre sono al lavoro? Di solito mi scrivi.»

«Di solito non ricevo richieste dal dipartimento di Pubbliche Relazioni per rilasciare interviste con le stazioni TV locali riguardo alla mia carriera calcistica e ai precedenti sportivi della mia famiglia.»

Faccio una smorfia. «Scusa. Non ho avuto tempo di scriverti un messaggio. Sei arrabbiato?»

Rowen sospira. «No. Però sai quanto io detesti stare di fronte alla telecamera. Preferirei che ci fosse Daniel o Santos. Un membro della squadra più importante di me.»

«Ah, non preoccuparti. Anche Daniel verrà intervistato. E pure il tuo coach.»

«Non volevo che questa cosa si trasformasse in un affare di stato.»

«Lo so, tesoro. Ma l'istante in cui sei salito sugli spalti, i tuoi sentimenti sono andati in secondo piano. Se non sarò io a fare il servizio, sarà qualcun altro.»

«Non sei l'unica ad aver chiamato l'ufficio delle pubbliche relazioni quest'oggi.»

«No? Ti hanno fissato altre interviste?» Steve smette di battere sulla tastiera e incrocia i miei occhi. So cosa sta pensando. È preoccupato che abbiamo aspettato troppo a lungo prima di divulgare questa notizia e ora abbiamo perso l'esclusiva.

«Bé, ne abbiamo parlato, ma ho chiesto se potevamo posticipare le altre interviste fino alla settimana prossima. Sai, c'è questa magnifica ragazza di Channel Four che cerca continuamente di infilarsi nei miei pantaloni e volevo assicurarmi che avesse lei l'esclusiva.»

«Yeah!» strillo, saltellando sulla sedia. «Grazie, tesoro, grazie! Ti farò un servizietto così perfetto che non sarai in grado di sederti per un po' di tempo tanto doloranti saranno le tue palle.»

Steven fa una faccia inorridita e si copre le orecchie con le mani. «Sono ancora qui. Non voglio sapere queste cose.»

Getto la testa all'indietro e rido.

«Perché dici cose simili davanti alle persone, Tiffany?» domanda Rowen.

«Per il gusto di scioccarle. Il mio obbiettivo nella vita è di mettere Steve in imbarazzo. A giudicare dall'espressione sul suo viso e da come dondola e si succhia il pollice in un angolo, penso di esserci finalmente riuscita.»

«Sta facendo davvero così?»

«No.»

Rowen ridacchia. «Vado a casa per cambiarmi e indossare

qualcosa di più appropriato per la TV. Hai qualche idea di quando andrà in onda l'intervista?»

«Oggi siamo pieni, quindi penso che la trasmetteremo domani.» Steve me lo conferma sollevando i pollici.

«D'accordo» dice Rowen con rassegnazione. «Lo dico a mia madre così che possa vederla in diretta.»

«Fai bene. E dico sul serio riguardo a quel massaggio. Assicurati di rilassare di nuovo i muscoli dopo l'intervista. Sarai indolenzito domani.»

«Lo farò, piccola» dice ridacchiando. «Ti amo.»

«Ti amo anch'io.»

Dopo che ci salutiamo, getto il telefono sulla scrivania e incrocio lo sguardo di Steve.

«Abbiamo l'esclusiva?» chiede.

«È riuscito a rimandare tutti gli altri appuntamenti alla settimana prossima.»

«Ottimo lavoro.» Steve balza su dalla sedia e mi dà il cinque. «ESPN, arriviamo!»

CAPITOLO 29

ROWEN

TRE SQUILLI e la faccia di mia madre appare sul monitor di fronte a me.

«Ciao, mamma.»

«Ciao, Rowen. Come ti senti?» chiede, bevendo un sorso di tè.

«Dolorante. Terribilmente dolorante.»

«Te lo meriti dopo la bravata che hai fatto l'altro giorno.»

«Ciao anche a te, papà» dico, mentre lui trascina una sedia accanto a mamma e si siede, con tutta l'aria di volermi fare una predica.

«Ti spiacerebbe spiegarmi il tuo comportamento?» domanda.

Non importa che sia un adulto ormai. Non importa che sia un giocatore professionista. Per lui sono ancora il suo bambino, e nessun stipendio, ruolo o età gli impedirà di farmi una ramanzina.

Sospiro. «Ho abboccato alle provocazioni degli avversari.»

«Si tratta di quella ragazza, vero? Quella groupie?»

«Ryan» lo rimprovera mia madre gentilmente, posandogli una mano sul braccio.

«No» ribatte lui. «Stava andando alla grande finché non è arrivata lei, mentre ora fa a pugni e si mette in ridicolo. Cosa dovrei pensare?»

«Che ho fatto una cazzata e che adesso sto scontando la mia punizione da vero uomo, papà. Devi smetterla di incolpare Tiffany. Lei non c'entra niente con questo.»

Lui grugnisce in segno di disapprovazione.

«Dico sul serio, papà. Hanno scoperto la mia debolezza e ne hanno approfittato, ma non succederà più.»

«La tua debolezza è una donna, quindi accadrà di nuovo.»

Mi strofino la testa per la frustrazione. «Lo so. Io e Tiffany ne abbiamo parlato a lungo, e mi ha ricordato alcune cose importanti che avevo dimenticato. È tutto risolto, sia con la squadra che con lei. Sono di nuovo in carreggiata adesso. Non preoccuparti.»

«Ryan» interviene mamma. «Rowen non ha mai avuto una relazione simile finora. Penso che dovresti dargli un po' di tregua.»

Mio padre si volta a guardarla. «Rowen è mio figlio. Il calcio ce l'ha nel sangue. Lui, più di chiunque altro, dovrebbe sapere che non doveva fare ciò che ha fatto.»

Lei incrocia il suo sguardo torvo senza paura. «Suppongo che tu ti sia dimenticato di Frederick Schneider.»

Papà geme. «Non è la stessa cosa, amore. Noi stavamo per sposarci.»

«Ci conoscevamo da tre mesi. Rowen frequenta questa ragazza già da più tempo. Come sai che non si sposeranno?»

«Un attimo» dico, appoggiando i gomiti sulla scrivania. «Di cosa state parlando? Chi è Frederick Schneider?»

«Ha giocato con tuo padre anni fa per un breve periodo di tempo. Non ricordo se si sia infortunato o se sia stato espulso dalla squadra ad un certo punto.»

«Probabilmente ha simulato quell'infortunio, quel cagasotto.»

Mamma gli rivolge un'occhiataccia per farlo tacere. «Era davvero geloso di tuo padre. Non ha mai avuto ottime abilità atletiche né un bell'aspetto, però conosceva il punto debole di tuo padre, ovvero io. Per un po', tuo padre l'ha ignorato. Ma un giorno ha oltrepassato il limite.»

«Altro che oltrepassare il limite!» dice papà, sbattendo la mano sul tavolo. «Nessuno può darti della troia e passarla liscia. Sapeva in cosa si stava cacciando quando ha iniziato a sputare veleno su di te, definendoti una donna facile. All'epoca eri stretta come una vergine, e lo sai.»

«Ah! Papà!» urlo. «È di mia mamma che stai parlando. Non ho bisogno di sapere queste cose.» Faccio una smorfia e un suono che ricorda un conato di vomito.

«Oh, smettila» dice mia madre con una risata. «Sei adulto e vaccinato, Rowen. Non fingere di non sapere cosa fanno le persone sposate quando si amano. E tu» continua, rivolgendosi a papà. «Non essere così dettagliato. Metterai a disagio quel poveretto di nostro figlio.»

Poi, tornando all'argomento principale, dice: «Penso che tu abbia imparato un'importante lezione, Rowen. Questa è la prima volta che qualcuno ti fa arrabbiare così tanto, ed è venuto fuori un lato davvero brutto di te. Un lato che non ho mai visto prima.» Abbasso la testa. Mi dispiace che mia madre abbia visto questo lato di me. E che l'abbiano visto anche tutti gli altri, se è per questo. «Ma l'hai fatto perché sei innamorato di lei. Anche questo non era mai successo prima. Se sei disposto a gettare al vento la tua carriera, dev'essere una ragazza davvero speciale.»

Le sorrido. «Non sai quanto.»

Lei rivolge a mio padre un sorrisetto malizioso. «Oh, credo di sì, invece. Sei più simile a tuo padre di quanto pensi.»

Papà grugnisce e cerca di reprimere un sorriso. Non è ancora pronto a smettere di tenermi il muso, ma sa che mamma ha ragione.

«Adesso che abbiamo risolto questa questione, come va la tua alimentazione?»

Chiacchieriamo un po' sul mio bisogno di aumentare l'assunzione di proteine ora che i miei allenamenti sono più intensi e dei benefici di una dieta carica di carboidrati. Mia madre non ha avuto una carriera dopo il college, ma ha fatto più ricerche sull'alimentazione corretta per gli atleti di chiunque altro io conosca. I miei compagni di squadra erano soliti parlare con lei per ricevere dei consigli.

Prima che me ne accorga, sono le dieci e diciotto. Quasi ora per il segmento sportivo.

«Avete aperto il sito web?» chiedo, mentre riduco la schermata di Facetime e inserisco le informazioni per accedere a Channel Four. «Appena la pagina si carica, dovremmo riuscire a vedere il segmento in diretta streaming.»

«Sì» dice papà, digitando sulla tastiera. «Lo sto aprendo ora.»

Un altro paio di clic e sono dentro. «Ci sono.»

«Anche noi.»

Proprio in quel momento, parte la sigla del segmento sportivo.

«Vedremo anche Tiffany?» domanda mia madre.

«No, mamma. Lei è la produttrice. È nella cabina di controllo adesso.»

«Cabina di controllo?»

«È una stanza in cui i produttori e i registi si siedono e danno istruzioni su ciò che accadrà.»

«Oh.»

«Abbiamo visto tutti le clip più volte» dice Manny, il conduttore sportivo, comparendo sul monitor. «Rowen Flanigan, centrocampista del Texas Mutiny, ha preso a pugni un avversario durante la partita dell'altro giorno.»

«Ci siamo» dico sottovoce, i nervi a fior di pelle. L'intervista in sé non è male. Semplicemente, non mi piace vedermi sullo schermo. Ma questo è un reportage di Tiffany, ed è importante per la sua carriera. Non voglio perdermelo per nulla al mondo.

«Dopo essere stato espulso dal gioco, non è andato direttamente negli spogliatoi» continua Mannie. «No, si è arrampicato sugli spalti per parlare con la sua ragazza. Cosa sta succedendo? Ci siamo seduti con lui per parlarne in un'intervista esclusiva.»

Viene mostrato un video della squadra durante gli allenamenti, incluso una ripresa da lontano di me che corro intorno al campo mentre i miei compagni fanno una pausa per bere, con il reporter che spiega che questo fa parte della mia punizione.

Gemo.

«Ben ti sta» commenta mio padre. Non posso dargli torto.

Poi il video passa ad un'altra scena di me seduto su un divano nell'ufficio delle pubbliche relazioni.

«Rowen!» strilla mia madre. «Non riesco a credere che tu abbia indossato quell'orribile berretto in TV.»

«Sai che odio i miei capelli, mamma.»

Papà ridacchia.

«I tuoi capelli sono il tuo segno distintivo.»

«No, sono il segno distintivo di papà. Ecco perché indosso il berretto.»

Mia madre smette di parlare per ascoltare la trasmissione con attenzione.

Il reporter parla della nostra famiglia e mostra delle vecchie clip di mio padre che gioca. Ci sono anche un paio di fotografie che ci ritraggono in uno degli stadi europei quand'ero bambino.

«Oh» sussurra mia madre. «Ricordo quel giorno.» Sembra quasi commossa nel vedere mio padre nei suoi giorni di gloria e me quand'ero un piccolo moccioso.

Il servizio ritorna ai giorni nostri e all'intervista che ho rilasciato ieri.

«Sei un centrocampista» dice il giornalista.

«Sì» rispondo con un cenno del capo.

«Parecchie persone pensavano che saresti diventato un attaccante, come tuo padre.»

«Me lo dicono spesso.»

«Come mai hai scelto un ruolo così diverso?»

«Penso che all'inizio stessi cercando di prendere le distanze da mio padre.»

«Non ti piace essere il figlio di Ryan Flanigan?»

«No, non intendo questo.» Mi muovo a disagio sul divano. «Sono orgoglioso di essere suo figlio. È un padre fantastico, e non mi vergogno di lui. Semplicemente, non volevo rovinare tutto.»

«In che senso?»

«È terribilmente difficile calcare le sue orme. Durante gli anni ribelli della mia adolescenza, non volevo che la gente ci paragonasse. Volevo essere una persona e un giocatore a sé stante.»

«Adesso non ti importa se ti paragonano a lui?»

«Non più. Ma credo che in parte sia dovuto al fatto che ora sono sicuro delle mie capacità, ed è quasi impossibile esserlo da bambini. Abbiamo stili simili in campo, ma anche abilità molto diverse. Lui è sempre stato più aggressivo. Ciò lo rende un buon attaccante. Io sono un tipo più riflessivo, il che fa di me un buon difensore.»

«Fai ancora delle partitelle con tuo padre?»

Un grosso sorriso spunta sul mio viso. «Quelle sono il minimo quando torno a casa.» Sia io che il reporter scoppiamo a ridere. «Mi fa correre un sacco e mi fa sollevare tanti pesi pesanti. Un paio di mesi fa, non gli piaceva la mia flessibilità, così mi ha fatto frequentare con lui un corso di yoga tutti i giorni. Sono dovuto tornare ai miei abituali allenamenti solo per riposarmi un po'.»

Mio padre sbuffa una risata mentre mia madre ridacchia. Io invece sono nervoso, perché so quale domanda sta per arrivare: quella a cui non volevo rispondere e che Tiffany non sa nemmeno che mi è stata posta. Infatti, la clip di me che salgo sugli spalti compare sullo schermo. Di nuovo.

«Riguardo l'incidente che è successo lo scorso fine settimana...»

«Ah...»

«E la ragazza.»

Mi strofino la faccia ed emetto un gemito. «Speravo che non mi avresti chiesto di lei.»

«Ovvio che devo farlo.»

«*Ovvio.*»

«*È la domanda che si stanno ponendo tutti.*»

«*Lo so.*»

«*Chi è lei?*»

«*Non hai qualche idea?*»

«*Sembra che tu stia uscendo con la nostra produttrice sportiva, Tiffany Wendel.*»

«*Mi è concesso rispondere "no comment"?*» Sono rosso come un peperone, anche se sto sorridendo.

«*Puoi farlo, ma il video parla da sé, non credi?*»

Sospiro. «*Sì, lo so. Dirò solo che... ehm... accidenti, amico, mi ucciderà per questo.*»

Mannie ride. «*Ucciderà prima me, quindi non pensare di essere l'unico nei guai.*»

«*Dirò solo che è una ragazza fantastica. Sei fortunato a poter lavorare con lei tutti i giorni. Sono un po' geloso, in effetti.*»

Mannie torna sullo schermo quando l'intervista registrata termina. «Hai ragione, Rowen. Siamo davvero molto fortunati ad averla nel nostro staff. Nel frattempo, oltre che aiutare gli addetti alla lavanderia, Flanigan deve scontare una sospensione di due partite e pagare una multa di cinquemila dollari. I funzionari della lega sportiva dicono che sia una giusta punizione, dato che non ha precedenti di alcun tipo. Passando al baseball, gli Houston Astros si stanno preparando ad iniziare la loro stagione...»

Abbasso il volume sul mio computer.

«Te la sei cavata bene, figliolo. Da vero professionista.»

«Grazie, papà.»

«Assumerti la responsabilità è stata la cosa giusta da fare. I funzionari della lega vedranno il servizio e capiranno di aver preso la decisione giusta.»

«Anche se non dovessero vederlo, è tutto vero. So che quello che faccio si riflette non solo sulla mia reputazione ma anche sulla tua, e mi dispiace di averla messa a rischio.»

Lui sbuffa. «Rowen, chiunque giudichi la mia reputazione basandosi sul tuo comportamento, bé, non si rende conto che siamo due persone distinte e separate, giusto?»

«Non è così che funziona.»

«Non mi interessa se non funziona così. L'hai detto tu stesso in quell'intervista. Abbiamo due personalità diverse. Giochiamo in maniera differente. Viviamo in maniera differente. Ti ho cresciuto in modo che diventassi un uomo con un'identità tutta sua, e ci sei riuscito alla grande. Sei mio figlio, ed io e tua madre ti abbiamo insegnato a comportarti bene in ogni circostanza.»

«Lo so, papà. Quello che è accaduto in campo non si ripeterà più. Ma ti avverto sin da ora che Tiffany è la cosa migliore che mi sia mai capitata. Anche meglio del calcio. Se fossi costretto a scegliere tra l'uno o l'altra...» Scuoto la testa. «Vince lei.»

Mio padre guarda mia madre, che si copre la bocca con una mano. La cinge con un braccio e la attira a sé mentre lei trattiene le lacrime.

«Che succede?» chiedo confuso. «Cosa ho detto?»

«Il mio bambino si sposa» dice mamma.

«Io non... Che accidenti c'è in quel tè, mamma? Stai delirando.»

Papà ridacchia. «Lasciala sfogare, ragazzo. Lo imparerai molto presto con la tua donna.»

Mia madre gli dà uno schiaffo scherzoso sul petto.

«Su questa nota imbarazzante, vi lascio perché devo farmi una doccia calda e spalmarmi un po' di pomata antidolorifica prima di andare a dormire. Metti via il whiskey, mamma. I post sbornia possono essere brutali.»

«Chiudi il becco» replica lei con un sorriso. «Ti voglio bene, Rowen. Sono davvero orgogliosa di te.»

«Anch'io ti voglio bene, mamma. Ciao papà.»

Chiudiamo la videochiamata e, mentre aspetto che il computer si spenga, ricevo un messaggio.

Tiffany: *Ti uccido.*

. . .

Scoppio a ridere. *Uccidi prima Mannie. È stato lui a mettermi in quella situazione.*

Tiffany: *Gli ho già dato una tirata di orecchie. Adesso tocca te.*

È andata bene, però, vero?

Tiffany: *È andata magnificamente! Abbiamo già ricevuto richieste da tutte le nostre reti affiliate per il reportage. Domani andrai in onda sulla TV nazionale, tesoro.*

Gemo.

Tiffany: *Lo so che stai gemendo. Smettila. È una buona cosa.*

LOL. Lo so. E se ti rendesse felice, rifarei tutto da capo.

Tiffany: *Come sei dolce. Ci tieni davvero tanto ad avere quel massaggio stasera, eh? ;-)*

Mi fa male dappertutto, piccola. Sono anche disposto a supplicarti a questo punto.

. . .

Tiffany: *Non c'è bisogno che mi supplichi. Ho una riunione tra meno di dieci minuti. Verrò da te appena finisco. Va bene?*

Perfetto. Stai attenta. È tardi.

Tiffany: *D'accordo. Vai a insaponarti così da farti trovare bello e pulito. E pronto per sporcarti di nuovo.*

Non deve ripetermelo due volte.

CAPITOLO 30

TIFFANY

ADORO QUANDO STEVE è in ferie. Perché io, l'umile produttrice associata, posso essere produttore capo per qualche sera.

Non c'è niente come la sensazione di scrivere l'intero segmento sportivo, assicurandomi che la grafica sia corretta, che il montaggio sia completo, e poi sedermi nella cabina di controllo per produrre il mio reportage di cinque minuti.

Sorrido quando ripenso al programma delle cinque e a com'è filato tutto liscio. Mannie, il nostro principale conduttore sportivo, ha svolto tutto alla perfezione. I videoclip sono andati in onda senza intoppi, le storie sono scorse senza interruzioni.

Sono orgogliosa di me stessa. Spero che Rowen l'abbia guardato. Sa quanto fossi eccitata al pensiero che Steve si prendesse qualche giorno di vacanza. Spero che anche lui sia orgoglioso di me.

«News Four Sports, parla Tiffany» dico in tono distratto rispondendo al telefono. Sto scorrendo qualche pagina sportiva per vedere se ci sono aggiornamenti sul punteggio delle partite di alcune squadre universitarie che seguiamo.

«Groupie puttana del cazzo» dice qualcuno all'altro capo della linea. «Le donne come te sono un abominio.»

Riattacco velocemente e tiro via la mano come se mi fossi bruciata.

Chi diavolo era?

Il telefono squilla di nuovo e allungo la mano verso la cornetta, esitando momentaneamente. Di certo quell'ultima chiamata è stata solo una casualità.

«News Four Sports, parla Tiffany.»

«Dovresti vergognarti di te stessa, andare al letto con i mariti di altre donne.»

Riattacco di nuovo.

Cosa sta succedendo?

Il telefono suona per la terza volta, ma lo ignoro, poi però ci ripenso quando l'identificatore di chiamata indica che è Caleb che mi sta chiamando dal piano di sotto.

«Caleb, che succede? Cosa sono queste strane telefonate che sto ricevendo?»

«Non so come dirtelo, Tiff» dice, schiarendosi la gola. Il mio cellulare squilla e lo guardo. Numero sconosciuto. Ho un brutto presentimento.

«Dillo e basta, Caleb. Cosa sta succedendo?»

«Stai leggendo le ultime notizie online?»

«Sto controllando i punteggi ora.»

Lui tira un respiro profondo. «Sei diventata virale.»

«Che cosa intendi con virale?» Non so di cosa stia parlando.

Apro la mia pagina Facebook e vedo che ci sono trentasette notifiche. Ho molti amici, ma è comunque insolito, soprattutto dal momento che sono su Facebook solo per motivi di lavoro. Instagram è più nelle mie corde.

Quando do un'occhiata alle storie di tendenza, il mio cuore si ferma.

Tiffany Wendel è scritto in lettere maiuscole e in grassetto, e sotto di esso c'è una piccola anteprima della storia: *Mack Shivel, centrocampista del Seagulls, pubblica foto senza veli di una presunta groupie.*

«Oh mio Dio.» Clicco sul link. «Oddioddioddioddio.» Scorro la pagina e, come previsto, c'è una foto di me nuda diventata virale.

Non ho idea di quando sia stata scattata, ma sembra che sia avvenuto nel vecchio soggiorno di Mack. La foto mi ritrae seduta nuda sul tavolo, le gambe divaricate e una mano tra le cosce. I miei occhi sono chiusi, la mia testa è reclinata all'indietro e i seni sono spinti in fuori.

È ovvio che si tratta di uno screenshot dell'account Instagram di Mack perché il suo nickname è ben visibile in alto. La didascalia mi fa andare in iperventilazione.

Produttrice per News Four Sports di giorno, groupie di notte, Tiffany Wendel è la campionessa indiscussa delle gare di pompini del Texas Mutiny. Piacevole agli occhi e disinibita in camera da letto. È la donna dei sogni di Rowen Flanigan.

«Tiffany, stai bene?»

Sono così scioccata nel vedermi in tutta la mia gloria da essermi dimenticata di stare al telefono. «Le persone...» Mi sembra di avere la gola stretta in una morsa e trovo difficile parlare. «Le persone stanno vedendo questa roba?»

Caleb rimane in silenzio qualche secondo, e intuisco la sua risposta. «Non rispondere al telefono, ok? Salgo da te fra un attimo per gestire le chiamate.»

«Come... da dove diavolo è sbucata fuori? Sta... sta su tutto il web!?» Sono sull'orlo di una crisi di nervi e non so nemmeno se quello che dico abbia senso. Ritorno subito su Facebook e controllo le mie notifiche. I messaggi sono orribili.

Accidenti, ragazza! Se avessi un corpo come il tuo, ci darei dentro anch'io!

. . .

Mah, non è poi così sexy. Ha il naso grosso e la tetta sinistra leggermente più piccola dell'altra.

SEI UNA SGUALDRINA. Le persone come te stanno rovinando questo paese. Ti pentirai del tuo comportamento quando ti ritroverai in fila alla mensa dei poveri mentre cerchi di dare da mangiare a tuo figlio bastardo.

Questo è probabilmente il momento più surreale di tutta la mia vita. Ci sono messaggi, commenti e richieste di amicizia. Non riesco più a leggere quelle parole sprezzanti e denigratorie, perciò disattivo il mio account.

Vagamente, sento il telefono squillare di nuovo. Non mi accorgo nemmeno quando Caleb comincia a rispondere alle telefonate. Sono troppo persa nei miei pensieri. Afferro il cellulare e vedo che ci sono due chiamate perse: una è da parte di Rowen, l'altra di mia madre.

Una nuova ondata di panico mi travolge quando penso che hanno visto entrambi questa foto e a quale sia stata la loro reazione. Non riesco a parlare con nessuno in questo momento. Non riesco nemmeno a pensare lucidamente. Clicco sull'applicazione messaggi, e vedo che mia madre me ne ha inviato uno.

Che accidenti succede, Tiffany? È una foto vera?

Chiudo gli occhi ed emetto un sospiro. Non sta succedendo davvero. Mia madre non può essere coinvolta in tutto questo. Si aspetta di meglio da me. Le rispondo con un breve messaggio.

Non lo so, mamma. Non so nulla. Non ho idea da dove sia sbucata o chi l'abbia scattata. Sto cercando di scoprirlo proprio adesso. Ti chiamo dopo.

. . .

Sto mentendo. Non ho intenzione di chiamarla più tardi. Non ho intenzione di chiamare nessuno. Il cellulare mi avvisa che ho ricevuto un nuovo messaggio.

Mamma: *A prescindere da tutto, ti voglio bene, Tiffany. Niente potrà mai cambiare questo fatto.*

Mi tranquillizzo lievemente. Poi mi ricordo del mio account Instagram. Clicco sull'applicazione e la apro. La parte inferiore dello schermo sembra un albero di Natale, con tutte le lucine rosse di notifica. Clicco per vedere dove sono stata taggata. Quasi subito, capisco che è stato un errore.

La foto che ha postato Mack è stata rimossa, ma non prima che venisse condivisa più di cinquemila volte.

Nell'arco di pochi minuti, oltre cinquemila persone mi hanno vista nuda. Questa consapevolezza mi colpisce così duramente che faccio fatica a respirare. Si tratta di persone che non conosco. Persone che conosco. Persone che non mi piacciono. Persone che ammiro e rispetto. Ma nessuna di loro ha il diritto di vedermi in quel modo. E per il resto della mia vita, ogni volta che incontrerò una persona nuova o passeggerò per strada, non saprò mai chi mi ha vista nuda. E non semplicemente nuda, ma esposta, con le gambe divaricate mentre mi masturbo.

Afferro il cestino della spazzatura sotto la mia scrivania e vomito quello che ho mangiato a pranzo. Vorrei rompere il mio computer così che nessuno possa vedere quell'orribile immagine di me. Vorrei percorrere i migliaia di chilometri che mi separano dalla casa di Mack e prenderlo a pugni in faccia ripetute volte. Vorrei tornare a casa e nascondermi sotto le coperte.

Fisso la parete con sguardo assente mentre Caleb continua a rispondere a una chiamata dopo l'altra. Stringo il cellulare così forte nella mano che le mie nocche diventano bianche. Non riesco a concentrarmi su niente mentre continuo a rivivere ogni cosa nella mia mente.

Quanto ci vorrà prima che l'intera faccenda si sgonfi? Perderò il mio lavoro? Perderò Rowen?

Rowen. Il pensiero di quest'ennesima umiliazione mi fa venire le lacrime agli occhi. È stato così buono con me dal nostro ultimo litigio, nonostante le sue riserve sulla mia reputazione. Ma questo! Questo sarà un colpo troppo duro.

Improvvisamente, ricordo che mi ha mandato un messaggio. *CHIAMAMI.*

Non so se voglia dire "Chiamami perché sono preoccupato" oppure "Chiamami così che possa rompere con te". Non sono sicura di volerlo scoprire.

Amy, la direttrice del telegiornale, Ron, il direttore generale, e Paul, il produttore esecutivo, entrano nel mio ufficio. Una signora delle Risorse Umane li segue dentro e si chiude la porta alle spalle. Infilo le mani tra le cosce, cercando di farmi il più piccola possibile senza strisciare sotto la scrivania.

Caleb viene rimandato al piano di sotto con esplicite istruzioni di non trasferire alcuna chiamata quassù, non importa chi sia o quanto urgente dicano che sia. Il telefono dell'ufficio viene spento e ognuno di loro prende posto su una sedia. Amy mi guarda con compassione. «Sai che dobbiamo riportare la notizia, vero?»

Abbasso lo sguardo e annuisco. Non sono sorpresa. La foto e la didascalia sono state visualizzate milioni di volte. È lo scandalo sportivo più grande da quando Erin Andrews è stata segretamente ripresa nella sua camera d'albergo. La differenza è che lei era chiaramente una vittima, mentre io sembro solo una puttana.

Amy poggia i gomiti sulle ginocchia. «Non mostreremo assolutamente quella foto.» Sussulto al pensiero che l'abbia vista. «Non mostreremo nessuna foto di te.» Chiudo gli occhi e annuisco. «Ma vogliamo che tu rilasci una dichiarazione.»

Sgrano gli occhi per la sorpresa. «Cosa volete che dica?» Non riesco neppure a pensare in maniera coerente.

«Possiamo aiutarti a decidere che cosa dire. Faccio questo lavoro da parecchio tempo, e questo non è il primo scandalo in cui sono stata coinvolta. Sembra che le cose vadano meglio se le si affronta a testa alta.»

«Ci penserò su» dico. «Suppongo che vorrete dare un'occhiata alla mia dichiarazione prima di mandarla in onda?»

Amy sorride. «Certamente. Vogliamo aiutarti il più possibile.»

«Non perderò il lavoro?»

Lei sbuffa e Ron ridacchia. «Tiffany, siamo qui per sostenerti» afferma quest'ultimo. «Che sia vero o no quello che dice il signor Shivel è irrilevante. Sei un'ottima impiegata, e siamo fortunati ad averti con noi.»

Mi asciugo la guancia quando mi sfugge una lacrima. Non posso credere di star avendo questa conversazione con il mio capo, e non semplicemente il mio capo, ma il capo del mio capo. La mia umiliazione aumenta, e mi rendo conto di star tremando.

«Ho parlato con Steve una ventina di minuti fa» dice Paul, seduto dall'altra parte della stanza con una penna infilata dietro l'orecchio. «Doveva comunque tornare dalle vacanze domani, il che è perfetto, perché anche lui è d'accordo sul fatto che hai bisogno di prenderti qualche giorno libero.»

Guardo queste persone che ammiro e rispetto. «Perché ho bisogno di qualche giorno libero?»

«Che tu te ne renda conto o no, hai subito un grosso trauma oggi» spiega Amy. «Adesso sei in modalità di sopravvivenza, ma una volta che l'effetto dell'adrenalina svanirà, crollerai. Ti serve del tempo per superare l'accaduto e magari trovare uno psicologo, oppure vedere se devi avviare un'azione legale. Sfortunatamente, dovrai fare i conti con le conseguenze di quello che è successo per un po'. Vogliamo assicurarci che tu abbia il tempo di farlo.»

Il cuore mi sprofonda nello stomaco. Amo il mio lavoro. So che non mi stanno licenziando o buttando fuori. Ma una vacanza forzata mi fa sentire come se li avessi delusi tutti quanti. Ed è una sensazione orribile.

Tamburellando la penna su un block-notes giallo, Paul

aggiunge: «Prima che tu vada, però, hai ancora un segmento da produrre.»

«Lo so» dico. «Posso ancora fare il mio lavoro. Mannie sarà presto di ritorno dalla pausa cena, e abbiamo già tutto pronto. Dobbiamo solo vedere come si concluderanno tutte le partite.»

Amy si alza in piedi. «Allora ti lasciamo lavorare.» Anche gli altri tre si alzano e uno dopo l'altro escono dal mio ufficio.

Appena vanno via, il mio cellulare squilla di nuovo. È Rowen. Racimolo tutto il coraggio che ho e scorro il dito sul bottone verde.

«Ehi» lo saluto, sfregandomi la fronte. Caleb rientra silenziosamente nella stanza e riaccende il telefono dell'ufficio.

«Come stai, tesoro? Porca miseria, stai bene?»

Scoppio in una risata priva di umorismo. «Sì, sto bene. La giornata ha preso una piega davvero fantastica.»

«Vorrei uccidere quel bastardo. Sul serio, Tiff. Sono sul punto di balzare in auto e guidare fino in Florida per pestarlo a sangue, cazzo!»

«Woah, sei davvero arrabbiato» dico, dondolandomi avanti e indietro sulla sedia. «Non penso di averti mai sentito imprecare prima d'ora.»

«Lo faccio solo quando sono furioso. Non senti come viene fuori anche il mio accento irlandese?»

Sorrido. «Un pochino.»

«A parte gli scherzi» dice con voce più calma. «Come stai?»

Sbatto le palpebre per ricacciare indietro le lacrime. Tiro su col naso e deglutisco il groppo che ho in gola. «Non so nemmeno da dove sia venuta fuori quella foto, Rowen. Come farò a mostrarmi di nuovo in pubblico? Oddio.» Incrocio le braccia sul petto, sentendomi esposta.

«Vuoi che venga lì da te? Perché lo farò, se vuoi. Posso starmene seduto tranquillo in un angolino mentre tu lavori, basta che stiamo insieme nella stessa stanza.»

«Non hai idea di quanto lo apprezzi. Ma sto bene. Devo esserlo.»

«Sarò lì quando finisci di lavorare. Smonti alle dieci e mezza, vero?»

«Rowen» dico, scuotendo la testa. «Se mi aspetti fuori, qualcuno ti vedrà e ti scatterà delle foto. Questo gli darà solo modo di spettegolare di più.»

«Posso farlo entrare dentro durante la messa in onda del programma» si intromette Caleb, apparentemente cogliendo il succo della nostra conversazione anche se può sentirne solo una parte. «Gli terrò compagnia mentre tu sei in cabina così che venga "adeguatamente sorvegliato", come direbbero quelli delle Risorse Umane.»

Tiro un respiro profondo. «Hai sentito?» chiedo a Rowen.

«Sì. Un tizio mi farà entrare dentro e mi accompagnerà in giro per l'edificio così che non mi cacci nei guai. Tutto chiaro.»

Sorrido per la prima volta da quando è iniziato questo disastro. «Ci vediamo verso le dieci e mezza, allora.»

«Sì. E un'altra cosa... ti amo.»

«Ti amo anch'io. Ciao.» Riaggancio e lancio un'occhiata a Caleb, che mi sta fissando. «Che c'è?»

Lui si stringe nelle spalle. «Ha bisogno di essere qui. Non per te, ma per se stesso. La sua donna è stata violata pubblicamente, e non c'è nulla che possa fare al riguardo. L'unico modo in cui sente di poterti proteggere è starti accanto.»

Annuisco e riporto l'attenzione sul monitor.

Le successive ore passano in un lampo e, allo stesso tempo, scorrono con infinita lentezza. Ci sono tante cose da fare: guardare le partite, aggiornare i punteggi e scrivere la mia dichiarazione. Di solito, mi divertono le giornate caotiche, ma stasera mi ci vuole un'incredibile concentrazione per tenere il passo. Non vedo l'ora che questa giornata giunga al termine. Il pensiero di una vacanza forzata non mi sembra più così male.

A onor del vero, Mannie e il suo fotografo non dicono nulla riguardo alla foto, a parte chiedere come gestiremo la situazione. Lo apprezzo molto, ma questo non significa che non si stiano ponendo delle domande. Sono sicura che Mannie si sta chiedendo se io abbia effettivamente succhiato il pisello a tutti i giocatori della squadra, proprio come io mi sto domandando se lui abbia visto la foto. Il punto è che so che tutti i miei colleghi di lavoro l'hanno vista. Lavoriamo nel settore giornalistico. Guardare fotografie è il nostro lavoro. Ciò significa che ogni singola persona in questo edificio mi ha vista nuda. Quel pensiero mi fa venire voglia di vomitare di nuovo.

Quando l'orologio scocca le dieci, ho praticamente i nervi a fior di pelle. Sono più che pronta ad andarmene. Ci affaccendiamo come al solito, apportando modifiche dell'ultimo minuto. Alle dieci e un quarto, comincia la mia "camminata della vergogna".

Scendo le scale verso la redazione. Non ci sono molte persone in giro. La maggior parte dei fotografi e dei reporter sono ancora fuori a lavorare sul campo. Mi rifiuto di guardare negli occhi i pochi che sono ancora in ufficio mentre gli passo accanto. Tuttavia lo faccio a testa alta. Se devo sopportare questa umiliazione, lo farò con tutta la dignità di cui sono capace. Le conversazioni si interrompono mentre attraverso la sala. Si sentono alcune risatine.

Quando oltrepasso la pesante porta dello studio di registrazione per consegnare a Mannie le notizie dell'ultimo minuto, sento per caso una conversazione tra due cameraman.

«Hai visto quella foto? È impossibile che l'intera squadra non se la sbatti.»

«Bé, io lo farei. È una bella ragazza, ma non avevo idea che il suo corpo fosse così scopabile.»

«Adesso so quale immagine mettere come screensaver.» Scoppiano a ridere, e io voglio morire.

«Siete un branco di coglioni» dice l'unica cameraman donna del gruppo. «È di una vostra collega di lavoro che state parlando. Di una vostra *amica*. Ed è così che la trattate quando succede una cosa del genere? La umiliate anche voi? Ridete di quella che è essenzialmente una forma di violenza sessuale?» La sua voce si alza per l'indignazione. Per fortuna siamo in pausa pubblicitaria. «Non sarò bella quanto lei, ma potete star certi che nessuno di voi mi *sbatterà* mai ora che ho visto come siete veramente. Ho perso ogni rispetto per voi come uomini.»

Mi schiarisco la gola e tutti si pietrificano, mettendo bruscamente fine alla conversazione. Poso il copione davanti a Mannie e guardo il conto alla rovescia sul display. «Trenta secondi.»

Casey mi guarda e sorride. Le rivolgo un cenno del capo in segno di ringraziamento per il suo sostegno. Non è molto, ma mi dà abbastanza forza per superare i successivi cinque minuti.

Una volta entrata in cabina di controllo, mi siedo e indosso le cuffie. La sigla d'apertura comincia e Mannie appare sullo schermo. Il mio cuore batte all'impazzata mentre legge il gobbo.

«Stasera parliamo della notizia riguardante il mondo dello sport più discussa del momento. Mack Shivel, ex-giocatore del Texas Mutiny, ha pubblicato una foto denigratoria sul suo profilo Instagram quest'oggi, creando un enorme scandalo che coinvolge i suoi ex-compagni di squadra e la fidanzata di uno di essi. Come ricorderete, Shivel è stato ceduto al Florida Seagulls il mese scorso dopo una pessima stagione l'anno passato. Si vocifera che fosse scontento dello scambio, e si ipotizza che il suo post sia una reazione alla sua insoddisfazione. Nel post scrive...»

Le parole compaiono sullo schermo mentre Mannie continua.

«*"Produttrice per News Four Sports di giorno, groupie di notte, Tiffany Wendel è la campionessa indiscussa delle gare di..."*. Bé, non possiamo dire quale tipo di gare in televisione. Il post continua con, *"...del Texas Mutiny. Piacevole agli occhi e disinibita in camera da letto. È la donna dei sogni di Rowen Flanigan"*.»

Mannie si sporge verso la telecamera. «Questo, ovviamente, solleva molte domande sulle attività a cui prendono parte i giocatori dietro i riflettori. Tuttavia, la persona al centro dell'attenzione in questo momento è una delle nostre dipendenti. Confermiamo che Tiffany lavora qui come produttrice sportiva. Collabora con noi da quasi due anni. Adora lo sport e il suo lavoro. Inutile dire che è davvero scioccata e sconvolta dal comportamento di Shivel. Per rispetto alla mia collega, e perché è decisamente inappropriato, non mostreremo alcuna foto di Tiffany. Tuttavia, ha rilasciato una dichiarazione e mi ha chiesto di leggerla.»

Un'altra immagine con testo compare sullo schermo.

«*"Lavoro con il Texas Mutiny da anni"*» legge Mannie. «*"A motivo della nostra passione comune per il calcio, considero i giocatori della squadra miei amici. Ho commesso un terribile errore quando ho incluso Mack Shivel in quella descrizione. Non ho idea da dove sia sbucata fuori quella foto. Non so chi l'abbia scattata, né come l'abbia ottenuta. Questa è una grave violazione della mia privacy, e sto valutando di avviare un'azione legale"*.»

Mannie ritorna sullo schermo. Questa è la storia più lunga che abbiamo mai raccontato durante il segmento sportivo senza trasmettere alcun video, ma sono davvero grata che la stazione TV mi abbia sostenuta non mostrando il mio volto.

«Questa è la prima ed ultima volta che parleremo di questa storia, a meno che una delle due parti coinvolte intraprenda effettivamente un'azione legale» continua Mannie. «La nostra emittente televisiva sostiene pienamente il diritto alla privacy di Tiffany e riconosce che è una produttrice fantastica. Vi chiediamo di fare lo stesso.»

Sbatto le palpebre per ricacciare indietro le lacrime mentre Mannie passa alla storia successiva. La mia dichiarazione è pubblica adesso. Sono sicura che verrà riportata su scala nazionale, proprio come avevamo programmato. Posso cancellare questa voce dalla lista delle cose da fare per riprendere il controllo della mia vita.

Tre minuti e mezzo dopo, il segmento sportivo è terminato.

«Ti vogliamo bene, Tiffany» dichiara uno dei conduttori del notiziario di fronte alle telecamere. «Tieni la testa alta. Siamo con te al cento per cento.»

Raccolgo le mie cose così che possa andare via.

«Mi dispiace, Tiffany» dice uno dei cameraman attraverso le cuffie mentre sistemo i documenti. «Non ho mai pensato a come tu debba sentirti in questo momento. Non succederà più.»

Schiaccio il pulsante davanti a me per parlare. «Troppo tardi» replico. «O sei uno stronzo che trova divertenti cose simili, oppure sei un uomo integro. Hai messo bene in chiaro a quale delle due categorie appartieni.» Getto le cuffie sulla scrivania, spalanco la porta ed esco dalla stanza senza voltarmi indietro.

«Caleb!» grido quando raggiungo la redazione.

«Nell'atrio!»

Mi faccio strada in quella direzione. Le luci sono tutte spente perché il normale orario di lavoro è passato da un pezzo, ma riesco comunque a vederlo al buio.

Rowen allarga le braccia e io corro verso di lui, crogiolandomi nella sensazione di sentirmi finalmente al sicuro, protetta.

E, alla fine, mi concedo di piangere.

CAPITOLO 31

ROWEN

POSSO FINALMENTE RESPIRARE ORA che Tiffany è tra le mie braccia. È stata una giornata infernale.

Sono stato convocato per un incontro con il coach, le risorse umane e il dipartimento di pubbliche relazioni. Ho parlato con mia madre due volte. Ho disattivato tutti i miei account social. Ho evitato di rispondere a quasi tutte le chiamate sul mio cellulare. Per strada ho ignorato un sacco di commenti offensivi sulla mia ragazza da parte di sconosciuti che sembrano pensare che questa faccenda sia divertente.

La cosa peggiore da affrontare è stata la mia profonda preoccupazione per lei. Non riesco nemmeno a immaginare il senso di tradimento che deve provare in questo momento. Sentirla piangere mi conferma che la mia ragazza, solitamente così forte e sicura di sé, è stata ferita brutalmente. È questo mi spezza il cuore.

«Va tutto bene» mormoro tra i suoi capelli mentre le massaggio la schiena e le bacio la testa. «Supereremo anche questa.»

«Non posso credere che tu non voglia rompere con me.» La sua voce suona ovattata dal momento che ha il viso sepolto contro il mio petto, ma sento le sue parole forte e chiaro.

«Perché dovrei rompere con te?» Non so proprio come le sia

venuta in mente un'idea simile. Le asciugo le lacrime dalle guance.

«Le persone lo sanno, Rowen» dice, come se fosse una spiegazione sufficiente. «Sanno le cose che ho fatto. Sanno che ero una groupie in tutti i sensi. Era già difficile per te quando lo sapeva solo la squadra. Perché vorresti stare con me dopo tutto quello che è successo?»

Scuoto la testa, cercando di dare un senso alle sue parole. «Perché dovrei sentirmi umiliato? Ne abbiamo già parlato. Hai dei trascorsi sessuali, e allora? La cosa non mi entusiasma, ma l'ho superata.» Le sollevo il viso così che mi guardi negli occhi. «Sono così orgoglioso di averti come fidanzata. Ogni volta che usciamo insieme, so che la gente si domanda come abbia fatto a conquistare una donna così bella, intelligente e straordinaria come te. Non ti merito.» La bacio di nuovo. «Sei pronta ad andare via?»

«Devo prendere la mia borsa» risponde.

«Ce l'ho io» dico, recuperandola dalla sedia. «L'ha presa Caleb per me. È un bravo ragazzo.»

Lei sorride. «Lo è. Ha risposto a un sacco di telefonate orribili oggi.»

«È stato tremendo, eh?»

Tiffany mi prende la borsa di mano e se la stringe al petto. «Non sono mai stata chiamata puttana così tante volte in vita mia. Non so cosa sia stato peggio: gli insulti o le critiche sul mio corpo.»

«Le persone hanno fatto sul serio una cosa simile?» Sento il mio viso diventare rosso di rabbia. «Davvero ti hanno telefonato per criticare parti del tuo corpo?»

Lei annuisce. «E anche email, messaggi e post online.» I suoi occhi si riempiono di lacrime. «Una persona ha scritto di essere un chirurgo e mi ha detto di chiamarlo. Ha affermato che le mie...» Solleva le dita per fare le virgolette. «..."labbra" sembrano essersi deformate a causa dell'uso eccessivo, e lui può risolvere il problema. Ridicolo, vero?»

Cerca di ridacchiare, ma io mi sento come se fossi stato preso a pugni. L'espressione sul suo viso tradisce i suoi veri sentimenti. La stringo di nuovo in un forte abbraccio. «Cazzo, piccola. Questo è davvero... oddio, è davvero troppo. La sua affermazione. La sua insinuazione. Attirare l'attenzione della gente su quella parte di te. Non va affatto bene!»

Lascio cadere le braccia lungo i fianchi e percorro avanti e indietro la stanza per qualche secondo, nel tentativo di recuperare la calma.

«Penso che non fosse nemmeno un vero chirurgo» dice sommessamente. «Ma solo uno stronzo che voleva fare il buffone.»

Prendo la sua borsa e la apro, tirando fuori i suoi occhiali da sole. «Indossa questi e andiamo.»

Tiffany li afferra. «Sono quasi le undici di sera. Perché devo metterli?»

«Ci sono dei paparazzi appostati fuori. Ho pensato che non volessi che vedessero che hai pianto.»

Indossa gli occhiali da sole e usciamo dall'edificio. Immediatamente, alcuni tizi con le cineprese ci accerchiano.

«Ehi, Tiffany, hai qualcosa da replicare alle affermazioni di Mack?»

Devo fare i complimenti alla mia ragazza: per quanto sia dura per lei, non crolla sotto tutta questa pressione mediatica. «Ho già rilasciato la mia dichiarazione. Sono sicura che il vostro direttore ha visto il nostro programma stasera e si è segnato tutto. In caso contrario, potete trovarlo sul sito di Channel Four Sports.»

Aiuto Tiffany a salire in auto e i giornalisti si fiondano su di me.

«E tu, Rowen? Non hai niente da dire?»

Mi fermo sui miei passi, con la mano sulla maniglia dello sportello del guidatore. «Sì, ce l'ho. Come osate? Come osate sfruttare Tiffany, una vostra collega, per ottenere un po' di ascolti?»

«Suvvia, amico» dice uno di loro. «Stiamo solo facendo il nostro lavoro. Non abbiamo chiesto noi di seguire questo caso.»

«Ma lo state facendo comunque. E non sembrate neppure

troppo dispiaciuti. Un giorno, uno di voi si troverà ad affrontare qualcosa di simile con la propria fidanzata o figlia. Allora capirete quanto sia frustrante sentirsi incapaci di difendere ciò che è giusto.»

Salgo in macchina e mi allontano il più velocemente possibile.

«Mi hanno dato qualche giorno di riposo» dice Tiffany.

«Bene» rispondo, poggiando una mano sulla sua coscia e intrecciando le mie dita alle sue. «Ci vorrà un po' di tempo prima che le acque si calmino.»

Lei tira su col naso e si guarda intorno. «Dove stiamo andando? Questa non è la strada per il mio o il tuo appartamento.»

Faccio una smorfia. «Sono rimasto a casa per un'ora e in quell'arco di tempo tre persone hanno bussato alla mia porta per dirmi il loro pensiero su questa faccenda.»

Tiffany accascia le spalle. «Stai scherzando?» dice, strofinandosi gli occhi.

«Cioè, sono state carine e mi hanno chiesto se potevano essere d'aiuto in qualche modo, ma penso che sia meglio se teniamo un profilo basso per il momento.»

«Quindi dove stiamo andando?»

«Da Quincy.»

Lei geme. «Oddio. Non sono in vena di affrontare Geni adesso. Ti prego, dimmi che non ci sarà.»

«Dubito che la troveremo lì. Ero in palestra con Daniel quando si è diffusa la notizia. Ha dovuto dissuadermi dal picchiare chiunque avesse visto la foto. Sa quanto sia instabile la situazione in questo momento.»

«Ma dove dormiremo? Credevo che Quincy avesse solo due camere da letto. Non possiamo stare nella stanza del bambino.»

«Andranno a stare da Daniel.»

«Col bimbo?»

«Sì, ha detto di avere una specie di box portatile per bambini in cui Chance può dormire.»

«D'accordo» acconsente infine. «Tuttavia, dobbiamo prima passare da casa mia. Non ho nulla con me.»

«Ci sono già stato, tesoro» dico, cambiando corsia. «Ho preso alcune cose per te.»

«Le persone hanno bussato anche alla mia porta?»

Mi prendo un momento per pensare. Non voglio dirle la verità, ma non vedo altre soluzioni. «Solo una.»

«Rowen. Cosa mi stai nascondendo?»

Sospiro. Non posso tenerglielo nascosto, però non so quante altre batoste possa sopportare. «La porta d'ingresso è stata vandalizzata.»

«Cosa!?» grida. «Che intendi dire?»

Mi muovo a disagio sul sedile. «Qualcuno ci ha scritto sopra con lo spray.»

«Eh!? Cosa hanno scritto?»

«Parole. Ascolta, tesoro» dico, cercando di distrarla dalla crudeltà della situazione. «Ho già scattato delle foto e mi sono messo in contatto con l'amministratore del condominio. Domattina riverniceranno la porta così che sarà tutto scomparso quando tornerai al tuo appartamento.»

«Cosa diceva la scritta?»

Mi muovo di nuovo a disagio. «Ti prego, non costringermi a dirtelo.»

«Ho il diritto di saperlo.»

Tiro un respiro profondo, cercando di calmare i nervi. Solo a pensarci mi sento ribollire il sangue nelle vene. «Diceva, "Tiffany Wendel è una groupie puttana che merita di essere stuprata in gruppo".»

Lei inspira bruscamente e si irrigidisce, ma non dice nulla. Le stringo la mano più forte e le sfrego le nocche col pollice.

Dieci minuti dopo, siamo sulla soglia di casa di Quincy, con i borsoni in mano. La porta si spalanca e lei ci fa accomodare dentro.

Ci sono delle valigie vicino all'ingresso. Daniel è sul pavimento del soggiorno a fare pernacchie sul pancino del piccolo Chance.

«Ehi, ragazzi» dice. «Come va?» Borbottando, getto le nostre borse sul divano. Lui ridacchia. «Probabilmente ho posto la domanda sbagliata. Ricomincio da capo. Ehi, ragazzi. Sono contento che siate qui.»

«Sono così felice che possiamo esservi d'aiuto» dice Quincy. «Tiffany, vuoi che ti mostri la casa?»

Tiffany la segue fuori dalla stanza. Io mi accascio sul divano e reclino la testa all'indietro, guardando il soffitto.

«Giornataccia, eh?» chiede Daniel in tono ironico.

Sbuffo una risata. «Ho voglia di uccidere quel bastardo, amico. Non so nemmeno come dovrei sentirmi riguardo a tutto questo.»

«Penso che incazzato nero sia un buon punto di partenza.»

Chance mi picchietta la gamba, io abbozzo un sorriso e gli accarezzo la testa.

Daniel dà un libro di plastica a Chance, che immediatamente si lascia cadere sul sedere e inizia a girare le pagine.

Mi strofino la faccia. «Vorrei tanto che il Karma prendesse Shivel a calci in culo. Non mi piace approfittare dell'influenza di mio padre, ma in questo momento ho una gran voglia di chiedere dei favori.»

«Non ci sarebbe niente di male» commenta Daniel. «A che serve avere delle conoscenze se non le si usa? Ma credo che non ne avrai bisogno.»

«Come mai?»

«Oggi ho ricevuto anch'io un paio di telefonate.»

Mi piego in avanti, poggiando i gomiti sulle ginocchia. «Davvero?»

Lui sogghigna. «Sembra che i dirigenti del Seagulls non vedono di buon occhio bravate del genere. Credo proprio che Shivel abbia ricevuto una bella ramanzina quest'oggi, e considerando che è appena arrivato lì ed è già noto per essere una testa calda...»

«Potrebbero esserci delle ripercussioni.»

Annuisce. «Gira voce che siano piuttosto brutte.»

«Quanto brutte?» domando, sorridendo per la prima volta da quando si è scatenato questo casino.

Daniel fa un sorrisetto compiaciuto. «Molto probabilmente riceverà una sospensione di sei partite e una multa di diecimila dollari.»

«Porca vacca. È impossibile che si riprenda da un colpo simile e ritorni ad essere un titolare di un certo calibro.»

«Esatto.»

«La sua carriera è praticamente finita.»

«Già.»

Mi sfugge una risatina. «Non riesco a credere che quello stronzo abbia finalmente messo il piede su una mina, e per di più, una piazzata da lui stesso.»

«E non è tutto» aggiunge Daniel, prendendo in braccio Chance, che sbadiglia assonnato e poggia subito la testolina sulla sua spalla. «Indovina chi sarà il portavoce della squadra domani quando lasceremo entrare i giornalisti negli spogliatoi?»

«Impossibile!» esclamo. Lui annuisce, e l'unica cosa che riesco a fare è fissarlo. I giornalisti non entrano mai negli spogliatoi dopo gli allenamenti, principalmente perché nessuno richiede interviste se non dopo una partita.

«Non preoccuparti, novellino. Ci prenderemo cura della tua ragazza.» Si alza in piedi e dondola avanti e indietro, cullando Chance. «Non mi importa come abbia conosciuto i giocatori. Non puoi trattare male una WAG e aspettarti di farla franca.»

Nulla di tutto questo cancella l'umiliazione che Tiffany sta provando, né impedisce a milioni di persone di vedere quella fotografia degradante, ma il dolore nel mio petto si attenua nel sapere che abbiamo amici che ci sostengono. Questo nemmeno Mack Shivel può portarcelo via.

CAPITOLO 32

TIFFANY

DOVREI ACCENDERE il cellulare nel caso Rowen mi chiamasse, ma non posso. Non ci riesco. L'unica volta che l'ho controllato ieri sera, avevo ottantasette chiamate perse, centoquattro sms e non so nemmeno quanti messaggi vocali. Dopo l'ottavo o il nono messaggio che diceva qualcosa di sprezzante sul mio seno, Rowen mi ha tolto il telefonino di mano e non me l'ha più restituito.

L'unico motivo per cui stamattina me l'ha ridato è nel caso ci fosse un'emergenza mentre lui è agli allenamenti.

Un'emergenza. Mi viene da ridere. Che tipo di emergenza potrebbe verificarsi quando è tutto il giorno che sono rannicchiata in questo letto? Mi sono alzata solo una volta per andare in bagno, e mi sono sentita troppo vulnerabile senza la protezione delle coperte, perciò sono tornata subito a letto.

Desidero disperatamente addormentarmi per poter avere qualche ora di tregua da questo incubo, ma non servirebbe a nulla, perché il mio sonno è un ciclo infinito di sogni nei quali sono nuda e mi tocco. Sono completamente assorta nel darmi piacere e nel far eccitare Rowen. Ma quando alzo lo sguardo, mi trovo su un palco, e ci sono migliaia di persone che mi osservano.

Ridono e mi guardano in modo lascivo. Cerco di smettere di toccarmi, ma non ci riesco. Continuo a masturbarmi davanti a questi estranei, che scattano foto di me. Piango e mi sento violata, e non c'è nulla che possa fare per fermarmi finché non mi sveglio.

Inutile dire che dormire non è una buona opzione. Perciò, mi distendo su un fianco, sollevo le ginocchia contro il petto e fisso la parete.

L'ironia di tutto questo è che non dovrebbe importarmi che una mia foto senza veli sia stata spiattellata su internet. Non mi sono mai vergognata del mio corpo. È bello, e c'è qualcosa di inebriante nel sesso, ma questo è diverso. Ogni volta che mi spogliavo per i ragazzi, o qualcuno mi guardava fare sesso, avveniva con il mio permesso. Accadeva con persone di cui mi fidavo. Veniva fatto per il piacere reciproco, non con intenti maliziosi.

Questo è stato indubbiamente fatto con intenzioni malevole.

Forse la cosa peggiore è che è stato commesso da qualcuno che consideravo un amico. Mi sento stupida e ingannata. Rowen mi ha ripetuto più e più volte che Mack era un cattivo ragazzo, che non ci si poteva fidare di lui, ma non gli ho creduto. Pensavo che si trattasse solo di un conflitto di personalità o di una semplice competizione tra uomini. Mai e poi mai avrei pensato che Mack potesse scendere così in basso. E questo mi fa dubitare della mia amicizia con gli altri ragazzi. Quanti di loro hanno foto di me di cui non sono a conoscenza? Quanti di loro le posteranno online o cercheranno di ricavarne un profitto?

Questi pensieri sono troppo opprimenti e mi fanno venir voglia di raggomitolarmi in una palla e nascondermi per sempre. Vorrei strisciare fuori dalla mia pelle.

Invece, mi metto un cuscino sopra la testa e mi avvolgo le coperte intorno al corpo nel tentativo, completamente irrazionale, di proteggermi da ulteriori umiliazioni, e piango.

Qualcuno mi massaggia la schiena. «Rowen?» dico, sbirciando fuori dal mio nascondiglio.

«No, mi dispiace. I ragazzi sono ancora agli allenamenti.» Mi scopro maggiormente e vedo Quincy seduta accanto a me. «Sono venuta a controllare come stai. Non hai mangiato ancora nulla oggi?»

Scuoto la testa e mi metto seduta. «Ho lo stomaco stretto in una morsa. Se provassi a mangiare, penso che rimetterei immediatamente tutto.»

Quincy si appoggia alla testiera del letto e allunga le gambe davanti a sé. «Ti capisco benissimo. Quando dovevo andare in tribunale per Chance, non ho mangiato per un mese, credo. Il cibo mi dava la nausea.»

«A proposito, dov'è il bambino?»

«È con Geni. Non volevo corrergli dietro mentre mi occupavo di te.»

Una nuova ondata di umiliazione mi travolge, facendomi gemere. «Oddio. Geni ha visto la foto, vero?» Quincy non dice nulla, arriccia soltanto il naso. Mi nascondo di nuovo sotto le coperte. «Non penso di potercela fare. Non oso nemmeno immaginare le cose che mi dirà.»

«Non ne sarei così sicura» dice Quincy, scostando le coperte dal mio viso. «Era piuttosto incazzata per l'intera faccenda.»

La guardo incredula. «Sul serio?»

«Sì. Mi ha detto di dirti di... tenere duro. Aspetta, ti riporto le sue esatte parole.» Chiude gli occhi per pensare un secondo. «Ha detto: "Stringi i denti, passerotta. Se quello stronzo figlio di puttana si rifarà vivo in città, gli strapperò via le palle con i denti. Nessuno può chiamarti troia tranne me".»

Scoppio in una risata. «Credo che sia la cosa più carina che mi abbia mai detto.»

«Meglio di così non può fare. Devi piacerle davvero molto.»

«È l'unica persona che la pensa così al momento.»

Quincy mi dà una pacca sulla gamba. «So che adesso non ti sembra possibile, ma ci sono un sacco di persone dalla tua parte.»

Le rivolgo un debole sorriso. «Apprezzo sentirtelo dire, Quincy. Ma eccetto Rowen, credo che tu sia la sola persona a stare dalla mia parte.»

Mi giro sull'altro fianco, dandole la schiena, e mi nascondo di nuovo sotto le coperte.

CAPITOLO 33

ROWEN

«GRAZIE PER AVERMI ASPETTATO.»

«Figurati» dice Daniel, controllando lo specchietto retrovisore e cambiando corsia. «Non sapevo se i paparazzi ti avrebbero seguito dopo gli allenamenti, così ho pensato che sarebbe stato meglio darti un passaggio.»

«Non penso che continueranno a seguirci. Hanno ottenuto quello che volevano: una foto sensazionale e qualche video sentimentale di me e Tiffany mentre ci avviamo verso la mia auto. Vorrei solo che la smettessero di richiedere interviste.»

«Ne rilascerai una?»

«Diavolo, no. Terremo un profilo basso per un po', aspetteremo che la cosa si sgonfi e che tutti se ne dimentichino.»

«Sono sorpreso che non abbiate intenzione di ricorrere a vie legali. Se fosse successo a Quincy... diamine, amico.» Scuote la testa. «Avrei già chiamato un avvocato.»

Sospiro. «Ne abbiamo discusso ieri sera. Non c'è molto che possiamo fare.»

«Veramente? Quello che ha fatto Shivel dovrebbe essere illegale, no?»

«Abbiamo esaminato alcune leggi sul voyeurismo che dovrebbero proteggere le persone.»

«E?»

«E potremmo spendere migliaia di dollari in spese legali cercando di dimostrare che Tiffany non ha dato il suo consenso a scattare quella foto e a condividerla.»

«Tu dici?» replica Daniel in tono dubbioso.

Lo guardo con un sopracciglio inarcato. «La conosci da più tempo di me. Credi che ci siano prove inconfutabili a nostro favore?»

«Ah, ho capito.»

«Non c'è motivo di tirare in ballo la sua reputazione. Non è più quella persona. Lo so io. Lo sa lei. La cosa migliore è lasciare che le acque si calmino da sole. Questo mi fa incazzare da morire, ma prima quella foto viene seppellita sotto altri gossip, meglio è.»

Usciamo dall'autostrada. «Che cosa ti ha detto il coach quando gli hai chiesto un congedo per motivi familiari?»

Ridacchio. «Per prima cosa mi ha detto che mi merito di essere costretto ad allenarmi con mio padre per qualche giorno, perché il suo addestramento sarà molto più tosto di quello che faccio qui.» Daniel ride. «E poi mi ha detto di portare il culo fuori dalla città finché la mia sospensione non sarà finita. La squadra non trae comunque beneficio dalla mia presenza qui, tanto vale che allontani Tiffany da questo casino.»

«A che ora partite stasera?»

«Abbiamo un volo notturno. Detesto viaggiare di notte, ma le persone sono così stanche a quell'ora che di solito non interagiscono con gli altri.»

Ci fermiamo nel parcheggio e scendiamo dall'auto, dirigendoci velocemente verso la porta. Entriamo in casa e Quincy saluta Daniel con un bacio non appena mettiamo giù le borse della palestra.

«Come sono andati gli allenamenti?» gli chiede.

Lui fa spallucce. «Come al solito. C'era qualche reporter in più ma nulla che non ci aspettavamo.»

«Come sta Tiffany?» le chiedo.

Quincy mi guarda e sospira. «Non molto bene.» Abbasso la

testa, scoraggiato. «Pensa ancora di meritarsi quello che le è successo.»

«È ridicolo» borbotto, grattandomi la mascella.

«Sono d'accordo. Ma le ci vorrà un po' di tempo per convincersene. Si trova nel bel mezzo di un pandemonio online, completo di forconi e torce metaforiche. Dovrai continuare a rassicurarla ancora per un po'.»

«Ha mangiato qualcosa almeno?»

«Ha mandato giù un po' di brodo che ha portato la madre di Daniel ieri sera» dice. «Non è molto, ma perlomeno ha assunto un po' di calorie.»

«Grazie per esserti presa cura di lei» dico. «Adesso ci penso io. So che hai un bambino a cui badare.»

«A che ora passo a prendervi per accompagnarvi all'aeroporto?» mi domanda Daniel, battendo il pugno contro il mio mentre si avvia alla porta.

«Alle undici. Il volo parte alla mezza.»

«Ci sarò.»

Chiudo la porta dietro di loro e vado immediatamente da Tiffany. Non sono stato contento di lasciarla sola questa mattina, ma dovevo andare al lavoro e organizzare tutto così che potessimo partire. Annoto mentalmente di procurarle un nuovo numero di telefono appena arriviamo a Detroit. Volevo farlo oggi, ma non ho avuto tempo.

La trovo esattamente come l'ho lasciata: nascosta sotto le coperte nel letto di Quincy. Mi tolgo le scarpe e i calzini, e salgo sul letto dietro di lei.

«Ehi, piccola» le sussurro all'orecchio. Lei si gira immediatamente e si accoccola contro di me, piegando le braccia tra di noi. «Come ti senti?»

«Uno schifo» risponde con voce soffocata. «È tutto finito? La gente ha smesso di parlare di me?»

Le stampo un bacio sulla testa. Conosce la risposta. «Non ti sei proprio alzata oggi?»

«Solo per fare pipì.»

«Ecco perché puzzi un pochino» la rimprovero dolcemente. «Su, forza. Andiamo a farci un bagno. Abbiamo un volo da prendere.»

«Che volo? Dove andiamo?»

«Dobbiamo lasciare la città per un po'» dico, accarezzandole i capelli. «Trascorreremo qualche giorno a Detroit. I miei genitori vivono in un quartiere tranquillo e recintato. Saremo meno esposti lì.»

La sento annuire. Scosto via le coperte e la accompagno in bagno. Non è grande, ma ha una comoda vasca. Apro il rubinetto, verso qualche goccia di sapone nell'acqua per far formare la schiuma e mi sfilo la maglietta. Tiffany mi guarda con un'espressione curiosa sul viso. «Pensavo di entrare in vasca con te. Non per scopi sessuali o altro. Ti sta bene?»

Lei annuisce e lascia cadere i pantaloni del pigiama sul pavimento. Tuttavia, quando afferra l'orlo della maglietta, esita. Chiudo gli occhi e deglutisco, perché in questo momento mi rendo conto di quanto sia devastata.

Tiffany non si è mai vergognata del suo corpo, e adesso è imbarazzata di mostrarsi nuda di fronte a me. Sono incazzato nero, ma la mia rabbia è surclassata dalla tristezza che provo per lei.

Delicatamente, le stacco le mani dall'orlo della maglietta. «Non vergognarti mai di te stessa.» I suoi occhi si riempiono di lacrime. «*Io* non mi vergogno di te.» Le lacrime traboccano e scivolano lungo le sue guance. Le sfilo la maglietta e le avvolgo il viso tra le mani. «Sei la cosa più bella del mondo per me. E nessuno, *nessuno*, potrà mai farmi cambiare idea.»

«È solo che... Io...»

«Lo so. Ci vorrà del tempo prima che la cosa si sgonfi e che tu ti senta di nuovo bene, ma non ho intenzione di lasciarti. L'affronteremo insieme, ok?»

Un singhiozzo le sfugge dalla gola. Le abbasso le mutandine e mi libero dei miei vestiti. La conduco alla vasca e l'aiuto ad entrare dentro in modo che non cada. Mi sistemo di fronte a lei e la lavo dalla testa ai piedi. Mi assicuro di non trascurare alcuna parte del suo corpo: le sue bellissime braccia e gambe che adoro avere avvolte intorno a me, il suo grazioso collo e le sue spalle delicate, i suoi seni pieni e la sua pancia piatta, le sue parti più intime che mi ritengo fortunato di poter toccare. Cerco di trasmetterle tutta la devozione che provo per lei attraverso le mie carezze. Di mostrarle quanto preziosa sia per me.

«Ti amo, Rowen» dice, la voce incrinata per l'emozione.

«Anch'io ti amo, Tiffany. Tantissimo.»

Con tutto me stesso.

CAPITOLO 34

TIFFANY

MI NASCONDO dietro una rivista nel terminal dell'aeroporto. Razionalmente, so che nessuno mi sta guardando, ma ho comunque la sensazione che lo stiano facendo. Quando l'agente di sicurezza ha controllato la mia patente e ha ridacchiato, pensavo che Rowen avrebbe perso la calma.

Adesso tiene una mano poggiata sul mio ginocchio. Non ha smesso di toccarmi da quando abbiamo fatto il bagno insieme. Pensa che mi stia rassicurando, ed è così, infatti. Ma non credo si renda conto che sta anche rassicurando se stesso. So che questa situazione non è facile nemmeno per lui.

«Parlami di loro.»

Alzo gli occhi di scatto. «Cosa?»

«Quella coppia in piedi vicino ai bagni laggiù.» Piega la testa nella loro direzione. «Qual è la loro storia?»

«Stai cercando di distrarmi dai miei pensieri?» chiedo.

Rowen sorride come se fosse stato colto in flagrante. «Raccontami la loro storia.»

Osservo la coppia per qualche minuto. Lui non riesce a smettere di toccarla. Le sfiora il braccio, la schiena, la spalla. Lei gli rivolge timidi sorrisi e si morde il labbro. Non sembra molto grande, forse sopra la ventina. Lui sembra avere intorno ai trent'anni. Non sono vestiti in modo casual come il resto di noi. Indossano dei jeans eleganti e dei maglioni di cachemire.

«Stanno facendo una fuga romantica» sussurro. «Si frequentano da poco tempo e nemmeno le loro famiglie sanno che fanno entrambi sul serio. Ma loro sono sicuri di essere destinati a stare insieme.»

«Bella ipotesi» dice Rowen. «Però ti sbagli.»

«Secondo te qual è la loro storia?»

Si schiarisce la gola e si piega verso di me. «Lei è l'altra donna.»

«Impossibile!»

«È ovvio. Lavorano nello stesso ufficio e flirtano da qualche tempo, ma non sono mai andati a letto insieme. Ma stanno per farlo. Sono diretti a Detroit per un viaggio di lavoro e faranno colazione con un collega che andrà a prenderli all'aeroporto, ecco perché sono vestiti bene. Vedi i sorrisi di lei? È nervosa. Non ha mai fatto nulla di simile prima d'ora, e spera che la cosa si evolva in qualcosa di serio.»

Più li guardo, più mi rendo conto che probabilmente ha ragione. «Come l'hai capito?»

«Al college avevo un amico il cui papà era proprietario di un'azienda. Siamo andati a trovarlo in ufficio un paio di volte, e la sua segretaria lo guardava nello stesso modo.»

«Si sono messi insieme alla fine? Aspetta.» Sollevo una mano. «Voglio saperlo?»

«Hanno scoperto che avevano una relazione e lui ha finito col divorziare da sua moglie. Ma non si sono mai messi insieme ufficialmente.»

«È terribile quando succede, per tutte le parti coinvolte.»

«*Il volo 298 della United Airlines, diretto a Detroit, inizierà ora l'imbarco per i membri d'élite e della prima classe. Ripeto, se siete un membro d'élite o avete un biglietto di prima classe, il volo 298 della United Airlines sta iniziando l'imbarco.*»

«Siamo noi, piccola.» Rowen raccoglie la sua borsa e il mio zaino dal pavimento. «Andiamo.»

«Hai preso dei posti in prima classe? Rowen, sono troppo costosi.»

«Non li ho presi io, tesoro. È stato mio padre. Sapeva che avremmo avuto bisogno di un po' più di spazio e parecchia privacy.»

Mi metto lo zaino in spalla e afferro la mano di Rowen quando me la porge. Sono rimasta sorpresa nello scoprire che i suoi genitori ci hanno permesso di andarli a trovare. E adesso sono stupita che suo padre ci abbia comprato dei biglietti aerei con così breve preavviso. Se mio figlio stesse portando a casa una ragazza come me coinvolta in una tale situazione, non sono sicura che reagirei in maniera così gentile.

Ci accomodiamo ai nostri posti, io accanto al finestrino. Rowen dice che preferisce stare fuori perché così ha più spazio per le gambe, ma so che lo fa anche per proteggermi dal dover interagire con chiunque.

Sono seduta sul sedile di un aereo più comodo che esista. La poltrona è ampia e morbida, e si reclina all'indietro molto di più rispetto a quella della classe economy, dove sei fortunato se riesci a reclinarla di un centimetro.

Dovrei dormire durante il volo, ma ancora una volta, non ci riesco. Fisso fuori dal finestrino, persa nei miei pensieri. Di tanto in tanto, voliamo attraverso una nuvola, ma per la maggior parte del tempo, osservo le luci delle città sottostanti.

Rowen allunga il braccio e mi stringe la mano. «Perché non dormi?» chiede in un bisbiglio assonnato.

«Perché non dormi nemmeno tu?»

«Mi ero appisolato, ma non riesco a dormire bene senza averti distesa al mio fianco.» Si porta la mia mano alle labbra e mi bacia il palmo. «Mi sa che mi sono abituato troppo a dormire con te.»

Un debole sorriso affiora sul mio viso. È così buono con me. Troppo buono per me. Questo mi rende nervosa. «Ho paura di incontrare i tuoi genitori.»

«Come mai?»

«Si dovrebbe incontrare i genitori del proprio ragazzo quando si ha un'immagine impeccabile. Sai, per fare un'ottima impressione e tutto il resto. Io farò letteralmente la peggiore impressione di sempre.»

Lui ridacchia. «Non dai abbastanza credito ai miei genitori. Hanno fatto parte di questo mondo anche loro, lo sai.»

«Questo non significa che vogliano che il loro figlio se la faccia con le persone sbagliate.» Riporto lo sguardo sul finestrino.

«Ehi» dice, tirandomi lievemente il braccio. «Guardami.» Mi dà un altro piccolo strattone. Mi volto lentamente e incrocio il suo sguardo. «Sai perché sono certo che non ti giudicheranno? Perché mio padre non è stato un santo. Basandomi sulle storie che i miei genitori mi hanno raccontato di recente, da giovane papà era più simile a quello stronzo di Shivel che a me.»

Non avrei mai immaginato che suo padre avesse frequentato donne come me.

«Ma quando ha incontrato mia madre, è cambiato tutto. Proprio come quando tu hai incontrato me, giusto? Hanno vissuto quello che abbiamo vissuto noi, quindi non hanno il diritto di giudicare, e lo sanno. E se dovessero farlo, andremo in un hotel e trascorreremo i prossimi quattro giorni a letto, ordinando il servizio in camera e guardando reality show, perché non meritano di godere della nostra compagnia se così fosse. Ci siamo dentro insieme. Ho bisogno che tu ci creda.»

Credo assolutamente che lui sia con me, che non mi lascerà da sola. Quello che è più difficile da credere è che tutti gli altri facciano altrettanto.

Daniel e Quincy mi hanno sorpresa. Mi aspettavo che sostenessero Rowen. Ma non pensavo che si sarebbero dimostrati così premurosi anche con *me*.

«Okay» sussurro infine.

«Mi credi?»

«Ti credo.»

Mi giro verso il finestrino, continuando a stringergli la mano.

Spero solo che i suoi genitori non distruggano la fiducia che ha in loro.

CAPITOLO 35

ROWEN

TIFFANY SI MUOVE IRREQUIETA durante tutto il tragitto in taxi verso la casa dei miei. Vorrei dirle di smetterla di essere nervosa, che i miei genitori sono fantastici. Ma non si fida di nessuno tranne che di me, e il fatto che abbia fiducia in me è già abbastanza miracoloso a questo punto.

Vederla in questo stato è la cosa peggiore che abbia mai vissuto nella mia vita. Finora, non l'ho mai vista mostrarsi in pubblico senza prima vestirsi di tutto punto. Per qualsiasi altra persona, uscire con i capelli raccolti in uno chignon disordinato, senza make-up e con indosso una delle mie felpe del college extra-large e un paio di leggings, sarebbe normale. Ma non per Tiffany. Per me è sempre bellissima, non importa come si acconci, ma sembra stanca e sconfitta.

«Rilassati, piccola. Andrà tutto bene.»

È stata un'idea di mia madre quella di rifugiarci in casa loro, mentre mio padre ci ha comprato i biglietti. Entrambi la sostengono perché lo faccio io. Tuttavia, nulla di ciò che potrei dirle la convincerà di questo. Deve capirlo da sola.

Il taxi si ferma davanti alla casa di mattoni gialli con le persiane grigie dei miei genitori. Pago la corsa e scendiamo dall'auto, scontrandoci con l'aria gelida.

«Fa freddo qui» dice Tiffany, stringendosi il cappuccio della felpa intorno alla testa.

«A differenza di Houston, a Detroit ci sono tutte le stagioni.» Afferro le nostre borse e saliamo i gradini dell'ingresso. «Questa si chiama inverno.»

«Farei qualche battuta sulle quattro stagioni a Houston, ma sono troppo nervosa» dice, cercando di tenere il respiro sotto controllo.

Appena raggiungiamo l'ultimo gradino, la porta si spalanca prima che possa bussare, rivelando i miei genitori. Guardano me e subito dopo spostano l'attenzione su Tiffany, che distoglie gli occhi.

«Mamma, papà, lei è Tiffany.»

Mia madre stringe Tiffany in un abbraccio. «Sono davvero contenta che tu sia qui» le sussurra tra i capelli. «So che devi essere esausta dopo un volo notturno.» Ci fa accomodare dentro e ci conduce in cucina, dove c'è già il caffè pronto. «Vi va di fare colazione? Ho preparato uova e pancetta.»

«Grazie, cara, sarebbe meraviglioso.» Papà versa il caffè in quattro tazze e le distribuisce. «Non avete avuto problemi durante il viaggio?»

«A parte il fatto che era un volo notturno» rispondo, versando un po' di panna nella mia tazza e passando lo zucchero a Tiffany, «è andato tutto bene. I posti erano fantastici.»

«Sì, grazie mille, signor Flanigan» dice Tiffany.

Mio padre agita la mano per liquidare i suoi ringraziamenti. «Chiamami Ryan.»

Lei sorride e sorseggia il caffè. «Grazie per averci permesso di stare qui. Sono davvero felice di stare lontano da Houston per qualche giorno.»

«Figurati. Entrambi avete bisogno di allontanarvi da quel mare di casini.»

Tiffany sussulta. Le accarezzo la nuca e le do un bacio sulla fronte così che senta il mio sostegno anche fisicamente. I miei genitori ci guardano, osservando la nostra interazione. Arrossisco sotto il loro sguardo indagatore. Nonostante parliamo apertamente di tutto, non mi hanno mai visto fare simili gesti d'affetto in pubblico prima d'ora. Non mi importa, ma è un territorio inesplorato per me.

«Parlando di quei casini» continua papà, portando la conversazione sull'argomento che nessuno di noi due vuole discutere. «Avete intenzione di intentare un'azione legale?»

«Abbiamo esaminato questa possibilità, e non c'è nulla che possiamo fare senza che la cosa si protragga all'infinito. Preferiamo aspettare che lo scandalo si sgonfi, piuttosto che riportarlo al centro dell'attenzione di tutti.»

«Bene. Che mi dite delle pubbliche relazioni? Rilascerete una dichiarazione?»

Lancio un'occhiata a Tiffany e le massaggio di nuovo il collo. «Tiffany ha rilasciato la sua dichiarazione il giorno in cui è scoppiato lo scandalo, e i miei superiori pensano che io non debba dire nulla. Che debba restarne completamente fuori.»

Papà annuisce. «Quindi la squadra non dirà niente?»

«Ufficialmente, no.» Mamma porta in tavola un grande piatto di bacon e uova con fette di pomodoro come contorno. Io e papà ci riempiamo i piatti. Quando cerco di servirne un po' anche a Tiffany, lei scuote la testa. Dovrò vedere se mia madre riesce a farla mangiare mentre siamo qui. «A quasi tutti i giocatori è stato detto di rispondere *no comment*.»

«Bé, allora sembra che non dobbiate fare nulla a parte tenere un profilo basso e riposare mentre siete qui.»

Trascorriamo i successivi minuti a mangiare e a chiacchierare delle ultime ricette scovate da mamma, che promette a Tiffany di prepararle vari manicaretti prima della nostra partenza.

Quest'ultima si alza per andare in bagno e, appena è fuori portata d'orecchio, mi volto verso i miei genitori. «Mamma, papà, so che siete della vecchia scuola e che in circostanze normali ci fareste dormire in camere da letto separate, ma vi chiedo di fare un'eccezione stavolta.»

«D'accordo» dice mia madre, prendendo un altro boccone di bacon. «Ti spiace spiegarci le tue ragioni?»

«Non sta molto bene, mamma» spiego a bassa voce così che Tiffany non mi senta. «È nervosa e irrequieta, e si nasconde sotto le coperte. Intendo letteralmente. Resta a fissare il muro tutto il giorno e quando si addormenta ha degli incubi terribilmente traumatici. Sembra calmarsi solo quando dormo al suo fianco. Come se potessi proteggerla o difenderla. Ho bisogno che quando ce ne andremo da qui, lei si senta forte e riposata. Sapete che non vi mancherei mai di rispetto stando con lei fisicamente in casa vostra, ma vi chiedo di fidarvi di me questa volta. Devo starle vicino il più possibile, in modo da potermi prendere cura di lei. È per questo che siamo qui. Così che possa recuperare la sua forza fisica ed emotiva.»

Papà scoppia in una risata di pancia. «Tua mamma ha ragione. Ti sposerai presto.»

Gli lancio un tovagliolo addosso mentre continua a ridere.

«Cosa mi sono persa?» domanda Tiffany, tornando in cucina.

«Niente. Mio padre pensa di essere spiritoso.» Scosto indietro la sedia e mi alzo. «Sono soltanto le cinque e mezza a Houston. Andiamo a fare un pisolino.»

Arranchiamo su per le scale e la conduco alla camera degli ospiti, perché la mia vecchia stanza ha ancora un letto a una piazza mentre questa ne ha uno matrimoniale.

«I tuoi genitori sono d'accordo che condividiamo una camera?» domanda Tiffany.

«Per questa volta, sì. Solitamente, mia madre si opporrebbe, perché vuole essere sicura che evitiamo qualsiasi "tentazione che non possiamo controllare"» dico, facendo le virgolette. Tiffany ridacchia. «Ma date le circostanze, hanno deciso di fare un'eccezione. Vieni qui.»

Avanza verso di me quando mi siedo sul letto. Mi metto le sue mani sulle spalle in modo che si regga in equilibrio mentre le slaccio e le sfilo le scarpe. Poi passo ai calzini e ai leggings. Infine, le tolgo la felpa, facendola restare solo con una delle mie t-shirt.

«Ecco fatto. Così dormirai più comoda.» Mi spoglio veloce-mente, lasciando cadere i miei vestiti sul pavimento, dopodiché ci infiliamo entrambi a letto.

«Perché fanno un'eccezione?» mi chiede, accoccolandosi accanto a me.

«Perché sanno quanto disperatamente tu abbia bisogno di dormire. Una piccola tentazione è un minuscolo prezzo da pagare per aiutarti a rilassarti abbastanza da riposare.» Le poso un bacio sui capelli e crollo quasi subito dal sonno.

«Rowen» dice mio padre alcuni secondi dopo. «Alzati.»

Mi volto a guardarlo da sopra la spalla, gli occhi a malapena aperti. «Cosa?»

«Alzati, figliolo. Hai dormito abbastanza. È ora di andare a correre.»

Mi strofino gli occhi. «Papà, ho dormito a stento due minuti.»

«Sono le otto. Hai dormito ben più di un'ora. Stai diventando pigro.» Gira sui tacchi ed esce dalla stanza, lasciando la porta spalancata. Probabilmente perché tornerà a prendermi se non mi sbrigo.

Abbasso di nuovo la testa sul cuscino e mi sforzo di tenere gli occhi aperti. Mi ci vuole un minuto, ma alla fine sono abbastanza lucido da muovermi. Tolgo delicatamente il braccio da sotto il corpo di Tiffany e scendo piano dal letto, cercando di non svegliarla ora che finalmente dorme pacificamente. Mi infilo un paio di pantaloni da ginnastica, la felpa che indossava Tiffany quando siamo arrivati qui, le scarpe e i guanti. Si gela fuori, e non voglio che mi vengano i geloni alle dita.

«Fin dove vuoi correre, papà?» gli chiedo, scendendo al piano di sotto e indossando il berretto, prima di tirarmi il cappuccio sulla testa.

«Facciamo lo stesso percorso dell'ultima volta. Cinque miglia.»

Gemo. «Ti rendi conto che ho fatto a malapena due ore di sonno da ieri?»

«Sono lieto di sapere che sei ben riposato.» Mi dà una pacca sulla schiena. «Sbrighiamoci se vogliamo tornare a casa prima che la tua ragazza si svegli.»

Ci prendiamo qualche minuto in più per fare stretching sul portico posteriore. Per quanto sia stanco, so che uno dei motivi per cui mio padre vuole andare a correre è perché così avremo un po' più di tempo per parlare.

«Si è addormentata senza problemi?» mi chiede, aiutandomi con i miei esercizi.

«Penso di sì. Non si è mossa affatto quando mi hai svegliato. Non dormiva così profondamente da due giorni.»

«È una bellissima ragazza. Capisco perché ti piaccia.»

«Non mi piace, papà. La amo. La amerei anche se avesse la faccia di una capra.»

Lui mi rivolge un sorrisetto. «Sembra simpatica ma nervosa di stare qui.»

«Puoi biasimarla? Sa che la sua reputazione la precede.»

Iniziamo il nostro giro intorno al quartiere. Mi aspetto che sia una corsa silenziosa, ma papà è più loquace del solito. «Sai, tua madre ha avuto dei seri problemi quando ci siamo sposati.»

Non dico nulla, ascolto e basta.

«Le groupie... quelle puttane... si sono indispettite quando non ho voluto più divertirmi con loro. Ero solo un bel pezzo di manzo per loro, un giocattolo, e non gli è andata a genio che il loro giocattolo gli fosse stato strappato via. Tua madre ha passato un periodaccio all'inizio.»

«Ma è stata crocifissa dai mass media come Tiffany?»

«All'epoca non esistevano cellulari e internet, quindi non è successo nulla di tale magnitudine. Ma sulle pagine scandalistiche hanno scritto delle cose piuttosto brutte. Tua madre ci è stata male per un po' di tempo. Ho perfino temuto che mi avrebbe lasciato perché non ne valevo la pena.»

«Perché avrebbe dovuto lasciarti, papà. Lei ti ama.»

«Nello stesso modo in cui tu ami Tiffany e non hai intenzione di lasciarla, vero?»

Scuoto la testa con decisione. «Assolutamente no. Quello che è successo non è colpa sua. Non è più quella ragazza.»

«Sono contento di sentirtelo dire. In qualità di tuo padre, vorrei che tu combattessi e la facessi pagare agli stronzi che hanno oltrepassato il limite in modo così orribile.»

«Ma?»

«Come uomo che ha trascorso molti anni sotto i riflettori, credo che tu sia saggio a lasciare che la cosa si sgonfi da sola. La pubblicità positiva è pur sempre pubblicità. E adesso l'obbiettivo è quello di evitare ogni tipo di pubblicità.»

«È proprio questo il piano. Tenere un profilo basso, leccarci le ferite e aspettare che una nuova storia sensazionale rendi questa una notizia vecchia.»

«Tutti gli anni passati a insegnarti di non dare nell'occhio stanno finalmente dando i loro frutti.» Mi dà una pacca sulla schiena. «E Rowen, lei mi piace.»

«Davvero?» Sapevo che gli sarebbe piaciuta, ma sentirglielo dire ad alta voce mi riempie di orgoglio.

«Mi rivedo parecchio in lei.»

Ridacchio. «Non sono sicuro che sia il miglior complimento che tu possa farle.»

«Spocchioso saputello. Come penitenza, ti sfido a chi arriva prima al traguardo» dice mio padre, scattando a tutta velocità.

«Merda» borbotto mentre mi sforzo di raggiungerlo.

CAPITOLO 36

TIFFANY

DISTENDO le braccia sopra la testa e mi rendo conto di aver dormito. Profondamente. Senza incubi né interruzioni. Mi sento molto meglio.

L'altro lato del letto è vuoto. Mi chiedo per quanto tempo abbia dormito.

Frugo nel mio zaino finché non trovo una giacca leggera che indosso insieme ai pantaloni. Scendo al piano di sotto e vado in cucina, dove trovo la madre di Rowen a cucinare.

«Buongiorno» mi saluta allegramente Denise mentre scola le patate nel lavello. «Hai dormito bene?»

«Sì, molto. Per quanto tempo ho riposato?»

«Direi circa quattro ore.»

«Sul serio? Non dormivo così bene da giorni.»

«Questo significa che ti senti al sicuro qui.»

Posa la pentola sul fornello e comincia a schiacciare le patate. C'è una salsa che sobbolle sul fuoco e sento anche l'odore di carne che cuoce.

«Posso aiutarla? Sembra che abbia molte cose da fare.»

«Me la cavo benissimo da sola, ma grazie. Perché non ti siedi? Vuoi qualcosa da bere?»

«Berrei volentieri un po' d'acqua, ma posso prenderla da me. La trovo in frigo?»

Denise annuisce. «Puoi scegliere tra quella filtrata o in bottiglia. Forse ci sono anche un paio di bibite gassate, però non ne sono sicura perché non le compriamo spesso.»

«A proposito, cosa sta preparando? Ha un profumino squisito.» Prendo un bicchiere dall'armadietto e lo riempio con acqua filtrata. Non ha senso sprecare una bottiglia d'acqua quando so che sono più comode da portare per gli atleti della casa.

«Salsicce con purè di patate. È il piatto preferito di Rowen. Se non lo preparo quando viene a farci visita, sia lui che mio marito si lamentano per giorni. Tanto vale che lo cucini il primo giorno così da togliermi il pensiero.»

Giro intorno all'isola e mi accomodo su uno sgabello. «Dov'è Rowen?»

«È uscito col padre un paio d'ore fa per andare a correre, ma penso che adesso si stiano allenando. Probabilmente non li vedremo fino all'ora di pranzo.»

Il mio stomaco sprofonda. Denise è gentile, tuttavia mi sentirei più a mio agio se Rowen fosse qui con me.

«Sono sorpresa che restino fuori così a lungo con il freddo che fa.»

«Cosa vuoi che ti dica? Siamo una famiglia patita del calcio da parecchio tempo. Ormai quasi niente ci infastidisce.» Solleva lo sguardo su di me. «Neppure gli scandali.»

Mi schiarisco la gola e fisso il mio bicchiere, non sapendo bene dove altro guardare.

«Tiffany.» Incrocio gli occhi di Denise. «Non devi sentirti a disagio qui o pensare di essere giudicata. Perché non è così.»

«Non voglio che lei pensi che quelle cose siano successe dopo che io e Rowen abbiamo iniziato a frequentarci. Ho smesso di... cioè... oddio...» Come fai a dire alla madre del tuo ragazzo, *"Non si preoccupi. Ho smesso di fare sesso a trenino da quando esco con suo figlio"*? Non importa come lo dici, risulterà sempre brutto da sentire.

Denise mette giù lo schiacciapatate e si pulisce le mani su un canovaccio blu. «Hai la stessa grinta di Ryan. Lui ha questo grosso entusiasmo per la vita ed è sempre l'anima della festa.» Ha uno sguardo quasi sognante mentre parla di suo marito. «È completamente diverso da me. Da Rowen.»

Mi mordo il labbro, incerta su dove voglia andare a parare.

«Quando Ryan mi ha raccontato per la prima volta alcune delle cose che ha fatto prima che ci incontrassimo, sono rimasta a dir poco sorpresa.» Getta il canovaccio sul bancone e si piega in avanti sui gomiti. «Mi ci è voluto un po' per capire, perché sono molto più riservata. Come Rowen. Mi accontento di fare da tappezzeria e osservare le persone. Ed è stato grazie al mio spirito di osservazione che alla fine ho capito che le cose che faceva erano il risultato della sua meravigliosa personalità estroversa. Si metteva in situazioni in cui la maggior parte della gente non si caccerebbe mai perché faceva ciò che gli veniva naturale, esplorando e godendosi la vita.»

«La maggior parte della gente dice che sono una puttana e che non merito un uomo come Rowen» dico. Mi vergogno che proprio sua madre, fra tutte le persone, conosca ogni cosa oscena che io abbia mai fatto.

Denise mi prende le mani tra le sue. «Se la pensassi anch'io così, allora significherebbe che Ryan non merita di stare con una donna come me. E questo è ben lungi dalla verità. Mio marito è la cosa migliore che mi sia mai capitata.»

«Ma le cose che ho fatto...»

«Appartengono al passato» dice, interrompendomi e stringendomi le mani più forte. «E tesoro, tutti hanno un passato. *Tutti.* Potresti essere una tossicodipendente in riabilitazione. Potresti avere dei precedenti per guida in stato di ebrezza o una dipendenza dal gioco d'azzardo. Ma la mia domanda è: hai intenzione di essere fedele a mio figlio?»

«Ovviamente! Con lui è completamente diverso.»

Lei sorride. «Questo perché il sesso cambia quando entra in gioco l'anima.»

Ha ragione. Anche se io e Rowen non abbiamo mai fatto sesso, quello che abbiamo condiviso è stato più intimo. Più... speciale.

Riprendendo in mano lo schiacciapatate, Denise si rimette al lavoro. «Riguardo al sesso...» Sorride quando mi vede fare una smorfia. «So che ti sembra strano parlare con me di questo argomento, ma hai conosciuto mio marito e mio figlio. Nessun argomento è off-limits in questa famiglia.» Stavolta sono io a sorridere. «Il sesso ha molteplici usi. Può essere usato per raggiungere il piacere fisico e rilassarsi. Per esprimere amore e intimità. Ma può anche essere usato come arma. In questo caso, è stato usato come arma contro di te.»

«Ho la sensazione che non dovrei farne una tragedia. Si tratta solo di una foto che mi ritrae nuda, quindi chi se ne frega, giusto?»

«Oh, tesoro. Hai il diritto di sentirti come vuoi. Non mi importa se qualcuno cerca di minimizzare quello che è successo. Sei stata violata e umiliata in maniera pubblica e malevola. Devi riprenderti e andare avanti? Assolutamente sì. Ma sono passati soltanto due giorni. Hai bisogno di più tempo per guarire.»

Finalmente, trovo il coraggio di porle la domanda che mi assilla dall'inizio. «Ha visto la foto?»

«Assolutamente no. E nemmeno Ryan. Non tradiremmo mai la fiducia di Rowen in questo modo. Né la tua. In effetti» prosegue, aggiungendo il burro alle patate, «non guardo mai le foto trapelate senza permesso. Se voglio rimanere coerente con la mia convinzione che un atto simile viola la privacy di qualcuno, devo rispettare chiunque si trovi in una tale situazione.»

Congiungo le mani in grembo mentre le lacrime mi salgono agli occhi. «Grazie.»

D'un tratto, la porta sul retro si apre e Rowen e suo padre entrano in cucina, i volti arrossati per il freddo.

«Ehi! Chiudete quella porta. Farete raffreddare il cibo» li sgrida Denise.

Ryan sbatte la porta dietro di sé, avanza verso la moglie e la cinge tra le braccia. «Salsicce con purè di patate» dice, baciandola sul collo e facendola strillare per il gelo. «Sapevo che c'era una ragione se ti ho tenuta con me, *mo grá*.»

Lei gli dà uno schiaffo sul braccio. «Non l'ho preparato per te, ma per tuo figlio.»

«Allora deve venirci a trovare più spesso.»

«Com'è andato l'allenamento?» chiedo a Rowen quando mi si avvicina e mi massaggia la schiena.

«Mi sono congelato. Questo cretino sembra pensare che sia una sciocchezza fare gli esercizi con una temperatura poco sopra lo zero» dice scherzosamente Rowen.

«Ti sei rammollito da quando ti sei trasferito al sud» ribatte Ryan in tono altrettanto giocoso.

«Andate a farvi la doccia voi due» dice Denise, agitando il cucchiaio di legno verso di loro. «Il pranzo sarà pronto fra una decina di minuti, e puzzate entrambi.»

Rowen e Ryan borbottano un po' ma obbediscono. Mentre si lavano, apparecchio per quattro e aiuto a sistemare il cibo in tavola. È strano per me fare un pranzo così abbondante. Sono abituata a mangiare di più a cena, ma suppongo che brucino parecchie calorie da queste parti, quindi devono mangiare molto anche a metà giornata.

Trascorriamo l'ora successiva a gustarci il pasto e a chiacchierare. La famiglia di Rowen è davvero divertente. Si punzecchiano a vicenda e nessuno si prende troppo sul serio. È rigenerante e mi fa sentire a mio agio.

«Sei andato dal barbiere, figliolo?» domanda Ryan mentre prende un altro boccone di patate.

«La scorsa settimana» risponde Rowen alzando gli occhi al cielo.

«Quali peli hai tagliato?» gli chiede suo padre, scoppiando in una grassa risata e facendomi andare l'acqua di traverso.

«Stai bene, tesoro?» Rowen mi dà qualche pacca sulla schiena, preoccupato.

Annuisco e tossisco nel tovagliolo. «Sì. È solo che non mi aspettavo che dicesse una cosa simile.»

«Come mai sei sorpresa? Questa è la sua battuta preferita. Mi chiede dei miei peli ogni volta che sono qui.»

«Quindi le piacciono le barzellette?» domando a Ryan, inarcando un sopracciglio.

Lui si piega in avanti sul tavolo con aria di sfida. «Ho sentito che anche tu non te la cavi male con le barzellette.»

«Perché il tacchino non gioca mai a poker?»

Ryan socchiude gli occhi. «Non lo so. Perché?»

«Per non essere spennato come un pollo.»

Sposta lo sguardo su sua moglie. «È in gamba.»

«Ti somiglia più di quanto pensassi» mormora Denise mentre comincia a sparecchiare la tavola.

Quando il suo cellulare suona, Rowen abbassa lo sguardo per leggere il messaggio che ha ricevuto. Poi mi afferra la mano. «Vieni. Voglio mostrarti una cosa.»

Lo seguo in soggiorno, dove apre il computer portatile e carica la pagina web di Channel Four. Il mio cuore prende a battere selvaggiamente e il mio respiro accelera.

«Che succede?» sussurro. Sono terrorizzata che sia accaduto qualcos'altro. «C'è una nuova foto? O un video?» Oddio. Non so se riuscirei a riprendermi se ci fosse un video.

Rowen clicca su un link. «Nulla di brutto, piccola. Voglio solo che tu veda cosa è stato organizzato da quando è scoppiato lo scandalo.»

Mannie appare sul monitor e comincia a parlare.

«Il Texas Mutiny ha tenuto le labbra cucite questa settimana dopo le pesanti insinuazioni di Mack Shivel sulle feste trasgressive della squadra dopo le partite.»

Scoppio a ridere. «Che modo carino per dirlo. Ricordami di dare a Mannie più spazio televisivo quando torniamo a Houston.»

· · ·

«Benché la maggior parte dei giocatori non abbia rilasciato commenti sull'accaduto, il capitano della squadra, Daniel Zavaro, ha espresso i suoi pensieri dopo l'allenamento di ieri sera.»

Daniel compare sullo schermo. È negli spogliatoi, con una dozzina di microfoni puntati in faccia. Sembra calmo e tranquillo, come se non fosse successo nulla di grave.

«Daniel» dice un reporter. «Cosa pensi della foto della fidanzata di Rowen Flanigan che Mack Shivel ha pubblicato sul proprio profilo Instagram?»

«Sono davvero furioso per quello che è successo. Tiffany è una mia cara amica e della mia fidanzata» dice con calma. «Guardano spesso le partite insieme allo stadio, ed è venuta a casa nostra per dei barbecue in famiglia. E prima che me lo chiediate, no, non è mai stata più di un'amica per me.»

Si sentono varie risatine nello spogliatoio e il video passa alla famosa clip di Rowen che salta sugli spalti.

«È una produttrice televisiva per una stazione locale, e il suo lavoro è stato prezioso per la nostra squadra» continua Daniel.
«Quindi non c'è nulla di vero in quello che ha detto Shivel?» chiede un altro giornalista.
«Bé, non so cosa faccia in privato, quindi non posso esprimermi su questo. Quello che so è che queste affermazioni sono state fatte da un uomo che è piuttosto incazzato per essere stato ceduto ad un'altra squadra. Prima che andasse via, ha rivolto varie minacce contro Flanigan,

alcune delle quali ne sono stato testimone. Starei molto attento a credere a ciò che dice.»

Mannie ritorna sullo schermo e continua a parlare, ma non lo ascolto più. Rowen chiude il portatile e si volta verso di me. «Questa è la posizione ufficiale della squadra.»

«Davvero?»

«Davvero. A tutti è stato detto di fare riferimento a questa dichiarazione se gli venissero poste altre domande. Sono piuttosto sicuro che adesso l'attenzione si sposterà su Shivel e su quanto sia difficile lavorare con lui.»

I miei occhi si riempiono di lacrime e ho come la sensazione che un peso mi sia stato tolto di dosso. «È... fantastico. Grazie.»

«Non ringraziarmi. È stato Daniel a orchestrare tutto. Sei sempre stata un'amica della squadra. Ti sei solo fidata delle persone sbagliate.»

«Ti amo, Rowen.» Mi accoccolo contro il suo fianco.

Lui mi bacia sulla testa e mi abbraccia forte. «Anch'io ti amo.»

Non mi sono mai sentita così amata in vita mia. Per la prima volta dopo giorni, sento che me la caverò.

CAPITOLO 37

ROWEN

ABBIAMO TRASCORSO altri quattro giorni a Detroit. Tiffany si è riposata e rilassata. Io, invece, sono stato sfiancato da mio padre per tutto il nostro periodo di permanenza. Gliene sono grato, però. Ho fatto una gran cazzata e ho deluso la squadra. Volevo essere in forma perfetta quando sarei tornato in campo per farmi perdonare.

In modo discreto, ho controllato le notizie sportive mentre eravamo dai miei. Non volevo che Tiffany vedesse qualcosa che la facesse ricadere in depressione, ma dovevo sapere se il peggio era passato. Le acque si sono calmate, e molto in fretta. In effetti, mi ha sorpreso quanto velocemente lo scandalo si sia sgonfiato. La notizia più bella dopo l'intervista di Daniel è stata la sospensione di Shivel e la sua successiva retrocessione nella squadra riserve.

Volevo ridere del casino in cui si era cacciato e che aveva creato lui stesso. Le sue abilità erano già in calo. Se voleva restare al vertice, avrebbe dovuto dedicare meno tempo a sabotare gli altri e più tempo ad allenarsi. Ma non l'ha fatto, e ne ha pagato le conseguenze.

Siamo tornati a casa circa una settimana fa. Ho trascorso i miei ultimi giorni di sospensione aiutando in lavanderia e facendomi un culo così agli allenamenti. Tiffany ha tenuto un profilo basso finché il suo capo non le ha permesso di tornare al lavoro. Era pronta.

Le cose stanno tornando alla normalità. Ho ripreso il mio ruolo da titolare per la partita di stasera, mentre Tiffany è alla stazione TV. Ho dovuto farle un discorso di incoraggiamento prima che andasse, ma sembra che si stia riprendendo alla grande. È una tipa tosta. Vorrei che fosse qui in tribuna a guardare la partita, ma probabilmente è meglio che non ci sia stavolta. La gente noterà che sono tornato, e preferirei non crearle altri problemi.

Sento l'adrenalina che pervade lo stadio mentre aspettiamo di correre attraverso il tunnel. L'adoro. È una delle sensazioni più belle del mondo.

«Scateniamoci, figli di puttana!» grida Daniel, saltellando sulla punta dei piedi.

Sul maxischermo compare una foto di Christian, che prende a correre verso il campo. «Ci vediamo là fuori, stronzi!» urla da sopra la spalla.

«Tutto bene, novellino?» mi chiede Daniel.

«Alla grande. Sono concentratissimo.» La mia faccia e le mie statistiche sono le prossime a comparire sul megaschermo. Corro lungo il tunnel con un sorriso sulle labbra. Questo è ciò per cui mi alleno. Ciò per cui vivo. Non lo scambierei per nessun altro lavoro al mondo.

Faccio un giro intorno al campo e mi fermo accanto ai miei compagni di squadra. Una volta che ci siamo tutti, ci stringiamo in un cerchio e ci scambiamo parole di incoraggiamento, spronandoci a vicenda.

«Questa è casa nostra!» grida Daniel. «La nostra città natale. Gli permetteremo di venire qui e metterci in imbarazzo in casa nostra?»

Prorompiamo in un ruggito di acclamazione.

«Allora diamoci dentro! Mostriamogli chi è che comanda. Mettiamoli in ginocchio!»

Esultiamo e ci separiamo per metterci in posizione.

Verso la fine del primo tempo, siamo uno a uno, ma non sono

preoccupato. Siamo molto compatti, e sento di aver trovato il mio ritmo.

I centrocampisti entrano in azione. Dopo vari minuti di intenso tira e molla tra le squadre, diventa ovvio che il nostro allenamento sta dando i suoi frutti. Stiamo facendo un gioco di squadra e le tattiche degli avversari non funzionano.

Devo fare un buon passaggio per superare la difesa dell'Iguana, così che Daniel possa tirare in rete. Si trova proprio dove ho bisogno che sia, perciò gli passo il pallone. Lui corre verso la porta ma perde il possesso palla.

Riesco a riconquistarlo facendo pressione sul loro attaccante con la maglia numero sette. Combattiamo per conquistare la palla. Quando questo non funziona, il numero sette finge uno sgambetto da parte mia e cade a terra.

Sfortunatamente, l'arbitro gli crede e soffia il fischietto, sollevando il cartellino giallo e assegnando un calcio di punizione.

Merda.

«È stata una mossa da stronzo» dico all'attaccante avversario mentre io e i miei compagni ci mettiamo in posizione.

«Non frignare come una femminuccia del cazzo» ribatte lui.

«Ignoralo» mi dice Christian mentre ci allineiamo fuori l'area di rigore. «Non lasciarti influenzare da quello che dice.»

«Sto bene» rispondo, tenendo gli occhi fissi sulla palla.

Il nostro portiere si prepara a parare il tiro. Il calciatore avversario studia la porta, prima di fare qualche passo indietro e tre lunghe falcate in avanti. La punta del suo piede tocca la parte inferiore del pallone, ma il tiro è troppo largo.

Pochi istanti dopo, la palla è di nuovo in gioco.

Il loro attaccante ha difficoltà a superarmi e il nostro portiere tira il pallone all'altro lato del campo.

Ci fiondiamo entrambi in quella direzione, ostacolandoci per tutto il tempo. Nella sua foga di oltrepassarmi, il numero sette inciampa e va giù, ma stavolta l'arbitro non chiama il fallo.

«Che cazzo, amico?» sbotta stizzito.

«Cosa c'è?» ribatto. «Non ti ho nemmeno sfiorato. Non incolpare me se stai perdendo le tue graziose abilità da ballerina.»

I suoi occhi si socchiudono in due fessure e mi preparo all'insulto che so sta per arrivare. «Ho visto la tua troia su internet» dice. «Mi sono fatto una sega guardando la sua foto. Il suo corpo è sempre così scopabile?»

«Non saprei» rispondo mentre il pallone viene dritto verso di noi e cominciamo a lottare per ottenere il possesso. «La sua faccia è stata photoshoppata sulla foto del corpo nudo di tua sorella.»

Il suo viso si adombra. «Chiudi il becco, stronzo. Non conosci mia sorella.»

«Oh, invece sì. La sua dolce figa era davvero deliziosa ieri notte.» Lui perde il controllo e io passo il pallone a Daniel, che dribbla il portiere e manda facilmente la palla in rete, facendoci guadagnare un altro punto e mandandoci in vantaggio.

I tifosi prorompono in un boato di esultanza, e la squadra si raggruppa per festeggiare.

Dopo esserci congratulati a vicenda, Christian mi dà una pacca sulla testa. «Bel lavoro, novellino. Sono contento che tu sia tornato.»

Riprendo la mia posizione. È bello essere tornato.

CAPITOLO 38

TIFFANY

«TE LO GIURO, MAMMA, STO BENISSIMO» dico al telefono mentre afferro dalla stampante le modifiche dell'ultimo minuto apportate al copione. «È stata dura all'inizio, e di tanto in tanto ho ancora dei momenti di abbattimento, ma mi sento più forte ogni giorno che passa.»

Mia madre sospira. «Vorrei che fossi tornata a casa invece di andare a Detroit. Mi sarei presa cura di te.»

«Non sarei nemmeno andata a Detroit se Rowen non mi avesse praticamente costretta a salire in macchina.» Afferro le cuffie e scendo le scale verso la redazione. «Inoltre, non volevo che mi vedessi in quello stato. Mi vergognavo troppo.»

«Tesoro, non dovresti mai vergognarti con me.»

«È più facile a dirsi che a farsi, e lo sai. Non avrei mai voluto che tu sentissi quelle cose, mamma. Io e te abbiamo un ottimo rapporto, ma ci sono certe cose che neppure una madre dovrebbe sapere.»

«Lo so, lo so. Promettimi solo che verrai a trovarmi presto. È passato troppo tempo.»

«Te lo prometto, ma ora devo andare. Mancano cinque minuti all'inizio del programma.»

«D'accordo, tesoro. Ti voglio bene.»

«Anch'io te ne voglio, mamma. Ciao.»

Termino la chiamata e saluto Caleb con la mano mentre passo accanto alla sua scrivania. Lui mi lancia un'occhiataccia e io rido.

Tornare al lavoro oggi è stato difficile. Essendo il mio primo giorno dopo la pausa forzata, non ero sicura di cosa aspettarmi, ma Caleb mi ha subito messa a mio agio. Mi ha trattata esattamente come ha sempre fatto. Mi ha persino urlato contro quando ho gettato il malocchio sui suoi scanner radio. Non appena ho pronunciato le parole magiche, sono arrivate tre notizie dell'ultim'ora. È stato fantastico.

Poiché oggi era il giorno libero di Steve, ho trascorso il pomeriggio a guardare le partite con Mannie. Quella del Mutiny l'abbiamo vista sullo schermo più grande che abbiamo. Sono davvero orgogliosa di Rowen. Ha giocato in maniera favolosa. Ha dimostrato a tutti che non hanno commesso un errore nel renderlo titolare. Hanno vinto due a uno.

Ha perfino rilasciato un'intervista dopo la partita. Sono scoppiata a ridere nel vederla. Benché si sia rifiutato di parlare della mia fotografia, non importa quante volte glielo chiedessero, non si è fatto problemi nel commentare che Shivel non è più fisicamente all'altezza della sfida. Sappiamo entrambi che Mack ribollirà di rabbia quando vedrà l'intervista, e io lo conosco abbastanza bene da sapere che *lo farà*.

Entro nello studio di registrazione e consegno a Mannie la versione aggiornata del copione. «Ci sono piccoli cambiamenti alla pagina cinque, e la partita degli Astros è appena terminata. Il punteggio è scritto lì.»

Lui annuisce e indossa il microfono. Dovrei andare in cabina di controllo perché mancano solo due minuti alla messa in onda, ma prima ho bisogno di parlare con una persona.

«Ciao» dico a Casey, che sta sistemando la cinepresa in attesa di zoomare durante i titoli di testa.

«Ehi, Tiffany» mi saluta, sorridendomi. «Sono felice che tu sia tornata. Ti sei divertita durante le ferie?»

«I genitori di Rowen sono fantastici, ma fa freddo a Detroit.

Sono contenta di essere di nuovo a Houston, così posso sconge-larmi un po'.»

«Ci scommetto.»

«Ehm... volevo ringraziarti.» Casey mi guarda con aria interrogativa. «Per avermi difeso quel giorno. Il tuo gesto mi ha fatto sentire meno sola. Come se avessi almeno un alleato.»

«Certo che ti ho difesa. Solitamente mi faccio i fatti miei, ma ci sono tre cose su cui mi infervoro.» Solleva tre dita e le abbassa una alla volta. «Maltrattamento degli animali, abuso sui minori e violenza sessuale. So che non viene classificato come tale, ma anche quello che è successo a te è violenza sessuale.»

«Non sei la prima persona ad avermi detto qualcosa del genere ultimamente.»

«Allora non sono l'unica persona ad aver ragione al riguardo. Le leggi in merito a situazioni come questa devono assolutamente cambiare. Sfortunatamente, ci vuole qualcosa di drastico, per esempio che accada alla figlia di un senatore, affinché i legislatori finalmente se ne freghino qualcosa e vedano situazioni simili per quelle che sono davvero. Ma questo non significa che io non abbia la responsabilità di ammonire la gente sin da ora.»

Il regista inizia il conto alla rovescia di trenta secondi attraverso l'auricolare. «Devo andare in cabina. Ma grazie ancora.»

«Quando vuoi» dice, riportando l'attenzione sulla cinepresa.

Gli altri cameraman evitano di incrociare il mio sguardo, però non mi interessa. Non lascerò che alcune battutine immature mi scoraggino.

Posso attestare personalmente che il detto "quello che non uccide, fortifica" è vero.

CAPITOLO 39

ROWEN

SEI *mesi dopo*

Una brezza tiepida soffia attraverso le portefinestre aperte che danno sulla terrazza, facendo ondeggiare le tende diafane. La veduta sembra una di quelle foto che si vedono nelle riviste, ma io ci faccio a malapena caso. La mia attenzione è concentrata sulla bellissima e nuda creatura nel mio letto.

Tiffany è profondamente addormentata a pancia in giù, con il viso rivolto verso di me e gli splendidi capelli castani sparpagliati sul cuscino. Non riesco a smettere di fissarla mentre dorme pacificamente.

Questo è proprio ciò di cui avevamo bisogno: allontanarci da tutto e da tutti. La stagione è stata stressante. Non soltanto per me, ma anche per Tiffany. Dopo lo scandalo della foto, non ha potuto più sedersi sugli spalti. Ogni volta che lo faceva, le persone la circondavano, scattando fotografie e facendo commenti. Prima o poi, le acque si calmeranno del tutto, o almeno così speriamo, ma i tifosi di calcio non dimenticano mai nulla. Ci vorrà del tempo prima che Tiffany si senta di nuovo a suo agio nel settore cento.

Nel frattempo, si siede nel box con Quincy e le altre WAG. Mi ha detto che all'inizio è stato imbarazzante, sapendo che tutte le donne presenti nel box si stavano domandando la stessa cosa: è andata a letto con mio marito? Nessuna di loro ha avuto il fegato di chiederglielo, tranne una.

Mariana, la moglie di Santos, ha finalmente racimolato il coraggio per chiederle informazioni sui "regalini" alle feste. Quando Tiffany me ne ha parlato dopo la partita, mi ha detto che è stata una conversazione orribile da avere. Non si è mai sentita così in colpa, ma ha risposto alle domande di Mariana in maniera sincera. Poi si è scusata e ha ammesso che all'epoca non pensava a nessuno tranne che a se stessa. Sorprendentemente, Mariana l'ha abbracciata e ringraziata per averle detto la verità.

Dopodiché, Mariana è tornata a casa, ha impacchettato le proprie cose e ha chiesto il divorzio ancor prima che la partita fosse finita. Santos l'ha scoperto solo quando è tornato a casa quella sera. L'atmosfera negli spogliatoi è stata carica di tensione per un paio di mesi dopo che Mariana l'ha lasciato. Santos ha incolpato Tiffany – così come hanno fatto tutti gli altri, diamine – ma alla fine è arrivato alla conclusione che è stato lui a tradire sua moglie, non Tiffany. Quest'ultima ha giocato un ruolo nella loro separazione, ma sostanzialmente, se non fosse stata Tiffany, sarebbe stata qualcun'altra. Col passare del tempo, abbiamo cominciato tutti a voltare pagina.

Ed eccoci qua, in vacanza alle Fiji.

Mentre la osservo dormire, le carezzo la coscia nuda, continuando a pensare alla stessa cosa: sono l'uomo più fortunato del mondo. Questa donna straordinaria è tutta mia.

Scivolo in quel luogo che sta fra il sonno e la veglia, dove i ricordi sono più vividi, rammentando...

«Mmm» mormora Tiffany mentre le spalmo la crema solare sulla schiena. «È veramente piacevole. Ma non dovrei essere io a metterti la protezione? Diventerai rosso come un'aragosta se non stai attento.»

È distesa su una sedia a sdraio sulla spiaggia, con le onde che lambi-

scono la sabbia a pochi metri da noi. Gli alberi di palma forniscono una gradevole ombra mentre la brezza muove le fronde avanti e indietro.

«Me la sono riapplicata mentre eri in acqua. Inoltre, la mia pelle si è abituata al sole nel corso degli anni.»

«Mi stai spalmando la crema solare o mi stai massaggiando?»

«Sono stato distratto dal tuo culo.» Faccio scorrere le mani sulle sue natiche, a malapena coperte da un bikini rosso striminzito. Posso sentire le vibrazioni scuoterle il petto quando ridacchia.

«Non hai bisogno di scuse per palparmi il culo, lo sai.» Rotola sulla schiena, mettendo in mostra il resto del suo corpo. Le spalmo la protezione sulla pancia.

«Lo so. Ma in questo modo posso fingere di avere un briciolo di auto-controllo.» Quando porto le mani sulla parte superiore dei suoi seni e comincio a massaggiare, lei le scaccia via. «Perché mi respingi?» dico con una risata. «Ho già visto le tue tette.»

Tiffany inarca un sopracciglio. «Lo so. E ogni volta che le tocchi, mi lasci sempre appesa.» Scoppio a ridere e prendo a massaggiarle le cosce. «Se vuoi mantenerti puro, faresti meglio a smetterla di spingermi al limite, carino. Forse tu hai autocontrollo, ma io no.»

«E se non volessi più controllarmi?» chiedo in tutta serietà, carezzando lo stesso punto sul suo polpaccio più e più volte mentre valuto la sua reazione. Vorrei poter vedere i suoi occhi, non soltanto il riflesso dei suoi occhiali da sole.

Tiffany deglutisce e le sue gambe si contraggono, come se si stesse trattenendo dal divaricarle e accogliermi dentro di sé qui e ora. È stato un lungo anno per lei. Per quanto sia stato bello il sesso orale – anzi, fottutamente fantastico – so che le manca fare sesso. La mia ragazza ha una libido pazzesca. E se mi ama tanto quanto io amo lei, non riuscirà a trattenersi ancora a lungo.

«Smettila di stuzzicarmi, Rowen. Non è divertente.»

«Non ti sto stuzzicando, tesoro. Ho deciso. Ti voglio in tutti i modi in cui posso averti. Ogni singolo modo.» Tolgo il suo piede dal mio grembo e lo poggio sulla sedia a sdraio, dopodiché frugo nella borsa da spiaggia che ci siamo portati appresso.

«Rowen» dice in tono supplichevole. «A volte mi sento frustrata quando facciamo solo certe cose. Ma davvero, mi va bene aspettare» continua, mettendosi seduta e facendo sì che le nostre ginocchia si tocchino. «È importante per te. Non voglio che ci rinunci ora.»

Sollevo il coperchio di una scatolina di velluto nero.

Lei rimane senza fiato. «Cos'è?» sussurra, senza staccare gli occhi dall'anello all'interno.

«Questo» dico, tirandolo fuori dalla scatolina, «era l'anello di fidanzamento di mia nonna. L'ha indossato per cinquantasette anni, finché non è morta. Spero che tu lo indosserai per altri cinquantasette anni.»

Si porta gli occhiali da sole sopra la testa.

«Ti amo, Tiffany» proseguo. «Amo il tuo cervello. Amo la tua bellezza. Amo la tua faccia da stronza.» Una risatina le sfugge dalle labbra e si copre subito la bocca con una mano. «Amo la tua forza, la tua arguzia e la tua passione per lo sport. Amo che ti impegni così duramente nel tuo lavoro perché lo adori alla follia. Amo la tua lealtà. Amo il tuo cuore.»

«Come... come hai avuto questo anello?»

«Me l'ha spedito mamma qualche settimana fa, quando le ho detto che volevo sposarti. Maimeó glielo ha dato un paio di mesi prima che morisse, così che io potessi darlo a te.»

Tiffany solleva lo sguardo su di me. «Il tuo accento irlandese sta venendo fuori.»

«Sono nervoso.»

«Perché sei nervoso?»

«Perché non voglio che tu pensi che questo c'entri qualcosa con il sesso.» Prendo la sua mano sinistra nella mia e le infilo l'anello all'anulare. «Anche se dovessi rimanere vergine per il resto della mia vita, vorrei sposarti lo stesso.» Lei sposta lo sguardo da me all'anello che ha al dito. I suoi occhi sono velati di lacrime.

«Voglio sposarti disperatamente, Rowen. Non vedo l'ora.» Si getta tra le mie braccia, facendoci ricadere all'indietro sul lettino. «Ti amo, ti amo, ti amo» ripete mentre mi bacia appassionatamente.

La stringo forte a me, crogiolandomi nel suo affetto finché non ce la faccio più. «Tesoro, ho bisogno che ti fermi.»

«Perché?»

«*Perché sono in costume da bagno su una spiaggia pubblica e tu ti stai strusciando contro il mio corpo con addosso un bikini striminzito.*»

Tiffany scoppia a ridere e si stacca da me. «*Scusa.*» *Si siede sulla sdraio e fissa di nuovo l'anello. Mentre lo ammira, io ammiro lei.* «*Quando ci sposiamo?*»

Mi schiarisco la gola prima di parlare. «*Stasera.*»

«*Stasera?*» *ripete, paralizzandosi.* «*Senza invitati?*»

«*Ho riflettuto su cosa potesse piacerti. Dopo tutto quello che è successo, ho pensato che volessi stare lontano dai riflettori, perciò ho messo in moto alcune cose. Ma soltanto se lo vuoi*» *aggiungo velocemente.*

Tiffany guarda l'oceano, arricciando il naso come fa sempre quando pensa. «*Un paio d'anni fa, avrei voluto un matrimonio sfarzoso. Con mia madre e i nostri amici, e me al centro dell'attenzione. Ma qualcosa è cambiato da quando è saltata fuori quella foto. Non voglio più stare al centro dell'attenzione.*» *Riporta lo sguardo su di me.* «*Voglio che i nostri momenti privati restino privati.*» *Mi prende la mano e mi bacia il palmo.* «*Certe volte mi conosci meglio di quanto io conosca me stessa, novellino.*»

«*Quindi ci sposiamo stasera?*» *chiedo.*

Lei annuisce. «*Sì, ci sposiamo stasera.*»

Tiffany rotola dall'altro lato del letto, destandomi dal mio dormiveglia. Il sole è calato, e so che dovrei svegliarla per la cena.

Sulla sua schiena nuda sono visibili i lievi segni dell'abbronzatura. Il suo sedere è di una tonalità più chiara dello stesso colore. Riesco a intravedere le pieghe intime del suo sesso che fanno capolino tra le cosce. Se non sto attento, la sveglierò per qualcos'altro a parte la cena. Invece, scivolo nuovamente nella foschia dei miei ricordi...

«Non riesco a credere che tu abbia organizzato tutto questo.»

Camminiamo mano nella mano lungo la spiaggia come marito e moglie. La fotografa nuziale ci segue e ci dà indicazioni di tanto in tanto, a seconda dell'illuminazione, ma perlopiù vuole che siamo naturali.

«Vorrei potermi prendere tutto il merito, ma ho ricevuto un piccolo aiuto» ammetto, sfregando il pollice sulla sua fede.

«Davvero? Da chi?»

«Mia madre.»

Tiffany smette di camminare. «Tua madre sa che ci siamo sposati?»

«Mi ha aiutato ad organizzare ogni cosa.»

«Non voleva essere qui?»

Cingo mia moglie tra le braccia e la faccio girare in modo che siamo entrambi rivolti verso il tramonto. «Voleva esserci, ma credo che sapesse che era qualcosa che dovevamo fare da soli.» Le stampo un tenero bacio sulla spalla. «Quando l'ho chiamata per l'anello e le ho detto che ti avrei chiesto di sposarmi, le ho casualmente accennato che non ero sicuro di poter aspettare finché non fossimo tornati a casa per sposarti.»

Sento Tiffany sorridere mentre sfrego il naso contro il suo collo. «Non posso credere che ti abbia aiutato a fare tutto questo.»

«Conosci gli attori Tori Spelling e Dean McDermott?»

«Chi non li conosce?» replica lei in tono sarcastico. «Se la nostra relazione è piena di scandali, la loro ne è stracolma. Sono sui tabloid praticamente una settimana sì e una no per tutte le cose assurde che gli succedono.»

Ridacchio. «Si sono sposati alle Fiji, solo loro due. Mia madre ha letto tutto al riguardo e ha detto che è stata la cosa più romantica che abbia mai visto, e se dovesse rifare tutto da capo, quello è il tipo di matrimonio che vorrebbe avere.»

«Quindi ci siamo sposati nello stesso posto di Tori e Dean?» Si gira tra le mie braccia e intreccia le mani dietro al mio collo.

«Cavolo, no» dico ridendo. «Quel resort era troppo costoso per noi, ma è da lì che è nata l'idea.»

«È stato davvero dolce da parte sua. In particolare, mi è piaciuto il pasto di tre portate nella cabana privata. Le decorazioni erano bellissime.» Si solleva in punta di piedi e mi bacia teneramente. «E mi è

piaciuto che fossimo solo noi due e un paio di camerieri del resort.» Mi bacia di nuovo. «E che ci fossero diversi abiti bianchi per me tra cui poter scegliere.» Mi dà un altro bacio. «E che ci fossero una manicure, una pedicure e un parrucchiere ad attendermi.» Un altro bacio. «E soprattutto, ho apprezzato quei massaggi che ci siamo scambiati questo pomeriggio.» Mi bacia più profondamente. «Ma ora credo che sia arrivato il momento che io massaggi qualcos'altro.»

Emetto un gemito gutturale e avvolgo la mano intorno alla sua nuca, attirandola maggiormente a me. Dopo una lasciva pomiciata di vari minuti, che la nostra fotografa non manca di immortalare, ci stacchiamo e riprendiamo fiato.

«Sei pronto a farti deflorare da me?» mi chiede Tiffany con un sorriso.

Le sorrido di rimando. «Aspetto questo momento da tutta la vita.»

Diamo la buonanotte alla fotografa e ritorniamo al nostro bungalow. Lei ci rivolge un sorriso d'intesa mentre ci allontaniamo. Solitamente, sarei imbarazzato al pensiero che qualcuno sappia cosa ci apprestiamo a fare io e Tiffany, ma non stasera. Stasera, farò l'amore con mia moglie.

Dopo che oltrepassiamo le portefinestre, mi volto per chiuderle. Ad essere sincero, sto facendo di tutto per evitare che mi tremino le mani. Voglio che sia un'esperienza indimenticabile per lei. Mi paragonerà agli altri?

No.

Non c'è posto per loro qui. Tiffany è mia moglie. È mia.

Quando mi volto, la trovo in piedi accanto al letto, con i lunghi capelli scuri che le ricadono su una spalla. È talmente splendida da mozzarmi il fiato. E sembra altrettanto nervosa.

«Cosa c'è che non va?» domando, facendo due passi nella sua direzione e massaggiandole le braccia nude.

Lei mi rivolge un timido sorriso. «So che sembra assurdo, ma voglio che questa sia un'esperienza indimenticabile per te.»

Sorrido sollevato. «Stavo pensando la stessa identica cosa.»

«Davvero?»

«Bé, sì. Io non...» Mi interrompo. Voglio essere sicuro di usare le

parole giuste così da non rovinare questo momento. «Non ho quasi nessuna esperienza in questo campo, ed è tanto, tanto tempo che aspetto.» *Una risatina le sfugge dalle labbra.* «Voglio che la prima volta con te, la prima volta con mia moglie, superi di gran lunga qualsiasi cosa tu abbia mai sperimentato. Voglio che non ci siano dubbi nella tua mente che avremo una vita sessuale molto lunga e soddisfacente.»

Tiffany mi bacia il palmo e si porta la mia mano sul seno. «Rowen» *dice dolcemente.* «Nessuno ha mai fatto l'amore con me.» *Mi si mozza il respiro e le strizzo delicatamente il seno.* «Voglio fare l'amore con mio marito. E voglio assicurarmi che mio marito sia soddisfatto. Sempre.»

Si solleva in punta di piedi e mi bacia, lentamente all'inizio, poi più profondamente man mano che esploro le sue curve. Le abbasso le spalline, facendo scivolare il vestito lungo il suo corpo, fino a farlo cadere sul pavimento.

«Dio mio, sei bellissima.» *È in piedi di fronte a me con addosso soltanto un reggiseno di pizzo bianco senza bretelle e un paio di mutandine dello stesso colore. La sua pelle abbronzata risplende al chiaro di luna. Mi sorride e allunga le mani verso di me. Le lascio prendere il controllo mentre mi aiuta a sfilarmi la camicia dalla testa. Fa scorrere lentamente le dita lungo il mio petto, poi si piega in avanti e mi lecca un capezzolo, facendomi rabbrividire. Traccia una scia di baci lungo il mio addome, prima di mettersi in ginocchio.*

«Cosa stai facendo, piccola?» *chiedo, carezzandole i capelli. Lei mi guarda attraverso le sue folte ciglia e mi sbottona i pantaloni.*

«Sto spogliando mio marito» *risponde, abbassandomeli insieme ai boxer. Il mio uccello diventa ancora più duro sotto il suo sguardo. Per quanto voglia sentire la sua bocca su di me, c'è qualcos'altro che desidero con maggior fervore.*

«Niente da fare.» *La sollevo da terra e avvolgo le sue gambe intorno a me mentre scalcio via i pantaloni.* «Stasera ti avrò per la prima volta. Non ho intenzione di perdere tempo con un pompino.»

«Hai appena detto che un pompino è una perdita di tempo?» *mi rimprovera in tono scherzoso mentre la distendo sul letto e mi sistemo sopra di lei.*

«Normalmente non lo è, ma questa è la nostra prima notte di nozze. Lascia che ti ami.»

Il suo reggiseno e le sue mutandine si uniscono al resto dei vestiti sul pavimento. L'ho già vista nuda altre volte, ma non così. Non quando è completamente mia.

La bacio dappertutto, amando ogni centimetro del suo corpo.

Il mio uccello è così duro che potrei esplodere da un momento all'altro, ma sono determinato a farle prima raggiungere l'orgasmo. Le divarico le cosce e sfrego il naso sul suo clitoride, facendola dimenare di piacere. Lei infila le dita tra i miei capelli mentre aspetta che le dia ciò che vuole. Alla fine, l'accontento e faccio scorrere lentamente la lingua lungo la sua figa, assaggiandola. Amandola. Infilo due dita nella sua fessura e la ascolto gemere. Questo mi fa indurire ancora di più. Muovo le dita ripetutamente e, allo stesso tempo, lecco le parti esterne del suo sesso. In pochi secondi, il suo sapore inizia a cambiare e sento i suoni che desidero ascoltare.

«Roweeeeeeen» dice in un gemito, tirandomi i capelli e inarcando la schiena mentre viene. È ancora la cosa più bella che abbia mai sentito, a parte forse quando ha detto "Sì, lo voglio".

Risalgo lungo il suo corpo baciando ogni centimetro della sua pelle, desiderando prolungare il suo piacere il più a lungo possibile e, contemporaneamente, morendo dalla voglia di affondare in lei il prima possibile.

Tiffany mi fissa negli occhi. «Sei pronto?» sussurra.

«E tu?» Posiziono il mio uccello alla sua fessura e mi spingo delicatamente in lei, sentendo il suo sesso caldo stringersi intorno a me per la prima volta.

«Oh mio.... caaaaaazzo... Non ti permetterò più di farmi un pompino. Questo è molto meglio» dico in maniera quasi incoerente.

«Rowen» bisbiglia Tiffany con voce strozzata.

Mi fermo immediatamente quando mi rendo conto che sta piangendo. «Cosa c'è che non va, tesoro?» Bacio le lacrime che scorrono lungo le sue guance. «Perché piangi?»

Si sforza di trattenere un singhiozzo, ma non può nascondermi le sue emozioni.

«*Va tutto bene. Non fermarti*» dice e io riprendo a muovermi. «*È solo che non avrei mai creduto che potesse essere così questa... unione.*»

«*Oh, piccola.*» Le sorrido. «*È così che dovrebbe essere sempre.*» La bacio di nuovo. Non smetto di farlo mentre mi spingo dentro e fuori di lei, sentendola toccarmi ovunque. La bacio mentre il mio orgasmo monta.

«*Tiff*» gemo. «*Voglio che tu venga insieme a me, ma non penso... oddio... non penso di...*»

«*Shh...*» Mi prende il viso tra le mani. «*Abbiamo una vita intera per perfezionare l'arte di venire insieme.*» Inarca il bacino e i suoi occhi roteano all'indietro mentre continuo ad affondare in lei. «*Prendimi, Rowen. Prendimi più forte. Questa volta è per te.*»

La posseggo con più forza, proprio come dice.

«*Più veloce, amore. Muoviti più velocemente.*»

Faccio come dice. Mi spingo più forte e più rapidamente in lei.

«*Sollevati sulle ginocchia, Rowen*» mi incita. «*Prendimi, Rowen. Ti prego, ti prego, ti prego, fammi tua.*»

Do un'ultima spinta mentre mi sorreggo sulle ginocchia e vengo. Un gemito che non avevo mai sentito prima scaturisce dal profondo del mio petto, e tutte le terminazioni nervose del mio corpo prendono vita quando l'orgasmo mi percorre da capo a piedi. Il mio pene pulsa ripetutamente mentre mi riverso in lei, in mia moglie, facendola mia nel modo più primitivo che esista.

Rallento il ritmo dei miei movimenti e la guardo negli occhi, vedendo l'amore che risplende nelle sue iridi. Senza ritrarmi dal suo corpo, la bacio di nuovo. Stavolta il nostro bacio è lento e tenero. Il bacio di una coppia in cui i partner hanno un legame spirituale così profondo che non potranno mai fare a meno l'uno dell'altra. Il bacio di una coppia follemente innamorata. Il bacio di una coppia che ha condiviso un'esperienza emotiva di cui nessun altro al mondo verrà mai a conoscenza.

Mio padre aveva ragione. Non c'è niente di più bello che fare l'amore con la propria moglie.

«A cosa stai pensando?» chiede Tiffany, scuotendomi dai miei pensieri e rotolando di nuovo verso di me.

«Non sapevo che fossi sveglia.»

«Non volevo disturbarti» dice, la voce attutita contro il mio petto. «Stavo ascoltando il rumore dei tuoi pensieri.» Ridacchio. «Allora, a cosa stavi pensando?»

Le accarezzo i capelli. «A te. A me. A noi. Alla scorsa notte.»

Mi stampa un bacio sul petto. «Ieri notte è stato bellissimo.»

«Mmm» concordo. «Tutte e quattro le volte.»

Tiffany si scosta leggermente da me per guardarmi negli occhi. «Eri così preoccupato di non avere abbastanza esperienza per soddisfarmi che ti sei dimenticato l'enorme vantaggio di sposare un verginello.»

«Ovvero?»

«Hai aspettato così tanto tempo che hai più resistenza di chiunque altro io conosca.»

Sorrido. «Ho un bel po' da recuperare.»

«Decisamente sì» risponde, baciandomi e facendomi distendere sulla schiena. «Penso che possiamo lavorarci su sin da ora.» Si mette a cavalcioni su di me e sfrega la sua deliziosa figa contro il mio uccello, facendomelo indurire quasi all'istante.

Quando si abbassa su di me, accogliendomi nel suo calore, gemiamo entrambi. Prendo mentalmente nota della sensazione della sua pelle a contatto con la mia, del modo in cui il suo respiro sfiora il mio viso quando mi bacia, del modo in cui la sua schiena si inarca mentre mi cavalca.

I miei compagni di squadra potranno anche aver visto il neo vicino al suo capezzolo, la sua espressione quando viene e assaggiato il suo sapore, ma non hanno mai baciato le sue lacrime di gioia la prima volta che sono stati insieme. Non hanno mai sentito le sue tenere carezze mentre possedeva il loro corpo. Non l'hanno mai fissata negli occhi e visto la sua anima schiudersi, lasciandoli entrare nella parte più profonda di sé per unirsi a loro in un modo in cui non si è mai unita con un altro essere umano.

Quelle cose sono mie e soltanto mie.

Prima era una groupie, ma adesso è la mia WAG.

Perché Tiffany ne vale assolutamente la pena.

FINE

RINGRAZIAMENTI

Murphy Rae: Grazie per la cover, è bellissima, molto più di quanto avrei mai potuto sognare. Grazie per i tuoi discorsi di incoraggiamento e per le tue conversazioni quotidiane.

Beth Rustenhaven: Grazie per aver trovato la didascalia perfetta. Conosci davvero bene le tue sgualdrinelle.

John Marshall: Grazie per essere il miglior modello di copertina in assoluto. Anche se la tua foto è sul retro, in inchiostro invisibile. Scusa se ti ho traumatizzato. Mi assicurerò di mandare a Julie le mie condoglianze se dovesse trovarti rannicchiato in un angolino a succhiarti il pollice.

Jade Grandi: Grazie per essere stata la prima persona a leggere la bozza di questo romanzo e ad incoraggiarmi ad andare avanti.

Jessica Prince: Grazie per aver odiato Tiffany così tanto da finire con l'amarla alla follia.

Brenda Rothert: Sei la miglior critica e amica di sempre. Non sbagli mai un colpo.

Sara Ney: Grazie per tutte le informazioni che mi hai dato sul calcio.

Laurie Darter: Grazie per la tua conoscenza del gaelico irlandese e del suo dialetto. Qualsiasi errore presente è colpa tua. Grazie anche per essere una fantastica amministratrice del mio gruppo Carter's Cheerleaders.

Christine Kuttnauer: Grazie per aver discusso di certe idee con me e per aver compreso il mio desiderio di rendere questo libro realistico e, allo stesso tempo, non troppo traumatico per la maggior parte dei lettori.

Megan Kapusta: Grazie per essere stata onesta con me, dicendomi che sei riuscita ad apprezzare Tiffany anche se non sei ancora sicura se ti piaccia o no. Il che va benissimo! Ecco perché avevo bisogno di te! Perché sapevo che avresti avuto un occhio molto più critico verso il suo comportamento, mia cara moralista.

L.S. King: Non riuscirai mai a farmi smettere di alzare gli occhi al cielo! Ma grazie a Dio lo noti ogni volta che lo fanno i miei personaggi. Grazie per aiutarmi a migliorare il mio stile narrativo editando i miei romanzi.

Kristin Delcambre: Sei il mio ultimo occhio critico prima che il romanzo venga fatto a pezzi dal pubblico. Che dici, troppa pressione addosso? Grazie per averlo reso quasi perfetto. E per intrattenermi, letteralmente, ogni giorno.

Julie Titus: Grazie per calmarmi quando sono nervosa da morire. Per rendere le mie pagine bellissime. Per essere un'anima splendida.

I miei genitori: Come ho detto altre volte, non potrei fare tutto questo senza di voi. Conoscete i miei figli, non potrei mai sopravvivere senza il vostro aiuto. Grazie per permetterci di sconvolgere la vostra vita quando dovreste viaggiare per il mondo. I miei bambini stanno vivendo un'esperienza multigenerazionale e saranno adulti migliori per questo.

Dio: Non so perché continui a benedirmi. Non sono niente di speciale. Ma te ne sono grata. Anche se sono una frana nel vivere la mia vita.

BIOGRAFIA

Madre, lettrice, scrittrice. M.E. Carter non ha mai avuto intenzione di scrivere romanzi. Ma quando un'amica l'ha praticamente obbligata a leggere Twilight, l'amore per la scrittura che aveva perso da bambina si è riacceso. Dal momento che le frulla sempre qualche storia in mente, non dovrebbe sorprendere che finalmente abbia iniziato a metterle nero su bianco. Vive in Texas con i suoi quattro figli, Mary, Elizabeth, Carter e Bug, che sfortunatamente è nato molto tempo dopo la creazione del suo pseudonimo, e a causa di ciò probabilmente avrà bisogno di una lunga psicoterapia.